大学生成长导读系列丛书

谢守成 总主编

# 大学生发展导读

王 中 刘永生 主编

科学出版社
北 京

## 内 容 简 介

成功是否有规律可循？正是基于这些困惑和迷茫，广大青年学子迫切需要理论指导，迫切需要释疑解惑，迫切需要良师益友。《大学生发展导读》旨在及时、合理地对大学生进行阶段发展与规划的指导，为大学生成长、成才、成功导航引路。本书的编者们，采访了众多优秀的大学生及其身边的父母、亲人、朋友和教师，对影响大学生成功的各种因素进行了深入的对比、分析和研究，并结合自身求学的经历和集体讨论的结晶，总结出了大学生成功的十大法则，即立志、修身、专业学习、身心健康、人际关系、生活能力、实践能力、信息素质、核心竞争力和创新。希望这本导读，能为大学生挖掘自身潜质，明确发展目标，探寻成长成才规律打开一扇通往成功之门。

**图书在版编目（CIP）数据**

大学生发展导读 / 王中，刘永生主编．—北京：科学出版社，2011.4

（大学生成长导读系列丛书）

ISBN 978-7-03-030560-2

Ⅰ．大…　Ⅱ．①王…　②刘…　Ⅲ．大学生-学生-生活　Ⅳ．G645.5

中国版本图书馆 CIP 数据核字（2011）第 043306 号

责任编辑：王佳家 / 责任校对：宋玲玲

责任印制：刘士平 / 封面设计：范璧合



科学出版社出版

北京东黄城根北街 16 号

邮政编码：100717

http://www.sciencep.com

骏杰印刷厂印刷

科学出版社发行　各地新华书店经销

*

2011 年 3 月第　一　版　　开本：787×1092 1/16

2011 年 3 月第一次印刷　　印张：11 1/4

印数：1—5 000　　字数：219 000

**定价：22.00 元**

（如有印装质量问题，我社负责调换）

## 《大学生成长导读系列丛书》总编委会



## 《大学生发展导读》编委会

十年树木，百年树人。作为社会主义的建设者和接班人，大学生是十分宝贵的人才资源，其成长成才承载着家庭的希望，影响着国家的发展，关乎着民族的未来。在这个空前发展的物质时代，高速运转的经济社会，突飞猛进的市场变革，日益强盛的全球化浪潮，一方面推动着教育水平的快速提升，另一方面也变革着青年学子发展的多样性需求。如何通过大学教育促进大学生健康成长成才，如何激发大学生积极行动，培养健康的身心素质、过硬的专业功底、良好的团队意识等综合素质，成为当前必须思考和关注的时代使命和历史责任。

大学生的健康成长是党和国家高度关注的治国方略。社会的和谐文明，国家的繁荣昌盛，民族的伟大复兴，无一不依托于各类人才的参与与引领。回顾改革开放三十余载的伟大历程，亲历中华大地翻天覆地的沧桑巨变，人才的发掘与培养在我国社会主义现代化建设中的重要作用毋庸多言。早在改革开放初期，国家就确立了“尊重知识、尊重人才”的国策，为一批批大学生投入国家建设的主战场提供了宽广的舞台。在“十五”计划中，我国将人才战略确立为国家战略，将其纳入经济社会发展的总体规划和布局之中，使之成为其中一个重要组成部分，实施人才强国战略成为党和国家一项重大而紧迫的任务。2007 年，人才强国战略作为发展中国特色社会主义的三大基本战略之一，写进了中国共产党党章和党的十七大报告。由此，人才强国战略的实施进入了全面推进的新阶段。新近出台的《国家中长期人才发展规划纲要

(2010～2020 年)》作为我国第一个中长期人才发展规划，对更好实施人才强国战略进行了整体部署，是我国昂首迈进世界人才强国行列的行动纲领。时代呼唤人才，人才造就伟业。我们相信，随着人才强国战略的实施，大学生作为宝贵的人才资源，其人人能成才、人人能发展、人人能干事创业的舞台将更加广阔。

大学生的健康成长是家庭和个人臻于一致的迫切愿望。知识改变命运，奋斗成就未来。上大学不仅是个人前途命运的转折点，更是寄托着千万家庭对美好生活的期盼。寒窗十余载，举一家之全力，培养一个大学生，是我国大多数家庭的真实写照。如何确保大学生入学后健康成长，在大学中最大获益，并在人生的后续道路上获得成功，是每一位大学生朋友以及他们身后千万个家庭最为关注的话题。

大学生的健康成长是教育部门和教育工作者恪守传承的职业使命。胡锦涛总书记在 2010 年 7 月召开的全国教育工作会议上发表重要讲话。他指出，教育的根本目的是培养德智体美全面发展的社会主义建设者和接班人，必须全面贯彻党的教育方针，把促进学生健康成长作为学校一切工作的出发点和落脚点。在五光十色的现代社会里，教育工作者唯有恪守教育本色，高举育人大旗，落实以生为本理念，坚持因材施教原则，促进大学生朋友的健康成长，方能承载教育所需之使命，方能担负教育所托之责任。那么，当代大学生期待怎样的成长环境，他们渴望什么样的成长引导，怎样才能成为一个对社会有益的人？理应成为也已然成为教育者共同关注的焦点。

为帮助大学生正确处理和解决不同阶段的不同问题，促进大学生全面健康成长，一批长期在一线从事学生思想政治教育理论研究与实践工作的教育工作者汇聚一起，编写了这套大学生励志教育系列丛书，旨在总结大学生成长教育经验，探索大学生成长规律，指导青年学子成长成才。

本丛书由五大版块构成，内容丰富，信息广泛，关注大学生活各阶段的不同特点，涉及大学生成长的方方面面。

《大学新生适应性导读》，对大学新生遇到的各种问题进行深入浅出的阐述分析。围绕角色适应、学习适应、生活适应、心理适应和行为适应等内容，向新生揭示大学学习生活的方方面面，旨在帮助他们了解大学，走近大学，适应大学，实现由高中生向大学生的全面过渡，开启大学全新的航程。

《大学生发展导读》，针对大学生在成长过程中的各种学习生活烦恼答疑解惑，指引大学生特别是大学低年级学生全面发展，在大学扬起成功的风帆。力求通过对一批覆盖面广、代表性强、教育意义鲜明的大学生个体及团队代表成长成功的案例分析与理论探究，帮助大学生走出成长困惑，通达成功彼岸。

《大学生心理健康导读》，是一本针对大学生朋友编写的极具实用性的心理健康自助读本。围绕自我定位、人际交往、社会支持系统、正确恋爱观、健全人格、心理问题及心理疾病、心理危机应对策略以及自杀预防知识等内容，为大学生提供心理指导，帮助大学生提高心理素质，培养乐观积极的健康心态，为青年学子营造温暖的心灵港湾。

《大学生生涯发展规划与求职导读》，是一本面向大学生进行生涯发展规划和求职择业技巧的通俗读物。全书围绕“大学生为什么要进行生涯规划”、“大学生如何进行生涯规划”、“大学生求职成功的途径”，以及“大学生求职实战技巧”四大问题展开探究，旨在帮助大学生尽早开始生涯规划，并围绕生涯规划准确定位、完善自我，更好适应社会需求，尽快找到合适岗位。

《大学生自主创业教育与实践导读》，鼓励并指导青年学子自主创业、深入实践，围绕大学生自主创业意识培养、大学生参与创业见习和竞赛的基本途径、大学生自主创业技能提升的各大环节、大学生自主创业经典案例分析对大学生自主创业提供全方位地指导和帮助，让大学生“赢”在大学。

本套丛书理论科学、内容翔实、案例丰富，体现了以下三个特色。

一是科学性与系统性。丛书对大学生的成长予以了全面的关注与关怀，并在广泛涉猎的基础上进行了科学系统的总结，是一套逻辑体系清晰严明的全方位立体式大学生读本。二是针对性与实效性。丛书关注大学生不同成长阶段的不同问题，针对具体情况展开分析与答疑，提出有效解决措施，旨在帮助大学生朋友解决实际问题，揭示大学生健康成长的基本规律。三是可读性与操作性。丛书充分尊重大学生朋友的阅读兴趣与习惯，通过简明的理论讲解、丰富的案例展示，深刻的学理分析，系统的成长思考，力求为大学生朋友献上一道精美的思想盛宴和易于掌握的操作指南。

大学读什么？是一栋栋挺拔巍峨的大楼？还是一处处撩人的鸟语花香？或是莘莘学子奋斗成长、成人成才那一段段难以忘怀的青春印记？成功与失败相携，泪水与笑容交织，友情与爱情融会，编织成隽永多姿的大学生活，它的点点滴滴，它的真真切切，无一不铸就着刚毅和坚强，无一不存蓄着美好与希望。简而言之，这是一套针对大学生、服务大学生、帮助大学生、指引大学生朋友健康成长的人文读物。

没有比人更高的山，没有比脚更长的路。而健康成长则是我们攀登高山、迈向成功的第一步。衷心地希望本套系列丛书能够为广大青年学子和高校思想政治教育工作者提供一些学习参考和教育范式，成为青年学子们成长成才路上宝贵的精神财富！

成长的分量，不在能知，而在能行。与青年朋友共勉之！

2010年8月于华师桂子山

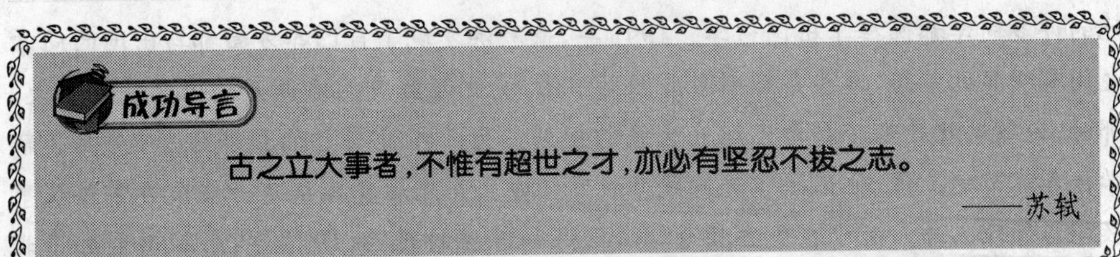


# 第一章　立志是大学生成功的灯塔

“我仰望星空，它是那样壮丽而光辉；那永恒的炽热，让我心中燃起希望的烈焰、响起春雷。”这是温总理的诗作《仰望星空》的最后一部分，诗中所透露的对国家、民族、人类共同命运的关怀，对希望、正义和博爱的追求，令人动容，发人深省。正如总理所言，大学生就当作仰望星空又脚踏实地的人。远大的理想和崇高的志向是大学生成功的基本前提，是人生的指向标。

## 一、树立理想——心有理想，春暖花开

理想是什么？它是人生中的追求，是对人生的考验；它催人上进，又让人落泪；它是黑暗中的火炬，在黑暗中闪放光明，为迷失的人指引方向；它是翱翔天际的雄鹰，无所畏惧，知难而进，让怯懦的心鼓足力量。

### 成功案例解析

“人的一生是奋斗的一生，但是有的人一生过得很伟大，有的人一生过得很琐碎。如果我们有一个伟大的理想，有一颗善良的心，我们一定能把很多琐碎的日子堆砌起来，变成一个伟大的生命。但是如果你每天庸庸碌碌，没有理想，从此停止进步，那未来你一辈子的日子堆积起来将永远是一堆琐碎。所以，我希望所有的同学能把自己每个平凡的日子堆砌成伟大的人生。”这是俞敏洪在北京大学 2008 年开学典礼上为大学新生所做的演讲。

（一）每条河流都有一个梦想

“每条河流都有一个梦想：奔向大海。长江、黄河都奔向了大海，方式不一样。长江劈山开路，黄河迂回曲折，轨迹不一样，但都有一种水的精神。水在奔流的过程中，如果沉淀于泥沙，就永远见不到阳光了。”这是新东方董事长俞敏洪在网上流传很广的一句名言，这句话也是俞敏洪为了理想实现自身飞跃发展的真实写照。

心得体会

俞敏洪 1985 年从北京大学西语系毕业，并留校担任北京大学外语系老师，而当时

他的许多同学都选择了出国留学。1991年，俞敏洪发现了自己各方面都与出国的同学之间有明显的差距，这些差距刺激并触动了他，使他毅然决然地离开了他热爱的北大。那时，俞敏洪就开始了对自己职业生涯的规划。为了丰富自己的授课经验，全面了解学校各环节的工作，他选择了进入民办教育领域。并先后在北京市一些民办学校从事教学与管理工作。有了在民办教育领域授课和管理的经验，1993年，俞敏洪创办了北京市新东方学校，并担任校长职务。从最初的几十个学生开始了新东方的创业过程。2000年，俞敏洪及领导团队成立了东方人投资有限公司，向教育产业化迈开了一大步。同年，新东方与联想合作，由联想注资5000万，新东方出品牌资源，各占50%股份，成立了联东伟业科技发展有限公司，专门从事新东方远程教学。2003年，成立了新东方教育科技集团。俞敏洪现任新东方教育科技集团董事长兼总裁、民盟中央委员、民盟中央教育委员会副主任、中华全国青年联合会委员、中国青年企业家协会副会长。2006年，新东方在纽约证券交易所成功上市，开创了中国民办教育发展的新模式，俞敏洪也成为中国最富有的教师。

俞敏洪开创新东方的事业以来，在教育创新、品牌塑造、现代管理等方面成绩斐然。在事业发展的同时，他一直坚持对青年人和弱势群体的关怀，每年义务主讲励志讲座数百场，被广大青年誉为人生的良师益友。他的成绩和思想受到政府、社会、媒体的高度关注和重量级表彰，曾获得“最具影响力的25位企业领袖”、“中国民营经济十大人物”、“最值得尊敬的教育人物”等荣誉称号。

从一名初中毕业的拖拉机手，到一名教师；从高考三次落榜，到北京大学的高材生；从校园里内向自卑的丑小鸭，到英语系里耀眼的单词王；从北大的穷酸教师，到名动大江南北的培训界领军人物；从大街小巷刷广告的个体户，到亿万身家的上市公司老总；从付不起学费无缘出国的可怜虫，到学员遍布世界的“留学教父”……俞敏洪的个人经历告诉我们，理想在人的成功中起着重要的作用，正是在理想信念的支撑下，俞敏洪走向了成功。

（二）“大别山师魂”汪金权：为了学生甘做骆驼[①]

一个曾经的“天之骄子”，却放弃令人羡慕的名校工作，22年“蜗居”山区中学教书育人；他生活清贫，却长年资助困难学生。在物质与利益诱惑无时不在的时代里，一个安贫乐道、甘为人梯的“陋室师尊”，更让我们看到了心灵纯净的可贵与高尚。

**“我对当初的选择毫不后悔，我在这里实现了人生的追求。”**

毕业多年后，华中师范大学中文系1983级学生毕业20年聚会。正值人生鼎盛、事业高峰的年龄，武昌桂子山上，当年的莘莘学子而今一个个意气风发，畅叙情怀。汪金权在同学的极力动员下参加了这次聚会。然而，同窗四载的同学们竟然大都没有认

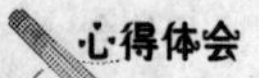


①皮曙初.“大别山师魂”汪金权：为了学生甘做骆驼[EB/OL].[2010-06-04]. http://www.hb.xinhuanet.com/zhuanti/sxjswjq/.

出他来。满头的白发，简朴的衣着，一脸的沧桑，与当年眉清目秀、一脸英俊的汪金权相比，他带给同学们的唯有惊愕。

大学毕业后，他放弃了在著名的黄冈中学里任教的工作，义无反顾调回到老家蕲春县四中，在这个国家级贫困县的中学里默默扎根，甘当一支照亮山里孩子求学之路的“山乡红烛”。20 多年来，他全身心地投入教学和清贫的生活，他的容貌看上去比实际年龄大很多。但是，言谈举止中可以看出，他是个快乐的人，一个对生命充满激情的人，他没有为自己的清贫而抱怨，没有为当年的选择而后悔，他的脸上总是挂着一种安然、浅淡的微笑。

**“我常问自己，假如是我的孩子，我会怎么做？”**

对学生的爱，是汪金权教学生涯里最动人的章节。从回到蕲春的那天起，他就开始尽自己所能，帮助那些家庭经济困难的学生。22 年来，他省吃俭用，常常从自己微薄的工资中拿出大半，无私扶助那些贫困学生，帮助他们成人成才。

在他简陋的宿舍里，长年住着多名贫困学生，他们和汪老师住在一起，学在一起。每次谈到学生的时候，一向恬淡的汪金权总会展露出兴奋，眼睛也会放亮。他坦言，自己也曾动摇过，但是面对正在教室里坐着的这些学生，想到在祖国各地学有所成正在建功立业的那些学生，他坚持了下来。他说，这才是他最大的成就感。

在他的言传身教之下，学校 20 多名学生作文在全国和省级比赛中获奖，100 余名学生的诗文习作在《语文报》、《中国校园文学》等报刊发表。

**“我愿如陶行知先生说的那样，为了学生，甘做骆驼；与人为益，牛马也做。”**

四中的老师们都知道，汪老师不遗余力地帮助学生，但他从来不记在心上，更不记在纸上。22 年来，他帮助了多少学生，出了多少钱，他自己也说不清楚。但是，从他家那摇摇欲坠的土房子里，从他那一无所有的简陋宿舍里，就可以看出来，他为学生付出了多少。

2010 年汪金权的事迹被人们知晓后，他成为湖北惟一当选为“全国教书育人楷模”的教师，并受到胡锦涛总书记的接见。一夜成名，让汪金权有些不知所措，没想到自己会引起那么多人的关注。但是很快，他就恢复了往日的平静。“我还是一名普通的老师，我只希望无怨无悔地在教书育人这条道路上坚定地走下去！”

学高为师，身正为范；学为人师，行为世范。因为有爱，才有这 22 年的坚守，因为有奉献，才有这大爱无疆的“大别山师魂”。汪金权的事迹正在从大别山向荆楚大地、向全国各地传扬，人们从他的身上看到，山乡教师的守望，山里孩子的希望！

22 年来，汪老师亲手培养了 1000 多名孩子考上了大学。如今，学生们分布于全国各地，很多人成为单位的骨干。他们中有很多家境贫穷，而他们的成长，不仅改变了自己的命运，也改变了这些贫寒家庭的命运。2002 年，执拗不过校长的再三要求，他才晋升为中学高级教师。

汪金权扎根山乡 22 年，倾心教育、淡泊名利、捐资助学、坚守清贫，以青春、汗水、智慧和人格，展示了一名优秀山乡教师良好形象。他是广大教师的优秀楷模，是当之

心得体会

无愧的师德标兵，也是党员干部的光辉榜样。青年学子可以从汪老师的身上学习扎根山区、无私奉献的崇高精神；学习他淡泊名利、甘守清贫的人生境界；学习他爱生如子、克己助人的高尚品格；学习他爱岗敬业、为人师表的职业风范。

## （三）孕社会之道于心，怀草根情怀为学①

符同学，曾获“学校优秀毕业生”、“湖北省三好学生标兵”、“2006 全国大学生年度人物提名奖”等荣誉称号。2003 年，他的学术处女作《小城镇个体户创办与发展中的社会资本研究》获第八届“挑战杯”全国大学生课外学术作品竞赛三等奖。2004 年，他的“论国家社会资本及其功效”系列论文获湖北省大学生优秀科研成果一等奖。2005 年，他的学术论文《青年农民工的城市适应：实践社会学研究的发现》获第九届“挑战杯”全国大学生课外学术作品竞赛特等奖。他的个人事迹和研究成果被《楚天都市报》、《益阳日报》、《武汉晨报》、《楚天金报》等媒体专门报道。

**他的成功正如罗马一般，非一日而成。在耀人眼目的光环背后，是艰辛的脚印和辛劳的汗水。**

**草根情怀，为学心仍怀底层人民**

符同学是个热爱生活、关心社会的青年。成长于农村的他在中学时候就具备了一种“草根情怀”，特别关注底层社会和底层社会人群的生存和发展问题。进入社会学领域来的科研活动，多数都与农村和农民问题息息相关。他奔赴广州、东莞等地深入青年农民工群体进行调查。调查期间，他与农民工兄弟们同吃住、共感受，深刻地体会了当代农民工的生存处境。心怀对社会的深切关怀与忧愤，他详细记录下了此番农民工调查经历。作为农民的儿子，他的心中有太多对面朝黄土背朝天的父老乡亲的牵挂，一心为学的他始终放不下对这个社会深深的关注以及对底层人民最深刻的关怀。

**心若止水，潜心学问大爱育桃李**

从逐步培养起对社会学的专业感情到深深着迷于他所学的专业，到被保送读研，到获得全国大学生“挑战杯”竞赛的特等奖和 2006 全国大学生年度人物提名奖，符同学都始终保持着平和心态，脚踏实地，对学业孜孜以求，对理想矢志不渝。他一直坚持认为，获奖绝不是一个正在学术研究道路上探索的人所追求的目标，而只不过是等你踏踏实实地做出了成绩之后对你的一种褒扬。

2006 年上半年，他受邀赴清华大学社会学系学习半年。下半年为写作硕士论文多次回家乡做农村信仰调查，并完成 12 万余字的论文初稿。这一长篇硕士论文，后来获得了湖北省优秀硕士学位论文。同年，他还获得了湖北省首届文华科技优秀大学生品学奖，同时也被学校推荐参加 2006 全国大学生年度人物评选，进入年度人物 30 强……

①何祥林，谢守成，主编．桂苑导航[M]．武汉：华中师范大学出版社，2006：300.

2007年6月，符同学被免试推荐师从中国社会学界的泰斗郑杭生教授提前攻读博士学位，同时，也被学校破格留校任教。参加工作后，尚在读博士的符同学不仅仅承担了社会学院2005级本科生辅导员一职，更勇挑大旗，使用双语教学给本科生讲授社会学的专业主干课程"经济社会学"。初为人师的他勤勉奋进，兢兢业业地教书育人，在三尺讲台上挥洒着他的睿智。他渊博的知识和平易的性格赢得了学生们的交口称赞，他为学的严谨态度和踏实作风也深深地感染了他的学生。

"孕社会之道于心，怀草根情怀为学"，符同学在科研上取得了累累硕果正是他"兼济天下"充满感情地为广大人民群众做科研的结果。这也给广大学弟学妹一个启示：在科研道路上，特别是人文社科类的研究一定要扎根人民群众，坚持自己的理想，深入到社会一线做调研，做个实在的科研者。

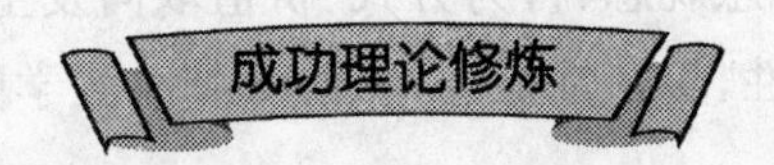


新时期的大学生肩负着祖国和人民的希望，承载着家庭和亲人的嘱托，怀揣着对未来美好生活的向往。当代大学生要努力寻找自己的理想，坚定自己的人生信念，找准自己的人生航向，明确自己的奋斗目标。

(一) 增强理想动力，激荡梦想激情

立志，就是设计自己的一生：树立什么样的理想，从事什么样的事业，成为一个什么样的人。只有那些怀抱理想、志存高远、奋斗不息的人，才能完美地冲刺到人生的终点，捧回人生成功的金杯！

理想，在我国古代被称为"志"，理想是沙漠中的绿洲，是暗夜里的灯光，是吹响生命的号角。诗人流沙曾说过："理想是石，敲出星星之火；理想是火，点燃熄灭的灯；理想是灯，照亮夜里的路；理想是路，引你走向黎明。"

理想是人们在实践中形成的具有现实可能性的对未来的向往和追求，是人们的世界观、人生观和价值观在奋斗目标上的集中体现。对理想涵义的理解，我们应当把握以下几点：

第一，理想是一种社会意识形态，是一定社会生产方式的产物。生产力水平不同，社会实践的深度、广度不同，人们追求的目标也就不同。

第二，理想是人类特有的对自己生命活动的规划。人能够对自我实践行为的价值取向进行选择，从而来规划自己的生命活动、决定自己的奋斗目标。这是一种由客观的物质现象所决定的人类特有的精神现象，实际上也就是人生理想的确立和追求。

第三，理想是以客观现实发展的可能性来展示明天的现实，是真、善、美的有机统一。科学的理想必须建立在客观现实发展可能性的基础上，以一种历史的必然趋势来展示明天的现实。理想与空想、幻想不同。空想尽管也是人们对未来的一种想象，但它是脱离实际的主观臆想，是不可能变为现实的。幻想虽然反映人们的一定需要和愿

心得体会

望，但一般离现实比较远，不表现为确定的努力追求的目标。理想是真的，又是善的，也是美的。

第四，理想植根于主体需要与现实需要之间的矛盾。人类是一个充满需要的特殊群体，而人类对需要的追求是永无止境的。现实世界只能在相对意义上满足人的需要，而不能从绝对意义上满足所有人的全部需要。人始终存在着一种不断要求超越现实和完善自身的强烈愿望，它激发着主体力求超越现实的时间和空间，跨越历史的界限，去探索和追求更加美好的未来。

### （二）抓住黄金时期，进入立志佳境

随着市场经济的迅速兴起，科技革命的迅猛发展，经济全球化的深入发展，中西文化的交融与冲突，大学生思想观念、行为方式、价值取向发生明显变化，大学生思想活动的主体性、独立性、选择性、多变性显著增强。因此，大学阶段正是树立远大理想的黄金时期。

第一，树立远大理想是大学生培养健全人格、促进自身全面发展的根本要求。市场经济的发展带来了物质财富的增长，拜金主义、享乐主义大有流行趋势，人们过分追求金钱、地位，荒芜精神家园，导致精神缺失。在当前环境里，在大学生群体中也出现了明显的精神空虚（焦躁、烦躁、急躁、浮躁、暴躁）等状况。究其原因，是因为大学生注重追求物质利益，缺乏理想追求，缺乏坚定如一、执着不变的人生目标和精神追求。试想，一个人如果具有崇高的理想追求，坚定的信念，高尚的道德修养，怎么可能出现精神空虚？理想是人生的航标，意志力就是人在为达到既定目标的活动中，自觉行动、坚持不懈、克服困难所表现出的心理素质。只有牢固树立正确的理想信念，增强道德修养，内强素质、外塑形象，才能获得个体素质的全面提高。

第二，树立远大理想是构建和谐社会、实现新世纪宏伟目标的迫切需要。大学生是祖国的未来，民族的希望。江泽民同志指出："大学生树立什么样的理想，学到什么样的知识，具有什么样的能力，对祖国和民族的未来影响关系重大。"当前，我国正处于全面建设小康社会阶段，实现中华民族伟大复兴，应该成为当代大学生的共同理想和追求。树立远大理想，增强自身开拓创新、勇于前进、探索未知世界的信念和勇气，对于构建社会主义和谐社会，实现全面建设小康社会的宏伟目标，国家的兴旺发达，具有十分重大而深远的战略意义。

第三，树立远大理想是积极应对全球化发展趋势的必然选择。随着经济全球化、信息网络化的迅猛发展，改革开放的深入推进，西方的各种社会思潮不断涌入大学校园。大学校园里出现了形形色色的西方价值观、人生观，大学生面临西方文化思潮的冲击，导致大学生的思想观念和行为方式发生显著的变化。有些大学生理想信念消解，悲观主义意识上升；奉行实用主义、利己主义处事原则，追求物质享乐；有些大学生认为实现共产主义远大理想希望渺茫，对马克思主义信仰产生怀疑，对社会主义信念开始动摇，导致精神迷茫、理想信念失落。因此，树立远大理想，增强自身在多种思想

心得体会

意识中进行比较、鉴别和选择的能力，结合自身状况和社会实际，确立人生目标，坚定社会主义理想信念是应对全球化发展的必然要求。

## 二、选择目标——目标在心，从容前行

一个人事业的成败，很大程度上取决于有无正确适当的目标。没有目标，如同大海的孤舟，如同断线的风筝，如同迷途的羔羊，茫茫四野，不知所向。

### （一）矢志攀登可穷千里目

唐某，女，武汉某大学电子信息学院学生。先后被评为校优秀共产党员，湖北省优秀共青团员；每年获得校甲等奖学金，连续两年获得国家奖学金；是学校“十大风云学子”、“十大杰出青年”的获得者。她注重自身的全面发展，在各种比赛活动中名列前茅：电子信息学院羽毛球冠军，学校英语演讲比赛第一名，全国大学生数学建模竞赛一等奖。

大学期间，唐某积极进取，从各方面严格要求自己，她勇于挑战，在“迎接北极第一缕曙光——中国大学生北极（斯瓦尔巴德）考察”选拔活动中，从全国大学生中脱颖而出，成功当选“北极使者”。北极归来之后，更是凭借出色的综合表现，一举夺得该活动最高奖——“北极之星”称号。2007 年 12 月，当唐某知道全国将选拔 10 名大学生赴北极参加科考时，她马上报了名。带着一种自信，她开始了自己的比赛之旅。体能测试、素质拓展、知识笔试、英语测试、滑雪测试、极地闯关、课题演讲，2008 年 2 月 16 日，在经过近 2 个月的激烈角逐后，最终唐某从来自全国 600 余所高校大学生中胜出，成功当选中国“北极使者”。当她站在领奖台上，举起奖杯的那一刻，她哭了。她为自己感到高兴，虽然经历了很多困难与挫折，但自己没有退缩，没有低头，没有放弃。坚持住了，她成功了！

2008 年 2 月 28 日，唐某与另九位“北极使者”一起前往北极斯瓦尔巴德地区开展为期半个月的考察活动。在北极考察期间，她与多位世界极地科学家就课题进行了直接交流，掌握了有关航线及调查方法的第一手资料。为了能够更进一步了解气候变化对航线开通的影响，她随考察队在新奥尔松进行了野外实地考察。北极考察回国后，在前阶段的实地考察的基础上，她查阅了大量国内外文献资料，并结合数学模型与数值模拟对北极航线进行了全面而深入的分析，最后，完成了课题论文《北极航线现状分析及政策建议》。

为了让更多人了解北极，关注中国极地事业，她积极参与了极地科普宣传活动。在高校举行了三次专场报告会，多次接受中国各大媒体记者专访，先后在珞珈之声广播电台、武汉人民广播电台、湖北省广播电台录制节目。其中，《你好，北极！》作为与国

心得体会

际交流节目，在澳大利亚 ABC 电台播出，受到了很高的评价。2008 年 7 月 18 日，国家海洋局揭晓并颁发了“迎接北极第一缕曙光——中国大学生北极(斯瓦尔巴德)考察活动”的最高荣誉奖——“北极之星”称号。凭借出色的综合表现，唐某以总分第一名的成绩荣膺该奖①。

唐某犹如一朵野百合，朴素、坚韧、纯洁、大方；她学业上出类拔萃，生活中热情开朗；她静能埋首书卷，动能风云赛场；在奋斗的征途中，她执着付出、勇往直前，谱写着健康、阳光、快乐、奔放的人生乐章。

### (二) 目标＋规划＋勤奋＝充分把握自己的人生

陆某，女，汉族，1987 年 4 月生于河南信阳，中共党员，武汉某师范大学文学院汉语言文学专业 2005 级学生，文学院学生会主席、校网络电视台台长、广播台播音员，获湖北省高校第 23 届“一二·九”诗歌散文大赛朗诵类特等奖、湖北省“三好学生”、第 25 届全国大学生樱花诗歌邀请赛朗诵组二等奖、校大学生优秀科研成果一等奖等荣誉，在国家核心期刊和省级及以上刊物共发表学术论文 5 篇，由于成绩突出，被保送到北京大学攻读对外汉语专业研究生。

**1. 故立志者，为学之心也**

“我大学四年最受益的两个关键词就是‘目标’和‘规划’。”她不但做了一个长远的规划，并且在人生的每一个阶段为自己确立一个目标，然后努力实现。以英语的学习为例，不管她的工作再怎么繁忙，每年她都会报考一个英语班。大一是为一次性通过四、六级做好准备；大二开始准备中级 BEC；大三取得雅思 7 分的好成绩，大四暑假则为北大的新生活作充分的准备。大二暑假，她发表了自己的第一篇论文，后来她在王先霈教授的指导下，开始尝试用文学理论去评论最新的文学作品，虽然还很稚嫩，但这篇文章最终发表在了中文核心期刊《语文教学与研究》上，也为她带来了学校大学生优秀科研成果一等奖。4 篇学术论文的发表，直至后来和外公合著的地方史著作《铁流滚滚——信阳工农运动史话》，她都是一步一个脚印，确立好目标，踏踏实实走下去。

**2. 千里之行，始于足下**

学习一直都是陆某大学生活的主旋律，虽然工作很忙，但是她一直没有放松学习。“我即使缺课，课后也一定会自己看书补起来。”她补抄笔记，常常借三、四本来参考，把每本中的精华抽出来，再加上自己的理解，整合成自己的东西。在做科研立项的一年里，她一有时间就奔图书馆，或者和指导老师探讨。“学习方面，我是不敢放松的，我想考研。”当别人还在细数着她获得的奖项、发表的论文和担任的职务等累累硕果时，她笑着说：“只要你认真做好每件事，很多东西就会不期而至。”

---

心得体会

①张葳. 唐瑞：勇于超越，积极进取［EB/OL］.［2009-01-14］. http://stu. people. com. cn/GB/139703/8674478. html.

**3. 海不辞水,故能成其深**

曾经有段时间,陆某身兼六职:文学院学生会主席、网络电视台台长、广播台播音员、校普通话推广员、家教老师、教务处学工助理。在六级考试的前几天,繁忙的学生工作加上学习的双重压力,她曾晕倒住进了重症病房。"工作会有所选择,但一定要负责。做事要有毅力,不能半途而废,咬咬牙便过去了。"这话是陆某说的,也在她自己身上得到了最好的诠释。2005 年的第一学期,她通过层层选拔进入了广播台,为期 2 个月的练声安排在了武汉又冷又干的 11 月和 12 月,每天早上 6 点、下午 5 点,电影场刺骨的寒风刮得人脸生疼生疼的,但她坚持了下来。2007 年 12 月,她获得了代表广播台参加湖北省高校"一二·九"诗歌散文大赛的资格并一举获得了朗诵类的特等奖。

一位师兄送给陆某一句话:努力工作,精致生活。陆某对它的理解是:明确目标,好好规划,享受生活,不急功近利,踏实做事,把握一个有准备的人生①。

成功的大学生活源于合理规划和坚决贯彻落实。陆某完全做到了这些,在学业、社会工作、才艺特长等诸多方面都取得了足以令人称赞的成绩,是一名真正全面发展的大学生。

(一)志存高远,激发潜能

人生立志,先从"志"说起。古人对"志"的解释,是认为"心之所指曰志",也就是指人的思想发展趋向。当代汉语对"志向"一词是这样解释的:"未来的理想以及实现这一理想的决心。"理解了"志"的含义后,我们对"立志"的含义就很好理解了。所谓立志,就是立下未来的人生理想。

在人的一生中,除了年幼无知的童年时期外,其他每个不同的成长发展阶段都与立志有很大的关系。青少年求学阶段,尤其是大学时期,是人生志向的确立时期;中年工作阶段,是人生志向的实现时期;老年休息阶段,是对人生志向的回顾与检查时期。由此看来,立志是人生各个时期中不可或缺的事,这是值得青年们深思的。

一个没有目标的人就像一艘没有舵的船,永远漂流不定,只会到达失望、失败和丧气的海滩。成功者总是那些有目标的人,鲜花和荣誉从来不会降临到那些无头苍蝇一样在人生之旅中四处碰壁的人头上。

有智慧、有理想、有追求、有上进心的人,一定都有明确的奋斗目标,他懂得自己活着是为了什么。因而他的所有的努力,从整体上说都能围绕着一个比较长远的目标进行,他知道自己怎样做是正确的、有用的。有了明确的奋斗目标,也就产生了前进的动力。因而目标不仅是奋斗的方向,更是一种对自己的鞭策。有了目标,就有了热情,有了积极

心得体会

①谢守成,吴俊文,主编. 桂苑群星. 武汉:湖北人民出版社,2009:108.

性，有了使命感和责任感。有明确目标的人，会感到自己心里很踏实，生活得很充实，注意力也会神奇地集中起来，不再被许多繁杂的事所干扰，干什么事都显得成竹在胸。

漫漫人生路，让我们立下自己的志向，盖起自己成功人生的辉煌大厦吧！有志者，事竟成！

### （二）锁定目标，矢志不渝

杰出人士与平庸之辈最根本的差别，并不在于天赋，也不在于机遇，而在于有无人生目标！就像老马与驴子，当老马始终如一地向西天前进时，驴子只是围着磨盘打转。尽管驴子一生所跨出的步子与老马相差无几，可因为缺乏目标，它的一生始终也走不出那个狭隘的天地。在我们的身边也有许多人，他们很想改变自己现在的处境，但是，很少有人将这种改变处境的欲望具体化为一个个清晰明确的目标，并为之奋斗。结果，他们的欲望永远也仅仅只是欲望而已。

哈佛大学曾对一群智力、学历、环境等客观条件都差不多的年轻人，做过一个长达25年的跟踪调查，调查内容为目标对人生的影响。结果发现：3%的人有清晰的长远目标；10%的人有清晰但比较短期的目标；60%的人只有一些模糊的目标；27%的人没有目标。25年后，那3%的人几乎都成为社会各界的精英、领袖；那10%的人是各专业领域的成功人士，事业有成；那60%的人则成为社会大众群体，平凡地生活着；而那27%的人生活不如意，工作不稳定，抱怨社会不公平。

调查者因此得出结论：目标对于人生有巨大的导向性作用。成功，在一开始仅仅是一种选择，你选择什么样的目标，就会有什么样的人生。为什么大多数人没有成功？原因在于他们不是将自己的目标舍弃，就是让目标沦为缺乏行动的空想。

一个人无论现在年龄有多大，他真正的人生之旅，都是从设定目标的那一天开始的，以前的日子，像驴子一样，不过是在绕圈子而已。

谨记："生命愿意给我们的，要比我们期望和要求的更多。"你还在等什么，就从现在开始吧！树立一个清晰而长远的目标，并为此坚持不懈地付出你的热情和汗水，在收获的季节，拿到你人生的冠军之杯将不再是梦。

### （三）分解目标，循序渐进

一个成功的人士，需要一个明确的规划。在通往成功的道路上，也必须学会分解目标，循序渐进。

1984年，在东京国际马拉松邀请赛中，名不见经传的日本选手山田本一出人意外地夺得了冠军。当记者问他凭什么取得如此惊人的成绩时，他说了这么一句话：凭智慧战胜对手。当时许多人都认为这个偶然跑到前面的矮个子选手是在故弄玄虚。马拉松赛是体力和耐力的运动，只要身体素质好又有耐性就有望夺冠，爆发力和速度都还在其次，说用智慧战胜对手确实有点勉强。

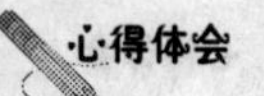


原来每次比赛之前，山田本一都要乘车把比赛的线路仔细地看一遍，并把沿途比

较醒目的标志画下来，比如第一个标志是银行；第二个标志是一棵大树；第三个标志是一座红房子……这样一直画到赛程的终点。比赛开始后，山田本一就以百米的速度奋力地向第一个目标冲去，等到达第一个目标后，又以同样的速度向第二个目标冲去。40 多千米的赛程，就被分解成这么十几个小目标轻松地跑完了。

在现实中，我们做事之所以会半途而废，这其中的原因，往往不是因为难度较大，而是觉得成功离我们较远，确切地说，我们不是因为失败而放弃，而是因为倦怠而失败。在人生的旅途中，如果我们稍微具有一点山田本一的智慧，一生中也许会少许多懊悔和惋惜。

山田本一的话令人深思。看来，辉煌的人生不会一蹴而成，它是由一个个并不起眼的小目标的实现堆砌起来的。让我们把目标化整为零，用一个个微小的胜利去赢得最终那场伟大的成功吧。

一个人要想获得成功，首先就要选择好人生的奋斗目标——你最终想要到达的地方，然后设计好路线——第一站要到达什么地方，用多少时间，第二站要到达什么地方，用多少时间。设计好你的路线后，你只需一步一步向终点前进，终有一天你能到达终点，得到你想要的东西。

前苏联著名科学家巴甫洛夫在他的《给青年们的一封信》中明确提出，青年们在学习和科学研究方面要循序渐进，循序渐进，再循序渐进。在通往成功的道路上，大学生们必须学会分解目标，学会循序渐进，只有这样才能经过量的不断积累，进而发生质的变化，走向成功的辉煌。

## 三、坚定信念——心有信仰，披靡所向

一个人要想在事业上有所建树，除了要树立远大的理想，确定明确的目标，还必须准备迎接各种困难的挑战，不断在实践中丰富自己的阅历，提高自己的能力，才能达到自己向往的目标。

### （一）“骗子”马云

马云 1988 年毕业于杭州师范学院英语专业，之后任教于杭州电子工学院。1995 年 4 月，马云因翻译工作出访美国时首次接触到因特网，他发现互联网上竟然没有任何关于中国的信息。抱着试着看的心态，他和美国的朋友一起制作了一个中文网页，没想到短短几天的时间就收到了 5 封电子邮件，因特网的神奇使马云为之赞叹。此时的马云已是热血沸腾，他回国后找来了自己的朋友，向他们讲述自己将要做的事业，然而在那个信息闭塞的年代里，根本没有人能够听懂他所讲的是什么。马云却坚定自己

心得体会

的信念创办了中国第一家中文网站“中国黄页”。主要的工作就是将企业的信息放在网上，供人们查看，同时向企业收取一定的费用。然而当时很多人把他当成了骗子。

1996年，马云来到了首都北京，找到了当时在东方时空工作的杭州老乡，为他拍摄了《生活空间》栏目的讲述老百姓自己的故事。短片中记录着马云每天走访和接待不同的人，重复的推销着他所要做的互联网。

1999年3月，马云和他的团队回到杭州，大家东拼西凑50万元人民币作为创业资金，在马云自己的家中创建了阿里巴巴网站，明确提出互联网产业界应重视和优先发展企业与企业间电子商务(B2B)，他的观点和阿里巴巴的发展模式很快引起国际互联网界的关注，被称为“互联网的第四模式”。1999年10月和2000年1月，阿里巴巴两次共获得国际风险资金2500万美元投入，马云以“东方的智慧，西方的运作，全球的大市场”的经营管理理念，迅速招揽国际人才，全力开拓国际市场，同时培育国内电子商务市场，为中国企业尤其是中小企业迎接“入世”挑战构建一个完善的电子商务平台。

2000年10月，阿里巴巴公司继续为中国优秀的出口型生产企业提供在全球市场的“中国供应商”专业推广服务，此服务依托世界级的网上贸易社区，顺应国际采购商网上商务运作的趋势，推荐中国优秀的出口商品供应商，获取更多更有价值的国际订单。

如今，阿里巴巴也汇聚了来自220个国家和地区的200多万注册商人会员，每天向全球各地企业及商家提供150多万条商业供求信息，是全球国际贸易领域内最大、最活跃的网上市场和商人社区，是全球B2B电子商务的著名品牌。

WTO首任总干事萨瑟兰出任阿里巴巴顾问，美国商务部、日本经济产业省、欧洲中小企业联合会等政府和民间机构均向本地企业推荐阿里巴巴。阿里巴巴也曾两次被美国权威财经杂志《福布斯》选为全球最佳B2B站点之一，多次被相关机构评为全球最受欢迎的B2B网站、中国商务类优秀网站、中国百家优秀网站、中国最佳贸易网。从阿里巴巴成立至今，全球十几种语言400多家著名新闻传媒对阿里巴巴的追踪报道从未间断，被传媒界誉为“真正的世界级品牌”。

马云的成功告诉我们：只要你永不放弃，你就会获得成功。无论走向成功之路多么崎岖、多么坎坷。正如马云所言：“很多年轻人是晚上想想千条路，早上起来走原路。而中国人的创业，不是因为你有出色的想法、理想、梦想，而是因为你是不是愿意为此付出一切代价，全力以赴地去做它，一直证明它是对的。”每个人的成功都不是一帆风顺的，每个成功的人背后都有着辛酸的历程，只要你带着自信、带着执着、永不放弃，那么成功就不再是你遥不可及的梦，而是一扇等候你用心开启的大门。

(二) 人生一路是风景

心得体会

张某，男，汉族，1980年生于湖北枝江，中共党员，武汉某大学文学院新闻系1998级学生，大二自学通过英语专业八级，并且多次在英语、汉语、法语演讲比赛中获奖。

硕士毕业于清华大学新闻与传播学院。2006年获哈佛大学、斯坦福大学、哥伦比亚大学、宾夕法尼亚大学等多所名校的录取通知书，获奖学金赴美留学，后在哈佛大学获得教育学硕士学位，创作畅销书《我的哈佛日记》。曾任教于新东方，获得"集团优秀教师"称号。"人生一路是风景，我们一起去欣赏"。张某说这是他最喜欢的一句话。

**1. 感恩师长，树立人生奋斗航向**

"初进大学，我十分迷茫，因为我有一种沉重的压力，不知道大学四年后我怎么办?"后来，遇到了一个非常感激的人——汪老师。"汪老师是我最为尊敬的一位老师，她告诉了我一句话：大学是一张简历，抓紧时间做每一件值得写进简历的事情。于是我收集了学校来自文学院、外语学院和政法学院最优秀的毕业生的五份简历，在我认为我可以做到的项目下，我就划下勾，并为之而努力。"从此，张某开始了完成这项任务的历程。他并没有过多地想象其中的困难，他心中的念头就只有一个——坚持。在毕业的时候，他自信地说："我做到了！"

张某是普通的，他在大学伊始就碰到了大多数大学生都会碰到的困境，如果得不到解决，很有可能会影响他一生的走向；然而他又是幸运的，感谢恩师姜老师和汪老师的鼓励和教诲，让他重新拾起了自信的风帆，开始了一段新的人生航程。

**2. 怎样思想，就有怎样的生活**

张某琢磨着怎样才能尽快地提升自己的英语口语。于是，他借到英文版《朱镕基总理答记者问》，然后花了一个星期的时间在图书馆前的路灯下背完了整本书，觉得自己可以用英语做到口若悬河。再杀回英语角时，他遇到了当时学校连续三年英语演讲的冠军。他没有半分畏惧，一时间唇枪舌剑，妙语迭出，在英语角出尽了风头。从那以后，张某便像着了魔似的拼命学英语。通过自己不懈的努力，他感到英语水平有了大幅度提高，于是他参加了首届湖北省大学生英语演讲比赛，小试牛刀就获得了二等奖。此后，他更加一发不可收拾，越是自己不擅长的，就越要去做。得到成绩的肯定后，他又不断地自我否定，重新找到目标。

**3. 哈佛告诉我：什么是成功**

"来到哈佛后，我才明白什么是真正的成功。"当时进到哈佛大学后，校长告诉我们一句话：用你们的能力成为社会的领袖，去帮助那些需要帮助的人，人生真正的价值不是他有多少钱，多大的权利，而是他所能创造的社会价值。张某说，校长的话让他开始重新思索人生的价值。如何实现自我价值？如何做一个成功的人？他表达了自己的心愿："希望2010年时建立以自己名字命名的农村教育基金，并且在贵州等地开办希望小学。"

张某说，人生是一路风景，在他的人生之旅，引人入胜的风景随处可见。这是他善于规划的成果，也是他不断追求的成就。在实现自我价值的旅程中，他扬起理想的风帆，在人生的航程上不断追求。对母校和恩师的那一份沉甸甸的感恩，鼓励着他不断前行①。

①《留学生》杂志社．奔跑：从南方小镇到哈佛大学[EB/OL]．[2008-03-10]．http://blog.sina.com.cn/s/blog_4ca9868001008z35.html.

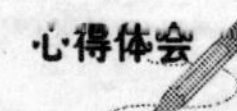

武汉某高校，清华大学，哈佛大学，从一般重点院校到国内一流大学，再到世界著名学府，一步一个新台阶。这些之所以都能够汇聚到张某身上，是因为他有理想，有规划，更有积极的人生态度和非凡的人生追求。换而言之，就是既站得高，又踩得实，达到了做人的至高境界。

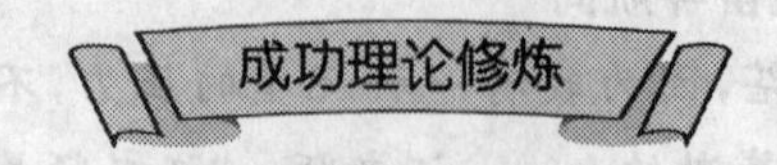

## 成功理论修炼

### （一）天行健，君子以自强不息

你有必胜的信念吗？

自信是一种十分可贵的品质。很难想象一个缺乏自信的人会有出类拔萃的成就。一个人是不是有自信心来源于其对自身能力的认识。相信自己的能力完成各种任务、应付各种生活事件、达到预定目标的人，必然是一个充满自信的人。

个人对自己能力水平的看法取决于许多因素，最主要的有两条：一是本人过去成功和失败的经验，二是周围的人对他的态度。一个人如果总是失败，那他就会怀疑自己的能力，觉得自己的能力不如别人；反之，一个人如果屡屡成功，每战必胜，往往就会觉得自己很优秀，很有能力。此外，个人对自己能力的认识还与周围的人对待他的态度有关。心理学研究表明，周围的人对待一个人的态度，就像一面镜子，折射出这个人的自我意识。也就是说，个人是通过别人对自己的态度来认识自己的。例如，家长和老师如果对孩子要求过严，总是用批评的态度对待他所做的事情，指责他事没做好，骂他笨蛋，那么久而久之，孩子就会真的认为自己不行。还有些家长对孩子过分溺爱，总怕孩子吃苦、吃亏、怕孩子累着、出危险，于是大大小小的事情都包办代替，一边说“你还太小”、“你还不会”，把孩子看成是毫无生活能力的人。这样时间长了，孩子由于没有锻炼的机会，逐渐也开始接受这种观点，认为自己的确是不行。

在青少年时期，人的自我意识发展很快，对自己的要求也变得更高。另外，加上学习任务的繁重、社会期望的增高、人际关系的复杂，会有各种事情不断冲击着中学生的自信心。假使他从小就没有树立起自信，那么受到的打击会更大。一个人如果缺乏自信，会变得畏缩不前，缺乏勇气和竞争心；会影响自身才能的发挥，影响人的精神状态；还会导致其他许多心理问题。反之，良好自信心的建立是青少年生活愉快、学习进步、潜能开发的重要保证，是促进青少年心理健康的重要因素，是人生和事业成功的基石。

### （二）立志要如山，行道要如水

**1. 正确的自我认识** 缺乏自信的人的认知特点是过低估价自己，只看到他人的优点，看不见自己的长处；只看到完成工作的困难，而忽视有利条件；如果成功，是因为机遇好，一旦失败则是因为自己无能、蠢笨造成的；自己的优点和长处是无足轻重的、暂时的，其他人也很快就会具备的，而别人的优点和长处却是实在的、重要的、自己很难

达到的等等。这样的自我认知者行动上往往不能发挥正常水平，常常错失良机，事后又懊悔不已。事实上，每个人都有缺点和不足，只看到别人的优点而以此贬低自己是片面的、不妥的。反过来，每个人都有自己的长处和优点，任何人都能在社会中找到适合自己的位置，正所谓“天生我才必有用”。青少年要学会全面、客观地认识自我与他人。

**2. 建立合理的期望值** 人们对目标的期望影响着对实际结果的感觉。比如考试成绩同样都是70分，对于一个估计自己很难及格的学生会感到得意洋洋，而对于一个估计自己应考90分的学生而言却是一次不小的失败。如果这种经历反复出现的话，前者就会变得盲目自信，而后者会变得缺乏自信。因此，确立经过努力可以达到的抱负水平是很重要的，它可以帮助人们形成良好的、适度的自信心。

**3. 提高认识水平** 一件事情的成功与失败，不能简单地归因于某一个条件，它跟主观努力、个人能力、机遇、任务难易等许多因素相关。因此对于每次具体的成功与失败，都既要看到自身主观条件，也要看到客观外部环境，从而做出恰如其分的评价和相应调整。

## 成功法则探索

理想信念是人类特有的精神现象，是人们心灵世界的深层核心。如果说社会是大海，人生是小舟，那么树立理想是引航的灯塔，坚定信念是推进的风帆。没有理想信念的人生，就像失去了方向和动力的小船，在生活的波浪中随处漂泊而找不到自己的港湾，甚至会沉没于急流险滩。树立理想、坚定信念就像一道分水岭，把人与动物区别开来，把高尚充实的人生与庸俗空虚的人生区别开来。正是崇高的理想和坚定的信念，成为人生的奋斗目标、前进动力和精神支柱。

一旦树立了自己的人生奋斗目标，就应该勇于前进，越过影响你成功的绊脚石。不要因杂乱的困难向你扑来，你就倒下了，你应该昂首挺胸，无所畏惧。因为只有信念坚定的人，才能闯出一条属于自己的成功之道，才会在身后留下深深的脚印。或许这脚印不会长久地存在厚重的大地上，但只要向着既定的目标继续奋进，就依然会留下更新的足迹。

心得体会

# 第二章 修身是大学生成功的基石

《礼记·大学》有云："古之欲明明德于天下者，先治其国；欲治其国者，先齐其家；欲齐其家者，先修其身；欲修其身者，先正其心……"不难看出，正心修身乃是我们成人成才成功的第一步。为何修身，修成何身，如何修身，自然成为我们成功路上的必然思考。

## 一、为何修身——正心为本，修身为基

修身，实非易事。欲修身者，需自发的意愿，自觉的追寻，自律的恒久，坚定的意志，不屈的毅力等诸多因素，而在这些因素中能起到关键性的启发指引作用，最为首要的便是通晓修身的目的与意义。

### （一）寇母教子"修身为万民"

北宋寇准自幼丧父，家境清贫，全靠母亲织布度日，寇母常常于深夜一边纺纱一边教寇准读书，督导寇准苦学成才。后来寇准进京应试，得中进士。喜讯传达家乡，而此时，寇准的母亲正身患重病，临终时她将亲手画的一幅画交给家人刘妈，说："寇准日后必定做官，如果他有错处，你就把这幅画给他！"

后来，寇准做了宰相，为庆贺自己的生日，他请来了两台戏班，准备宴请群僚。刘妈认为时机已到，便把寇母的画交给他。寇准展开一看，见是一幅《寒窗课子图》，画幅上面写着一首诗："孤灯课读苦含辛，望尔修身为万民；勤俭家风慈母训，他年富贵莫忘贫。"这赫然是母亲的遗训，寇准再三拜读，不觉泪如泉涌。于是立即撤去寿筵。此后洁身爱民，秉公无私，成为宋朝有名的贤相。

心得体会

没有母亲"修身为万民"的嘱托，就难有北宋贤相寇准。修身，不光是成就自己，更是惠及他人。修身，既是一种个人成长的义务，更是一种不可推托的责任。

## （二）两则求职故事

一家公司招聘了一名应届大学女毕业生，各方面条件都不错，经过一段时间的培训后成为了独当一面的人才。但在后来的使用过程中却发现，作为一名新人，她从来没有主动帮助过别人，从未做过打扫办公室之类的细小事情。就因为不屑于这些“扫一屋”的所谓“小事”，使她最终失去了这份工作。

另一家公司一个重要部门的经理要离职了，董事长决定要找一位才德兼备的人来接替这个位置，但连续来应征的几个人都没有通过董事长的“考试”。这天，一位三十来岁的留美博士前来应征，董事长却通知他凌晨三点去他家考试。这位青年于是凌晨三点就去按董事长家的门铃，却未见人来应门，一直到八点钟，董事长才让他进门。

考题由董事长口述，董事长问他：“你会写字吗？”年轻人说：“会。”董事长拿出一张白纸说：“请你写一个白饭的‘白’字。”他写完了，却等不到下一题，疑惑地问：“就这样吗？”董事长静静地看着他，回答：“对！考完了！”年轻人觉得很奇怪，这是哪门子的考试啊？第二天，董事长在董事会上宣布，该名年轻人通过了考试，而且是一项严格的考试！

董事长说：“一个这么年轻的博士，他的聪明与学问一定不是问题，所以我考其他更难的。首先，我考他牺牲的精神，我要他牺牲睡眠，半夜三点钟来参加公司的应考，他做到了；我又考他的忍耐，要他空等五个小时，他也做到了；我又考他的脾气，看他是否能够不发飙，他还是做到了；最后，我考他的谦虚，我只考堂堂一个博士 5 岁小孩都会写的字，他也肯写也愿写。这样才德兼备的人，还有什么好挑剔的呢！”

这两则故事告诉我们：在求职场上，乃至在人生的道路上，决定你能不能成功的，往往更多的是你为人的修养，处世的态度，而不单是做事的能力。

## （三）梦植根于大山深处，爱洒出来一片真心

一所偏远的乡村小学因为一个人的到来而改变。乡亲们亲切地称费宝莉是飞到山窝的一只金凤凰。今年 6 月 19 日，在北京大学的报告厅，她和朝阳小学的故事感动了上千名大学生。

### “瞒着”妈妈进大山

2007 年 7 月，毕业于华中师范大学的本科生费宝莉参加了湖北省教育厅组织的“农村教师资助行动计划”。当年 8 月，家住江汉平原的她只身一人来到恩施土家族苗族自治州鹤峰县。在县教育局了解了整体情况后，她主动请求分配到当地最偏僻最需要教师的燕子乡朝阳村朝阳小学。这所连校门都没有的村小孤零零地立在海拔 1600 米的山腰上。全校只有 6 个班，所有学生加在一起才 76 人。因为地势险峻，交通不便，学生全部在校住读。学校的 8 位老师，既要教孩子们学习，还要照顾他们生活。费宝莉是这所学校惟一的女老师。

心得体会

## 为了乡亲真付出

在欢迎仪式上，50 多岁的老校长充满感情地说：“别看我们学校小，但在这里读书的是来自大山深处 9 个村庄的农家娃娃，我们是带着 70 多户乡亲祖祖辈辈的期望在教书。”从此，这番话就深深印在了费宝莉的心里。

学校安排她担任一年级语文和六年级英语的教学课程。“一年级虽然只有 6 个学生，但总有一不小心就从我手里挣扎着往学校外面跑的，看住了这个，顾不上那个，看住了那个，又跑了这个，非常头疼。也有哭喊着要妈妈的，一个小家伙一哭，带动全班都哭闹起来……”刚到村时的尴尬让费宝莉记忆深刻。她给孩子们讲故事，和他们一起做游戏，在朝阳升起的时候，她一边为女孩子们梳头，一边和她们唱儿歌：圆圆脸蛋扎小辫，张大嘴巴 a、a、a……慢慢地，这些学生不再吵着要回家，而开始喜欢上了年轻的费老师。

山里的孩子没走出过大山，没见过汽车、轮船，更没见过火车、飞机。所有这些，只能从书本上认识，他们对外面的世界无比憧憬与向往。2007 年 10 月，费宝莉通过网络，从浙江一家航模公司募集了 47 架飞机模型。“当我把模型从县城带到学校，呼啦一下子，全校的孩子都围过来了。”她顾不上进屋放行李，就直接在操场上演示如何组装飞机。顿时，大家都安静下来，后面的孩子因看不清楚试探着往里面挤，而里面的则怕离太近碰坏了那些珍贵的模型，孩子们几乎屏住了呼吸，看她组装“奇怪”的零件……“而当我托起飞机放飞的一刹那，整个学校，76 个孩子都欢呼沸腾了！”她自豪地说。在她的带动下，朝阳小学举办了有史以来第一次全校小学生航模比赛，所有的学生都动手制作了模型……

山里孩子住校的生活很艰苦，上学时每个人都是用小木桶盛满能吃 10 天的腌菜，在学校的每一餐都用腌菜拌饭吃……“看到他们稚嫩而瘦弱的肩膀，我感到特别难过。”于是，费宝莉经常把学生带到自己的住处吃饭，给他们煮鸡蛋、下面条。2007 年 11 月，她在县城通过网络了解到蒙牛公司“每天一斤奶，强壮中国人”大型赠奶公益活动的信息后，迅速提交了书面申请报告，此后又多次联系并提供材料。2008 年 2 月 26 日，蒙牛公司打来电话，决定免费为该校每个学生每天赠送 1 瓶牛奶。3 月 3 日，费宝莉所在的学校收到蒙牛公司 3 月份的赠奶。4 日早晨，学校正式发放牛奶。如今，全校学生每天都能喝上一瓶富含高蛋白的乳酸牛奶！

## 无限收获助成长

“我付出真爱的同时，也收获了十分珍贵的情谊”，费宝莉满足地说。她的办公桌上经常会出现学生为她采摘的野生猕猴桃、山核桃和山花。她说，虽然不知道是谁送的，但是心里感到非常甜蜜。在参加全国大学毕业生建功立业报告会之前，她的学生刘小凯给自己制作的飞机模型画上了眼睛和羽毛。刘小凯说：“老师，我们这里的山路很难走，我给飞机画上眼睛，可以帮您看路。”他还说：“老师，总有一天我要制造出真正的飞机，要带着您坐在飞机上，飞出大山，飞上高高的蓝天。”

心得体会

2008 年，费宝莉被任命为学校校长，还兼任了朝阳村村委会的会计，参与村委会的管理。2009年，她入选由中宣部、教育部、团中央共同组织的"大学毕业生建功立业先进事迹报告团"成员。6月19日，在北京大学作首场报告，她的故事赢得全场的热烈掌声。7月13日，她荣获湖北省政府"三支一扶"标兵称号。

"没有什么比资教更能使人快速成长了，我的努力为山里的孩子打开了一扇望向外边世界的窗子。在这里资教的经历是我人生旅途中永久的财富。"费宝莉深情地说[①]。

不穷究难明真理，不修身难懂大爱。有限的生命如何才能绽放异样的光彩，短暂的青春如何才能写出不朽的诗篇。费某，武汉某大学一名普通的本科毕业生，用她的选择与坚守给我们做出了最好的诠释。

## 成功理论修炼

纵观古今中外，成功的人往往都具备良好的个人修养，而与此同时，这种良好的个人修养又恰恰是支持他们走向成功的重要筹码。

### （一）修身是社会要求

正如一滴水只有融入大海才能永不干涸，人要走入社会才能彰显其价值，社会属性乃是人的本质属性。

一方面，修身有利于个人更好地融入社会生活。通过修身，我们在社会生活里找到真实的自己，了解真实的社会生活，获得正确的人生态度，读懂真正的人生价值。我们学习与人交往的正确方式，我们获取习得技能的科学途径，我们调适面对变化的平和心态，我们掌控难以琢磨的无常人生。不因挫折而悲观失意，不因得志而狂妄自满。唯有以这样的心态，才能坦然入世。

另一方面，修身有利于营造和谐安定的社会环境。个性凝聚大社会，社会环境造个人。个人修身得来的崇高品质终将汇聚成积极向上互助友爱的社会潮流，人们的思想会随着这种潮流而走向高尚。这样一种良性互动是社会进步文明发展的必然规律。

青年兴则国家兴，青年强则国家强。大学生作为社会建设的骨干脊梁，修身是社会对我们提出的基本要求。当代大学生是肩负中华民族伟大复兴使命的年轻一代，只有大学生的健康成长，才有中华民族的蒸蒸日上；只有光辉品质的延续传承，才有中国社会的复兴富强。简而言之，修身是时代赋予我们的历史使命，是社会向我们提出的基本要求。

---

①王国强．费宝莉：为山里孩子打开一扇窗[EB/OL]．[2009-08-21]．http://paper.jyb.cn/zgjyb/html/2009-08/21/content_16859.htm.

心得体会

### (二) 修身是个人责任

常言道,一屋不扫何以扫天下。对于迫切渴望成功的大学生而言,我们更应时时以此为戒督促自己。

首先,修身是大学学习的重要内容。欲成才,先成人,言即此理。技能与品行都是我们入大学深造的重要内容。人说大学就是小社会,在这里我们既要习得一技之长,更应修得与人交往的处世之道。而修身,就是达到这一目标的根本途径。

其次,修身是人生成长的必要历练。修身,是一个社会人的基本责任,这是一门需要我们终身投入学习的课程。修身不是一门技能,一次获得,终身受益;修身,乃是一门需要我们不间断学习,不间断提高的人生艺术。年轻人不修身,难有小成就,年长者不修身,难有大见地。

最后,修身是塑造个性的最佳途径。我们修身,最终的目的在于成就独特的自我,在于缔造个性的人生。而区别自己与他人的根本,不在你的物质财富,不在你的衣着装扮,而在你的气质修养。能否在千人万人之中创造一个独特的你,能否在时光荏苒中留下属于你的足迹,这便是人生的成功。而引领你成功的,恰是你不经意间的人生修炼。

### (三) 修身是成功筹码

当下的时代是一个最好的时代,也是一个最坏的时代。我们从来没有过如此优越的物质条件,同时我们也从来没有过这么激烈的竞争环境。

一方面,个人综合素质越来越成为用人单位择才的关注重点。当前高校大学生就业难的问题异常突出,且呈现愈演愈烈的趋势,随之而来,用人单位对人才各方面的素质要求也越来越高。当代大学生要想在竞争中脱颖而出,就必须有良好的综合素质,而个人修养则成为其中的重要一环。

另一方面,个人修养越来越成为用人单位选拔人才的主要依据。个人修养不仅是综合素质的重要内容,而且其地位与分量正不断提升。究其缘由,因为当代大学的扩展与大学生的扩招,使得我们在某些领域内并不欠缺相应的技术人才,而是匮乏诚信可靠、持之以恒的业务精英。另一种择才标准则普遍认为:能力问题可以通过短期培训解决,修养问题则不然。

时代赋予了当代大学生全新的竞争模式,修身成为我们能否融入社会、走向成功的重要筹码,成为我们把自己成功推销给用人单位的敲门砖。

## 二、修成何身——德才兼备,与时俱进

修身的目标,抽象而又具体,似乎从未有过统一的标准,但又深深植根于人们心中。历史、社会和时代一再用鲜活的例子向我们昭示修身的标准。

## 成功案例解析

### (一) 关西夫子,"四知"先生

在华阴市岳庙东十余里的双泉村有一个远近闻名的四知书院。书院初建于东汉永元初年(公元89～100),是汉太尉、关西夫子杨震出仕前教授生徒的地方。

杨震,字伯起,东汉时弘农华阴人,西汉赤泉侯杨喜的八世孙,东汉靖节先生杨宝之子。震少时敏而好学,世人赞其"时经博览,无不穷究",当时被誉为关西孔子。50岁前,先在牛心峪故居一边耕田侍奉母亲,一边设馆讲学。因震学识渊博,德高望重,故从学者如市。当时牛心峪多槐,人称槐市。

震母谢世后,为了方便教育,震把学馆从牛心峪迁往古驿道旁的双泉村。书堂铭"两泉交流,双桥结彩,晚霞永朝,文辉万载",是其学馆所处环境及教学宗旨的真实写照。当时人们习惯将学馆称为"杨震讲学处"。此后,震又应邀客居于弘农郡阌乡县讲学。所以阌乡县亦留有杨震故宅、校书堂、太尉讲堂等遗迹。

五十岁时,经朝廷大将军邓骘举荐,震开始步入仕途,升任荆州刺史。任职期间,曾举荐茂才王密担任了昌邑县的县令。后来,震出任东莱太守时,途经昌邑,县令王密深夜来访,怀金十斤,以报震举荐之恩。震感叹道:"故人知君,君不知故人,何也?"王密答:"夜暮无知者。"震斥责他说:"天知、神知、子知、我知,何谓无知?"王密羞愧万分,持金告退。由此,后人又尊称杨震为四知先生。

以后几年,震历任涿州太守等职。元初四年应诏入朝,先任太仆,继任太常,后又迁升为司太常,依然公正廉明,不受私谒,蔬食布衣,出入步行。亲朋劝他抓紧时机为子孙添置家业,他说:"使后世称为清白吏子孙,以此遗之,不亦厚乎?"身为朝廷命官,他无私无畏,直谏安帝,弹劾奸佞,坚持任人唯贤的选官原则,拒绝安帝舅父耿宝提拔亲信的无理要求,又刚正不阿揭露中常侍樊丰等人动用国资,建造私宅罪行,因而得罪了朝廷一批贼臣,被人诬陷,贬为庶人,遣归原籍。在行至洛阳城西夕阳亭下时,震悲愤对儿孙及门生说:"死者士之常情,吾蒙恩上司,疾奸佞诈恶而不能诛,恶嬖女倾乱而不能禁,以何面目复见日月。"并叮嘱子孙说,他死后"以杂木为棺,布单被裁足盖形,勿归冢次,勿设祭祠。"言罢饮鸩而死。就这样,朝廷奸臣仍不善罢甘休,指示弘农太守阻止震丧归里,使"露棺道侧"并株连震诸子贬为邮吏。行人见之无不垂泪。一年后,顺帝刘保即位,贪官污吏奸臣被诛,震方沉冤昭雪。后来朝廷又赠钱百万,将震以礼改葬潼亭(今潼关吊桥)。传说改葬那天有大鸟高丈余,至震墓前,连声悲鸣,泪滴湿地,葬毕方才飞。

为纪念震的治学精神,顺帝颁诏命将双泉杨震讲学处重修并更名为育贤宫。宫占地数亩,建筑宏伟。主要建筑"明道堂"庄严典雅,堂后筑有望河亭,并赐一牌坊,上书"清德洁白"四字。司徒李命撰文立碑以志其事。明万历四十年(1565)华阴县令王九畴对育贤宫重新修葺并彩绘一新。清乾隆十七年(1745)陕西巡抚崔纪命华阴县改育

心得体会

贤官为四知书院，以弘杨震暮夜却金，一尘不染的廉吏风尚，并于此立“四知书院”石碑一通。今院内建筑已不复存在，仅留遗址①。

修身如杨震，勿以善小而不为，勿以恶小而为之，勿以无外人知晓而恶之，实乃修身者之佳境。常以“四知”之心督促自身，把修身内化为一种平常心，也便是我等应力求达致之修身之境。

（二）法盲大学生“创业”

中国新闻网有一则新闻，标题是“法盲大学生毕业后‘创业’倒卖车票千余张”。刚刚毕业的大学生白某，先后从车站购置1000余张票，加价20～30元兜售给在校大学生，票面价值10余万元。日前，他因倒卖车票、情节严重被检察机关依法批准逮捕。承办此案的检察官提醒市民，变价、变相加价倒卖车票，非法牟利满2000元以上，属于刑法中“倒卖车票情节严重”，必将受到法律的制裁。

白某，2007年毕业于河北省某大学，毕业后没有找到工作。此后，他经过自己努力，在校园里开了家通讯店，经营手机配件。去年12月，他看到周围的大学生急于购买返乡车票，觉得这是一个不错的商机。于是，他就在校园内张贴广告，称自己的通讯店代售火车票。

见到这条广告，许多大学生纷纷到其通讯店预订火车票。白某在校期间曾经担任过学生会干部，为帮助同学们购票结识本案的另一名犯罪嫌疑人王某，王某所在公司有代售火车票的资质。今年1月初，正值在校学生订票的高峰，白某在自己经营的通讯店并无代售代办火车票资质的情况下，前往北京找王某买票，二人商定每张票王某加收5元。相关法律法规规定，学生票不能加收任何费用。

为了自己个人能挣到这笔钱，王某没有从其所在公司出票，而是从某车站先后购得1000余张学生票，每张加价5元卖给了白某，这1000多张车票票面金额达10余万元。白某拿到这些车票后，再以每张加价20～30元的价格卖给在校的大学生。1月14日，白某在将一张北京西至贵阳的T87次硬座学生车票以165元的价格倒卖给旅客张某时，被公安民警当场查获。在其通讯店内，民警还查获了白某欲加价倒卖的不同日期、到站各次列车车票300余张，票面数额3万余元。

日前，白某、王某以涉嫌倒卖车票罪被天津铁路运输检察院依法批准逮捕。倒卖车票、船票，情节严重的，处3年以下有期徒刑、拘役或者管制，并处或者单处票证价额一倍以上五倍以下罚金。《最高人民法院关于审理倒卖车票刑事案件有关问题的解释》更是规定，变价、变相加价倒卖车票或者倒卖坐席、卧铺签字号及订购车票凭证，票面数额在5000元以上，或者非法获利数额在2000元以上的，构成刑法规定的“倒卖车票情节严重”②。

---

①国际在线．关西夫子[EB/OL]．[2003-02-26]．http://gb2.chinabroadcast.cn/773/2003-3-4/135@167836.htm.

心得体会

②中国广播网．法盲大学生毕业后‘创业’倒卖车票千余张[EB/OL]．[2010-02-20]．http://www.cnr.cn/allnews/2010021 t 20100220_506037176.html.

君子爱财，取之有道。创业本是好事，可若把创业与创收简单等同起来，一味钻进钱眼里，而全然不顾公德法纪，创业也便变质了。修身不是一种口号，而是一种动力，一种保障，一种言行。任何时候，任何地方，谁放弃了修身，谁就沦为公德与法纪的敌人。

(三)“吃白饭”吃出成功求职

有一个发生在武汉某师范大学2009届本科毕业生王同学身上的故事，王同学学的是电子信息科学与技术专业，此位同学在校期间学习态度很踏实，但限于天赋，成绩一般，也没有获得过什么像样的荣誉和证书，英语只过了四级。2009年全世界刚刚遭遇了金融危机，这个危机也无情的打击了本科生的就业市场，作为并不出众的他要找到一份好工作更是难上加难。

暑期实习结束后王同学开始了漫长的找工作之旅，从2008年9月～2009年3月，除了春节的两个星期，每周都奔波在参加招聘会、投简历、笔试、面试到了无音讯的循环中，除了武汉还先后转战深圳、上海、广州、北京等多个城市，先后参加了30多场招聘宣讲会，投了上百份简历，其中通过招聘单位笔试的有25家，通过第一轮面试的有7家，不幸的是在第二轮面试的时候都失败了，败在专业特色更强的名校研究生、本科生手下。

2009年3月25日，王同学再一次走到了一家公司的第二轮面试，这是上海的一家大型上市公司，招聘2名软件开发工程师，进入第二轮面试的共有30人，其中来自名校的研究生8名，其他的21位竞争对手也不乏名校的高材生，希望非常渺茫。虽然如此，王同学依然穿上专为找工作准备的行头，把皮鞋擦得锃亮，早早来到面试等待室。在紧张而忐忑的2.5小时后，终于听到叫他的名字，他是最后一个面试的，走进会议室后在椭圆形会议桌的一边坐下，由于紧张不敢看另一边面试考官的脸，只知道一排人中对着他的是总经理。

可能是事先已经仔细看过简历，总经理面试的问题单刀直入：“你的特长是什么？你觉得在这30位面试者中你最大的优势是什么？”，由于紧张，第一次提问后没有反应过来，在总经理重复一遍后他更紧张了，第一个问题还好说，可第二问他实在回答不上来，在语无伦次地说了3分钟后，他看到了面试考官们失望的表情。走出来后，他已经记不清到底说了些什么，面试考官们失望的表情反复在脑海中浮现，他知道这一次又没有希望了，在会议室外面的走廊上呆坐了一会儿后，决定先回学校完成毕业论文再说。

中午，他在公司附近的一家快餐店里要了一份扬州炒饭，为了赶上回武汉的火车，他匆匆忙忙吃完饭，立即赶往火车站，在走出快餐店数百米后，才忽然想起还没有付钱，于是又折回去付钱，服务员感到十分惊讶，因为她当时正忙着招呼别的客人，没有注意到他的离开，以为碰上一个吃白饭的，自认倒霉被扣工钱算了。

这一幕被坐在王同学背后角落里就餐的一个人看在眼里，对于王同学赞许的点了

心得体会

点头。在返回学校后第三天，王同学收到了这家公司的签约通知，这让王同学异常意外，在上班报到的时候才知道，在角落里的那位是面试考官之一——公司人事部经理。

细节决定成败，人品造就未来。平凡人如何获得理想的岗位，业务能力自然不可小觑，而比这更重要的，则是你在生活中的点滴表现。修养，是一种自内而外自然散发的高贵品质。做一个有修养的人，需从点滴开始。

## 成功理论修炼

修身的境界，因人而异；修身的目标，难以穷尽。作为中国特色社会主义建设的生力军，作为新时代的大学生，我们修身，就是要树立中国特色的社会主义共同理想，树立正确的世界观、人生观和价值观，社会公德、职业道德，努力把自己打造成为与社会主义市场经济相适应、与社会主义法律规范相协调、与中华民族传统美德相承接的社会主义建设者与接班人。

### （一）与社会主义市场经济相适应

社会主义市场经济体制不是孤立的事物，它既同社会主义的基本经济制度和基本政治制度结合在一起，同时又和社会主义精神文明特别是思想道德体系结合在一起。发展社会主义市场经济是中国特色社会主义建设的必然选择，是我们不可回避且不得不重视的时代背景。

我们强调要建立新型的社会主义思想道德体系，造就有修养的社会公民，其本质就是要在发展社会主义市场经济的过程中，加大力度改进和完善思想道德建设，使思想道德建设与社会主义经济体制建设相协调。

在这样的时代背景下，我们当代大学生要立足于社会，成为符合时代修身标准的社会人，就要深入分析社会主义市场经济对思想道德建设提出的新要求，坚持社会责任与合法权益相一致、效率优先与兼顾公平相统一、先进性要求与广泛性要求相结合的社会性要求，努力形成与社会主义市场经济相适应的思想道德体系，在社会的文明发展进程中把自己打造成为一名合格的社会公民。

### （二）与社会主义法律规范相协调

现代社会，德治与法治相辅相成、相互促进。法治属于政治建设、政治文明，是一种硬要求，它具有强制性和权威性，实现手段主要靠“他律”，靠外在的强制力来发挥作用；而德治属于思想建设、精神文明，是一种软要求，它具有感召力和引导力，实现手段主要靠“自律”，靠内在的自觉性来发挥作用。

两者的不同特点决定了我们在建设中国特色社会主义的过程中，必须坚持依法治

国与以德治国相结合，既发挥法律的规范和约束作用，又发挥道德的教育和启发作用，使两者相互衔接、相互协调，实现两者的相辅相成与相互促进。作为当代大学生，我们修身就要努力使自己成为一个有道德，守法纪的人。

法纪，顾名思义就是法律和纪律。遵纪守法是每个社会公民的基本要求，胡锦涛同志在“八荣八耻”中明确指出“以遵纪守法为荣，以违法乱纪为耻。”可见法纪在社会发展中的作用非同小可。社会秩序是由法纪和道德两方面来维系的。没有规矩不成方圆，青年人逐渐成为社会的主体、事业的传承人，必须懂得约束自己，要有自己的思想，能自由掌控个人生活。

忙碌的现代世界，人们容易变得功利、物欲、自我。没有法纪与道德的支撑，世界的样子难以想象。我们从小到大接受法制教育和公民道德教育的广泛熏陶，总体上遵纪守法的意识已经深入人心。但是，也不乏少数个别分子法纪意识淡薄。遵纪守法是合格后备军的前提，作为当代大学生，我们既要努力提高自身的个人修养，同时也应为营造良好的社会风气贡献出自己的一份力量。

### （三）与中华民族传统美德相承接

中华民族素有“文明古国”和“礼仪之邦”之称，有着悠久而深厚的道德传统。这是我们宝贵的精神财富。社会主义思想道德建设，必须继承中华民族优秀传统文化和传统美德。在广泛开展道德教育和道德实践中，积极建立社会主义思想道德体系。

道德教育和道德实践是我们提高自身道德修养的主要途径，作为当代大学生，我们要通过教育学习和实践锻炼等多种方式提高自身修养。积极学习落实《公民道德建设实施纲要》，积极响应“爱国守法，明礼诚信，团结友善，勤俭自强，敬业奉献”的号召，加强社会公德、职业道德和家庭美德教育，特别是要加强自身的思想道德教育，努力使自身在遵守基本行为准则的基础上，追求更高的思想道德目标。

同时，我们还要主动运用道德教育、法规制度、行政管理和社会舆论等方式，实现个人自律与社会监督相结合，积极营造扶正祛邪、扬善惩恶的社会风气。

## 三、如何修身——好学好问，善思善行

纸上得来终觉浅，绝知此事要躬行。想要真正成为一个有修养的人，绝非知晓修身意义、了解修身基本要求这么简单。修身的关键，在于平时的修炼，在于不懈的努力，在于点滴的学习。

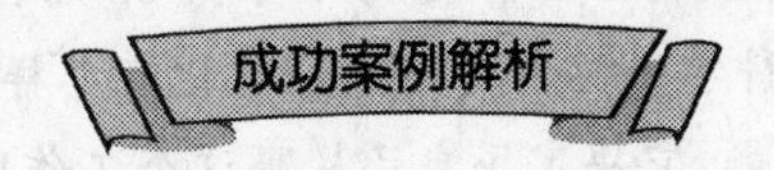


### （一）程门立雪

心得体会

远在北宋时期，福建将东县有个叫杨时的进士，他特别喜好钻研学问，到处寻师访

友，曾就学于洛阳著名学者程颢门下。程颢死后，又将杨时推荐到其弟程颐门下，在洛阳伊川所建的伊川书院中求学。

杨时那时已四十多岁，学问也相当高，但他仍谦虚谨慎，不骄不躁，尊师敬友，深得程颐的喜爱，被程颐视为得意门生，得其真传。

一天，杨时同一起学习的游酢向程颐请教学问，却不巧赶上老师正在屋中打盹儿。杨时便劝告游酢不要惊醒老师，于是两人静立门口，等老师醒来。一会儿，天空飘起鹅毛大雪，越下越急，杨时和游酢却还立在雪中，游酢实在冻的受不了，几次想叫醒程颐，都被杨时阻拦住了。

直到程颐一觉醒来，才赫然发现门外的两个雪人！从此，程颐深受感动，更加尽心尽力教杨时，杨时不负众望，终于学到了老师的全部学问。

之后，杨时回到南方传播程氏理学，且形成独家学派，世称"龟山先生"。

没有程门立雪的修养，就难有"龟山先生"的成就。修身就是这样，既要乐于求教他人，更应具备向他人求教的勇气和毅力。学而后知，知而后行，也便是修身的基本途径。

（二）一件最简单也最容易的事

有学生问大哲学家苏格拉底，怎样才能修学到他那般博大精深的学问。

苏格拉底听了并未直接回答，只是说："今天我们只学一件最简单也是最容易的事，每个人把胳膊尽量往前甩，然后再尽量往后甩。"苏格拉底示范了一遍，说："从今天起，每天做300下，大家能做到吗？"学生们都笑了，这么简单的事有什么做不到的。

一年后，苏格拉底再一次问大家："请告诉我，最简单的甩手动作，还有哪几位同学坚持了？"

这时整个教室里，只有一人举了手，这个学生就是后来成为古希腊另一位大哲学家的柏拉图。

人人都渴望成功，人人都想得到成功的秘诀，然而成功并非唾手可得。我们常常忘记，即使是最容易最简单的事，如果不能坚持下去，成功的大门也决不会轻易开启。成功并没有秘诀，但坚持是它的过程。

（三）一位博士的心得

武汉某师范大学物理学院博士生俞某，参加了第58届世界诺贝尔奖获得者大会。曾经有人这样问他："对待科学研究自己究竟应该抱有怎样的态度？"他严肃的答到："这其实是一个很重要的问题，它决定了自己从事这个工作所可能具有的价值。人们常常说，科学需要激情与灵感，这的确不错。但务实与认真也许更是科学工作者所需要的基本素养。然而一个人要在任何时候都切实做到这一点，却未必如同说得这么简单，必须在实践中身体力行、细细体会。"

心得体会

"那么何为务实呢?"他说:"对于一个物理理论,如果把它看成是建立在原理性假设上的逻辑演绎,那么务实当有两点含义:首先作为最底层的原理性假设与人类当时对自然的朴素认识是不应该矛盾的;其次在原理之上的演绎则必须符合逻辑的正确性与自洽性。在具体的理论工作中,要尽可能地把理论和现实的实验与观测结合起来。"

他认为,天下的事只怕认真,无论是对待一个数字、一个符号、一个公式,还是一句表达,都得细细推敲它的前因后果、来龙去脉,至少自己心里是必须完全相信它是可靠的,或是知道它可靠的程度。当然,说这些并不意味着不可以有近似。在不违背物理规律和逻辑正确性前提下的近似、估计和简化同样也是非常重要的,这不仅能够使得问题变得比较直观明了,甚至很多时候一个好的近似将可能导致一个激动人心的突破,这也许就是灵感。

这次到德国,让他对科学家的素养有了更进一步的认识。他说,那几天与诺贝尔奖得主相处交流,越来越感觉到他们作为一个普通科学家的本色。具体的,或许可如Ivar Giaever教授(1973年因实验发现半导体与超导体的量子隧穿效应而获奖)所概括的"好奇心,竞争性,创造性,坚定,自信,善疑,耐心,再加上幸运"。但是,如此这些,又何尝是刻意的追求而得来呢?他在《德国两周记》里这样写道:"最简单的,我想我们只需要发自内心地去追求科学,更多地保有科学家的本色,就够了。众多未能获奖的普通科学家都常有良好的科学品质,也不乏做出了诺贝尔奖级别工作的人,他们同样是值得尊敬和学习的。诺贝尔奖得主是杰出科学家群体的代表,但绝无超然于普通科学家的绝对特殊性。这些前辈们,几十年前或许正如我们现在一样,那么诺贝尔奖一定离我们很远吗?"是的,只要孜孜不倦地去探索未知的世界,坚持不放弃,诺贝尔奖离我们就不会很遥远[①]。

你为什么不成功,因为你不得法;你为什么不得法,因为你不擅学习;你为什么不擅学习,因为你不会在学习中思考,不懂得在思考中学习。人要有梦想,更应有追梦的坚定与豁达。学人之长,补己之短,既学且思,既思且行,这才是我们修身的法则所在。

## 成功理论修炼

如何修身,不同的人有不同的方法。方法本身并无优劣好坏之分,适合自己的,便是好的。

### (一)在理论学习中提高自我

温总理在"世界读书日"发出全民读书的号召,他指出,"读书决定一个人的修养和境界,关系到一个民族的素质和力量,影响一个国家的前途和命运。一个不读书的人、不读书的民族,是没有希望的"。

心得体会

①谢守成,吴俊文,主编．桂苑群星[M]．武汉:湖北人民出版社,2009:173.

纵观世界发展史,读书与一个民族发展、兴衰息息相关。列宁说过,一个充斥文盲的国家,是建不成共产主义的。同样的,一个不读书的国家,是无法建设小康社会的。

联合国教科文组织的追踪调查表明,以美国为例,目前美国的百万富翁中有1/4是犹太人或犹太血统,美国的诺贝尔奖金获得者有1/3是犹太人或犹太血统。为何犹太人如此聪明、发达呢?前不久联合国教科文组织调查了一些国家和民族的读书状况为我们解释了这一困惑:全世界读书最多的民族是犹太族,以2006年为例,以色列人年平均读书64本。

由此可见,一个人或一个民族的聪明和富裕是与读书量呈正比的。难怪一个灭亡2000多年的民族,重新聚集起来,把以色列国家建设得如此富裕和发达,可以断定以色列的成就与其民族好读书的优良传统是密不可分的。

作为当代大学生,要提高自身修养,首要的一条就是从学习当中获得丰富知识,拓宽视野,学会思考,胸怀世界。只有热爱学习与思考的人,才能在学习中不断获得新的成就与提升。

（二）在以人为师中提高自我

曾国藩在建立功业的过程中,非常注重自己人格的修炼和完善,同时以人格修炼和完善来促进功业的建立。曾国藩的修身有五字:诚、敬、静、谨、恒。

诚,即诚实,诚恳。为人表里如一,自己的一切都可以公之于世,要修炼自己的诚;敬就是敬畏,人要有畏惧,不能无法无天。表现在内就是不存邪念,表现在外就是端庄严肃有威仪;静,是指人的心、气、神、体都要处于安宁放松的状态;谨,指的就是言语上的谨慎,不说大话、假话、空话,实实在在,有一是一,有二是二;恒,则是指生活有规律,饮食有节,起居有常。

这五个字的最高境界是“慎独”,就是人应该谨慎地对待自己的独处,也就是指在没有任何人监督的情况下,都要按照圣人的标准,按照最高准则来对待。

古今中外,大凡成就大事业者,无一不是有着良好心态与卓越修养的人,这样的例子不胜枚举。榜样的力量是无穷尽的,如何才能在向别人学习的过程中提高自我,这就要求我们要做生活的有心人。

孔子说“学而不思则罔,思而不学则殆。”我们不仅要学习他人的优秀品质,更要多思,多探索,多问他人是如何培养这种优秀品质的。

唯有思他人之思,方能得他人之法,才能尽自身之事。只学不思,学无所用;不学而思,无本之木。

作为当代大学生,我们应时刻保持谦卑的心态,在与人交流,以人为师,向人学习的过程中获得个人的成长;同时,通过自身辐射周边,使自己也成为一个对他人有益的人。

（三）在实践锻炼中提高自我

正如学游泳,光看些游泳教材不行,还得下水去游一样,修身同样如此,只学习理

论知识，观摩他人还是远远不够的，关键是要在实践中锻炼自我，提高自我。

唯有知行合一，理论才能发挥作用，修身才能有效果。正如当一个人深深明白助人为乐的道理时，就需要去实践，需要用行动去帮助别人，去感召别人，这样才算是有了真正的成长与提高。

作为当代大学生，我们是学校的主人，是国家的未来，在文明修身行动中，我们责无旁贷要听从号召，统一行动，加强基础文明修养、规范自己的言行、倡导健康向上的生活习惯、培养高尚的人格、树立良好的精神面貌。自觉实践"二十字""爱国守法、明礼诚信、团结友善、勤俭自强、敬业奉献"公民道德建设方针，积极自觉修身，为创建文明大学校园、创建和谐社会献出自己的一份力量。

修身，离我们并不遥远，只要我们愿意，从一些看似无关紧要的小事做起，从基础文明、团队精神、社会责任感、理想信念等不同层面入手，从自我做起、从现在做起、从点点滴滴做起，倡文明之风，践文明之行，就能为建设环境友好型、资源节约型的和谐社会做出自己的贡献。

## 成功法则探索

儒家认为在修身、齐家、治国、平天下四大人生历程中，修身是基石，而修身又是一个自觉、自得的过程。当代大学生提高个人修养，首当其冲的一点就是要自主意识到修身的重要性。知而后方能思，思而后方能行，在知、思、行的过程中不断获得正确的价值认知，不断获得正确的成长导向，不断获得新的收获与提高。

学习是提高个人素质的重要途径。人要认识自我，实事求是地评价自己，超越自我，提高个人修养，最好的办法就是学习，学而后知不足。关于学习有 3 个方面的要求：一是博学多识，就是要多学多看，增长知识见闻；二是谦逊好问，知之为知之，不知为不知，要虚心求教；三是学而不止，积善成德，就是要树立终身学习的思想。

修身与成功是一种互助互动的关系。成大事者，必先修身；善修身者，方成大事。

心得体会

博观而约取，厚积而薄发。

——苏轼

# 第三章　专业学习是大学生成功的根本

俗话说：活到老学到老。知识是无止境的，只有坚持不懈努力学习，才能获得更多的知识。学习就是提高自己、改变自己的一种方法，是弥补自己缺陷的一种途径。通过学习，你才可能会不断完善自我，不断取得新的进步。可见学习是人的一生中最有意义的事，学习的目的在于掌握知识、提高认识和识别事务的能力，陶冶自己的情操。一个优秀的大学生不仅在于他掌握的知识有多少，更在于其知识结构是否合理，因为任何人都不可能把浩如烟海的人类知识全部消化吸收为个人的财富，只有围绕专业方向，学习必需和相关的知识，建立合理的知识结构，才能最大限度的发挥才能。大学生毕业后不管选择学习深造，还是选择就业，良好的专业素质都是他们走向成功的关键要素。

## 一、避开学习误区——引以为戒、正确学习

大学阶段是大学生学习专业知识的关键期，打下牢厚的专业根基，奠定今后成功的基座。大学期间要把学习放在第一位，在学习过程中不断摸索，锻炼自己的思维模式。但有的学生学得好，有的学生学得差，为什么呢？因为在专业学习的过程中有不少误区，有的学生不喜欢自己的专业，想毕业后找一份其他行业的工作，于是认为大学的专业知识没有用；有的学生觉着毕业后很多知识都用不上，就没有必要好好学。因此，要学好专业知识，必须走出这些误区。

### （一）雷军——从程序员到明星CEO

2007年10月9日上午10点整，经过8年的上市准备，国内网游及软件商金山公司正式在香港港交所挂牌交易，上市第一天收于5港元，相比3.6港元的发行价上涨39%，共融资6.261亿港元。一时间，中国IT界元老级公司金山再一次成为公众热议的焦点，媒体的眼光也不约而同地被吸引到富有传奇色彩、金山的领军人物雷军身上。

他有很多头衔，原金山软件 CEO 兼总裁，卓越网创始人，乐讯、我有网、拉卡啦、VANCL、多玩网、狗狗网、UCWEB 投资人。

1987 年，雷军考入武汉大学计算机系。第一天雷军就去上自习，不久又改掉了睡午觉的习惯。始终保持着奋进的姿态。“在我的印象中，闻一多等很多著名人物都是在大学成名的，我当时也想利用大学的机会证明我的优秀。”雷军每天早上 7 点左右去教室占座位，总要坐在最好的位置上听课；他戒掉了午睡的习惯，把时间分割成以半小时为单位，为自己制订好每半小时的学习计划；周末他喜欢看电影，但经常自习到九十点后看晚间场。在雷军看来，计算机主要是一门实践科学，一旦搞懂了精髓，所有的东西就都很简单了。与其他程序员不同，写程序对雷军来说就像在写诗，可以将自己的个人情感融入到程序之中。

在武大几年，雷军的成绩相当优秀，他只花了两年修完了大学四年的课程，大一时编写的 PASCAL 程序，老师觉得非常出色，还选作下一版教材的示范程序，他也因此成为系里 20 年来拿过《汇编语言程序设计》满分成绩仅有的两个学生之一。他在大学期间编撰的《深入 DOS 编程》和《深入 Windows 编程》也颇受一些程序员的推崇。在校期间他两次获得湖北大学生科研成果三等奖，“挑战者”大学生科研成果二等奖，获得武汉大学三好生标兵，光华一等奖学金。

但他后来很快发现大学并不是比谁考第一，计算机毕竟是实践性很强的技术。他很快调整了策略。从大二开始，他就骑着自行车，背着包，上了武汉广埠屯的电子一条街。那时候的雷军，想法很简单，只要能学东西，干什么都可以，赚不赚钱不重要。他对各种新生事物都抱着非常浓厚的兴趣。接下来的两年，他涉猎尤其之广，写过加密软件、杀毒软件、财务软件、CAD 软件、中文系统以及各种实用小工具等。还做过电路板设计、焊过电路板，甚至干过一段“黑客”，解密各种各样的软件。两年混下来，雷军就成了武汉电子一条街的“名人”，他们一有技术难题，都找他帮忙。此后，雷军还先后与人合作开发过共享软件 RI、自然码、电脑加密等软件，他和同学合作开发的《免疫 90》获得了湖北省大学生科技成果一等奖。在大学期间还在《计算机世界》等刊物上发了很多篇关于病毒的文章，成了当时小有名气的“反病毒专家”；并在学术刊物《计算机研究与发展》上发表一篇学术论文，并入选第一届青年计算机大会论文集。当时，湖北省公安厅还专门请雷军讲课，讲反病毒技术。靠着这些极具技术含量的软件，大三时，雷军就成了同学中的百万富翁。1991 年雷军大学毕业的时候，在软件圈内已经是一个名声不小的程序员了。随后，他分配入北京一家研究所，开始了北京闯荡[①]。

雷军有个外号叫“楚国狂人”，在他激情澎湃的背后，却有着充分的务实。在大学里，他把专业知识的学习当作自己的立身之本，在学习上取得了优秀成绩。同时，他又不自满于成绩的优异，转而投身于实践的海洋。在实践中，他进一步地锻炼了自己的专业技能，成为了一名优秀的程序员，为日后他在计算机领域取得领先地位打下了基础。

心得体会

①李漠风．“楚国狂人”雷军[J]．中关村，2003，7：124．

## (二) 求学路漫漫，创新索真知

陶某，男，汉族，1987 年 7 月出生，中共党员，华东某大学石油工程专业 2006 级学生。曾获 2007～2008 学年“山东省优秀学生”荣誉称号，先后获“斯伦贝谢能源基金奖学金”，2 次国家奖学金，2007～2008 学年学校“突出贡献奖学金”和“科技创新奖学金”，“美国大学生数学建模大赛”三等奖，“2008 年中国大学生数学建模大赛”山东赛区二等奖、“中国石油大学第 2 届力学竞赛”三等奖，“中国石油大学第 21 届高等数学竞赛”二等奖，“中国石油大学第 21 届高等数学竞赛”团体二等奖。

进入大学之后，陶某努力地学习课堂知识，并取得了专业成绩第一的成绩，同时利用课余时间去图书馆阅读各方面的书籍，涉猎本学科的前沿知识，扩大自己的知识面，通过不断的实践来加深对专业知识的理解和吸收。功夫不负有心人，他在第二学年参加了国家大学生科技创新性实验项目——《负压固井系统及控制方法的研究》课题。经过答辩和层层选拔，该课题获得了评委老师的青睐，并被推荐为国家级创新性实验项目。

这个实验对于本科生来说是一个挑战：不仅参加科研的时间与正常学习时间冲突，而且会由于专业知识的不足而搁浅。但是陶某没有害怕，他与队友们挤出时间一起查阅到了所有能检索到的相关资料，对问题进行了分析，并在老师的指导下不断地向正确的研究方向靠拢，他们在反复地否定和肯定的过程中一路坚定的走了下来，在困难面前，他们没有丝毫的退缩，并最终获得了好成绩①。

陶同学学业成绩优异，科研创新能力突出，这与他自己对专业的热爱是分不开的。他对专业的学习没有局限在专业考试上，积极进行探究式学习，勇于创新，他连续 3 次参加全国数学建模比赛并获得二、三等奖，参加全国大学生创新性实验计划并通过审批，他在这些活动中将自己所学专业知识应用于实践，同时在比赛和实践中进一步提高自己的专业素养。

## (三) 海阔凭鱼跃，天高任鸟飞

尹同学，中共党员，2004 年本科毕业于武汉某大学政法学院思想政治教育专业，是该校政治系建系以来第一个被外校接收的免试研究生。

本科期间担任政法学院学生会主席的尹同学是一个不断挑战自己、与时间赛跑的桂苑优秀学子。大学期间，他创下了该院专业成绩年年名列年级第一、发表论文总量第一(15 篇，其中核心刊物 11 篇)、获科研奖励(10 项)和获奖次数第一(20 多项)等多项记录，并被评为大学第四届“学生科研之星”、首届“三好学生标兵”、湖北省三好学生等先进个人。他还勤俭自强，通过各种形式的勤工俭学活动和奖学金解决了本科阶段的大部分学习生活费用。在北京某高校读研期间，尹同学继续秉承优良传统，勤奋学

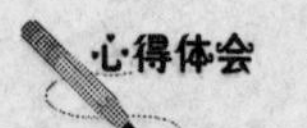


①崔邦焱，主编．希望——2008 年国家奖学金获奖学生风采录[M]．北京：北京大学出版社，2009：261.

习，刻苦钻研，并取得了累累硕果。读研期间，他发表论文3篇、评论10余篇，出版著作《从管理到治理：中国地方治理现状》、译著《国家理论》。

尹同学本着“读万卷书，行万里路”的学术态度，经常深入社会调研，开展课题研究。2004年，他参与了民政部、卡特中心(美国)和杜克大学合作开展的“规范城市社区居委会选举”项目，赴南宁、无锡等地指导和观摩社区直选，其在无锡选举过程中的监测和调研活动，受到了新华日报、中国国际广播电台等多家媒体的广泛报道。2005～2006年，他主持个人研究项目，前往河北、湖南、吉林、江西等地进行调研。还担任了中国选举与治理网、中国政府创新网等知名学术网站的编辑，是两个网站的专栏作家。2005年10月，因研究生阶段成绩优异、科研显著，他又成为学院惟一一个保送本校攻读博士学位的研究生①。

尹某从一个初入政治学殿堂的学子，成长为一个政治学领域的高材生，这是一段漫长而艰苦的历程。他凭借自己对政治的一腔热情，怀着一颗天真童心去追逐专业学习的顶峰，希望自己将来能够对现在所未知的规律有一定发现，这种对专业知识的学习态度值得学习。

## 成功理论修炼

调查显示，大学生就业难的最重要原因，是由于缺乏“相关专业技能”。“专业水平”被毕业生认为是最需要具备的素质和能力，由此可见学好专业知识，夯实专业功底的重要性。专业能力包括系统扎实的专业知识和专业实践能力等方面。专业知识是大学生整个知识结构的核心部分，是每一类人才知识结构的特色所在。专业实践能力与行业职业活动紧密相关，决定大学生能否从事某一专业性较强的工作。因此，我们应该看到，大学生的主要任务还是学习，专业学习更是“重中之重”。要在各类竞争中取胜，没有过硬的专业知识和技能是不行的。要学好专业知识首先要认清专业学习的重要性，避开专业学习的误区。具体的讲有以下几点。

### (一) 学一门爱一门——摒除成见、自主学习

在很多院校，都有一个十分难解的现象，就是学生这山望见那山高，不爱本校爱他校，不爱本专业爱他专业。如学中文的爱法律，学管理的爱中文，学医学的爱数学，如此等等。兴趣不专，难免肤浅，结果往往是无“专”而求“博”，结果两头不精，没有一项具有绝对优势、能与他人抗衡的本领。所谓“学中文的不会文章，学电脑的不会上网，学外语的说不了洋话，学中医的不会开处方。”随着科学进步与教育发展，学科被划分的越来越细，专业也就越来越多。限于我国的高考制度，大学生们大多在填报高考志

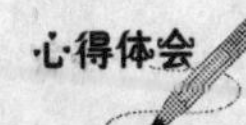


①华大桂声．尹冬华：与时间赛跑的优秀学子[EB/OL]．[2007-04-23]．http://www.hzu.net.cn/news/viewnews.html? id=30892.

愿时就已选定(或被选定)了专业。由于所学专业与未来就业有着密切的关系,因此,大学生及其家长在选择专业时更多的是考虑未来就业前景,而不是基于对该专业的正确认识和个人学习兴趣。许多学生觉得自己是糊里糊涂的进来了,其实并不了解自己所选专业与今后职业方向的关系,入学后发现所学专业并不是自己兴趣和能力所在,因此对专业前景产生悲观情绪,难以调动钻研学习的积极性。还有一些由于种种原因没能进入热门专业学习的学生就读自己认为的非热门专业后没能培养兴趣、不喜欢专业内容、认为老师教得不好以及对专业前景感到悲观。还有一些学生进入了当初自己认为是热门的专业,结果学习一段时间后,发现自己一点都不喜欢本专业,结果在痛苦中学习,觉得学习没什么意思,甚至放弃学习,不再有学习动力。还有一些同学,在高考中没有考取自己理想的大学,尽管所学专业不错,自己也较喜欢,但总觉着自己学校名气不大,高考挫折感始终无法排解,认为自己即使学的再好,也没有什么大的发展前途。

其实这些对所学专业的成见都是不对的,这种消极态度和抱怨行为都是不必要的。什么样的专业才是自己喜欢的,没有经过努力和尝试就轻下定论是极其片面的;什么才是真正的热门,每个人把握的标准都是不同的,即使是社会上相对公认的热门和冷门专业的相互转换也是常有的事,不是永久固定的。三十年河东,三十年河西,当你所学专业转热的时候,你就会因为没有好好学习专业知识而后悔莫及。更不要觉得只有大家眼中的热门专业才是最具兴趣、最应学习的,要从人云亦云中走出来,从自身的实际出发,在浩瀚的知识海洋中学会自己选择,学会自主选择学习的科目和课题,安排自己的学习时间等等。不怕专业冷门,就怕学艺不精,不管你所学的专业是什么,只要你在这个领域确实学有所成,有着较强的竞争力,当机会出现的时候就一定会脱颖而出,你就一定能利用你这个专业的知识成就一番事业。其实对待专业,要有一种"选我所爱,爱我所选"的自主精神。如果实在做不到"爱我所选",也可以通过其他途径弥补,如修读自己想上而没上的专业的双学位课程或辅修课程,或者可以旁听自己喜欢的专业的一些专业课。实在没有必要整日唉声叹气,虚度光阴。如果整日为失去太阳而流泪,那你也将失去群星。

### (二)别被"考证热"蒙住了双眼——明确出发点、非功利学习

近年来,大学生就业压力日趋增大,这些现实情况使很多还在校园中学习的大学生惶恐烦躁,倍感压力,为增加就业啊,为顺利出国啊,为了考研有优势啊,一味的追求这些,慌不择路,一切学习都与今后的出路挂钩,表现出极大的功利性,最典型的就如疯狂的"考证热",什么证热考什么,别人考什么他考什么,认为考证越多越好,想在择业时让一摞摞"证"来增加自己的含金量,吸引招聘方的眼球。更有一些人把学校当成了宿舍饭堂,把主要精力用在考证上,荒废了专业学习。不管是本专业还是跨专业,越来越多的大学生纷纷成为考证族,以至于不少学生从大一开始就排定了考证计划,大一考四级,大二考六级加计算机中级,大三考高级口译。但这也仅仅是最基本的,更多的大学生们显然已不满足于英语、计算机等"你有我有大家有"的基本证书,现在大学

生们更热衷于职业资格认证考试，比如注册会计师证、律师资格证、物业管理师证、高级秘书证、导游资格证、证券期货从业人员资格认证等，准备从事 IT 行业的学生，还需要考取 Oracle 认证、Linux 认证、JAVA 资格以及微软的各种认证。学生考证能让他们在专业知识和社会实践之间找到有效的平衡点，通过考证可以弥补当前高等教育专业设置和课程安排与社会生产实际的脱节。考证作为目前比较合理的人才认证方式，是人才资源市场化配置的合理手段。但目前大学生在选择报考资格证书时并没有与自己的专业以及未来的职业定向相结合，无论学的是何种专业，只是一味考取所谓的"热门"证书。即便他们对会计或人力资源等相关知识一无所知，但为了求得好工作，也硬着头皮去考注册会计师或人力资源管理师等等这些热门证书。"证书多多益善，考试只求过关。"在日渐庞大的考证队伍中，有不少学生把考证当成了自己的主业，放松了本专业的学习要求。因而，一些大学生也正品尝着盲目考证的苦果，"捡了芝麻丢了西瓜"，把自己的专业学习掉在了后面，甚至不去学习与考证无关的知识，造成知识结构的严重失衡，殊不知，今后自己择业与发展最为关键的就是全面的专业知识技能。因此，像盲目考证这样的功利性学习行为是不可取的，只有采取非功利性的学习态度，我们的学习动力才会持久，勤勉好学才会成为一种习惯。进而真正做到平时的学习行为与自己的职业生涯规划和发展相结合，和自己所学专业与兴趣相结合，不至于在诸如"考证"等问题上耗去大量的时间和金钱。

（三）读万卷书，行万里路——实践出真知，探究式学习

我们都知道，"实践是检验真理的惟一标准"，在大学学习中亦是如此，在学习现有知识的基础上，鼓励反思和质疑，以一种探究的精神去开展学习，培养创新型人才。到底该如何处理专业知识学习和实践锻炼的关系呢？目前，在大学生中出现了两种明显的倾向，一类是视专业考分如命根，两耳不闻窗外事，对专业学习以外，其他一概不感兴趣。在同学们身边出现了许多"考试王"、"高分王"，他们主动放弃了许多实践锻炼的机会，对集体活动漠不关心，对社交活动相对排斥，事实上这也在无形中让他们的人际沟通能力、团队协作能力、组织协调能力等等都大打折扣。另一类是很多学生将专业学习放到了次要位置，认为比起专业背景和学习成绩，用人单位更看重实践经验，"但事实上这是一个严重的误区，根据市教委调查，相比实际经验，用人单位招聘时更重视专业和成绩。"在能力越来越被重视的今天，学习成绩逐渐被忽视。不少学校从大二、大三就开始给学生找实习单位，学生自身也积极地到校外兼职或实习，用他们自己的话说：上大学还不就是为了找个工作。这样的结果就使得大学学历含金量降低，很大程度地导致大学生就业竞争力下降。上海市教委学生处处长、市高校毕业生就业指导中心主任汪歙萍称，"上海大学生职业发展与就业状况"调查结果表明，在招聘应届毕业生时，85%的用人单位很看重所学专业，52%很看重学习成绩，只有 48%关注实践经验；而相反，仅有 45%的应届生认为专业很重要，26%认为单位看重学习成绩，却有 68%认为单位很看重实践经验。这样的认识反差误导了在校大学生的自我培养方向，

心得体会

过分的重实践而轻知识学习是不能满足毕业择业和长远发展需要的。

(四) 和“及格万岁”说再见——脚踏实地、专注学习

大学学习较高中学习的一个重要转变就是,学习靠自觉,老师不再终日在身边督促,课堂学习也比较轻松,因此,很多学生就不自觉的放松了自我要求,表现出一种浮躁的情绪和应付的想法,往往静不下心来认真思考和钻研,遇到一点点困难就搁置一边,并不专注学习。很多学生认为大学学习一学期只面临最后一次大考,只要最后一次期末考试过得去就行,不少人抱着及格应付的态度,不愿意投入较多的学习精力,存在“及格就行”的学习心理。这样的学生在专业学习中严重缺乏学习动力,打着“分数不是惟一”的旗号,进行自我开脱,实际上懒惰、浮躁、不努力。通过知识学习和掌握,尽可能考出一个好成绩,这本是一个自然的要求,可是,有的学生则得过且过,60 分万岁,自己放掉了学习提升的机会,结果往往会是可以考的更好却是刚刚 60 分,稍难一点的科目就出现了挂科。

有的学生理直气壮地说:“考前使劲背背就能得高分,能考出什么能力来?费那劲干嘛?”尤其是文科专业的学生,考试中记忆分数较多,就对平时的基础学习掉以轻心,并坚定的认为只要想学随便就能赶上,因此考试就临时凑合一下。还有一些学生觉得期末考试时间拉得太长,每次面对“考试周”,背来背去就烦了,倍感枯燥,缺乏毅力,坚持不下来。总之,这种“及格就行”的心态,是极度缺乏学习动力的表现,长此以往,学习的主动性就会越来越弱,慢慢的就会出现“少学习”,甚至“不学习”的情况。在这样一种不良心理状态下学习,理想迷茫,目标模糊,动力不足,应付第一。所谓“60 分万岁,61 分浪费”,正是这类学生的心理常态。由厌学而厌考,便促成日渐严重的校园考试腐败风。掺杂使假,冒名顶替,请客送礼,投机取巧,只要能糊弄过去不被“放倒”,什么招数都敢使。

虽然说分数已经不是大学生的“命根”,但也绝不是“草根”。对考试成绩要求“及格就行”,及格就意味着最低限度和最低要求,不知不觉中,整个人就消极了。一分耕耘,一分收获,目前社会竞争之激烈,我们都心知肚明,一个只要求自己做到及格的人怎么可能立足于社会呢?等你走向工作岗位,你就会知道,60 分不是万岁,60 分的员工就是下岗的首选对象,80 分的员工老板会再给机会,只有 95 分以上甚至 100 分的员工才会得到老板的赞赏。

因此,“及格万岁”是不可取的。每个人心中都有自己的梦想,并且都想将它变成现实,那就必须要尽自己最大的努力,每位学生要把自己的标杆定的更高,只有高标准、严要求,才能真正的鞭策自己不断向前,才能学到更多的知识,有更大的提升。

## 二、把握学习规律——经验导航、学会学习

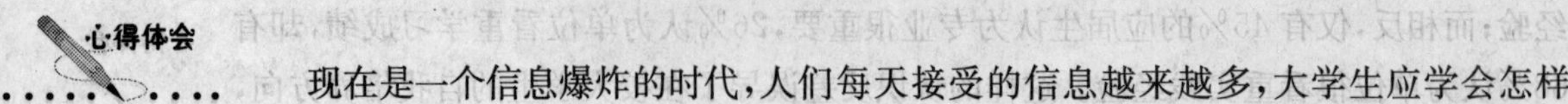


现在是一个信息爆炸的时代,人们每天接受的信息越来越多,大学生应学会怎样

用最短的时间获取最多、最有效的有用知识，并应用到实践中，从而创造出更大的价值。专业学习本身有着自己的特点，在长期的学习过程中形成了具有普适性的规律，这些宝贵经验，可以帮助我们更好的了解学习活动，在宏观上指导我们更快的学会学习。

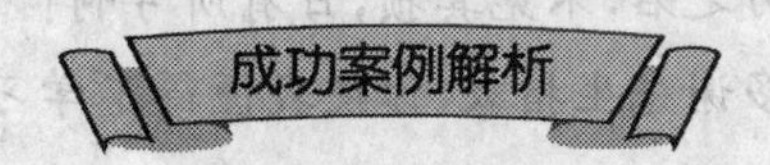


## (一) 爱迪生“念书”——设定明确的目标

伟大的科学家爱迪生，童年时被看作“低能儿”，只上过3个月学便离开了学校。12岁那年，他当上了火车上的报童。火车天天在底特律中止几小时，他就抓紧时间到市里最大的图书馆念书。不管刮风下雨，从不中辍。他随着兴致所至，恣意在书海里周游，碰到一本读一本，既没有方向，也没有目标。有一天，爱迪生正在埋头念书，一位教师走过来问：“你已读了几多书啦？”爱迪生回应：“我读了十五英函牍了”。教师听后笑道：“哪有这样计算念书的？你刚才读的那本书，和如今读的这本完全不同，你是凭据什么准绳挑选书籍的呢？”爱迪生老老实实地回应：“我是按书架上图书的序次读的。我想把这图书馆里一切的书，一本接着一本都读完。”教师认真地说：“你的志向很远大。不过假如没有具体的目标，学习效果是不会好的。”这席话对爱迪生触动很大，成为他确立学习方向的一个转机。他凭着本人的喜好和专业目标，把读书的范畴逐步回拢到自然科学方面，注重电学和机械学。定向念书，终究使他掌握了过硬的学问，成为伟大的科学创造家。

浩瀚书海，生有涯而知无涯，学习的成功，关键在于方向正确，目标明确，朝着一个既定目标，锲而不舍地追求，而朝秦暮楚，见异思迁，是很难做成学问的。我们不可能读完每本书，科学地挑选主攻目标，最好是围绕所学专业来阅读学习，扶植起对所学专业的喜欢。然后在喜欢的基础上，坚定学习目标，刻苦攻读，学有所为。世界公认的成功定义是：成功就是逐步实现一个有意义的既定目标。目标是成功的灵魂精粹所在，目标的达成几乎可以与成功划上等号。成功学大师拿破仑·希尔曾说：“设定明确的目标，是所有成就的出发点”。世界上只有3%的人能设定他们的人生目标，这也就是成功者总是极少数的根本原因。大多数人之所以失败，其原因也在于他们都没有设定明确的目标，没有方向，并且也从来没有迈出他们的第一步。

## (二) 陶渊明“指点迷津”——学习没有捷径可走

有位书生一心想具有渊博的知识，却又不愿下苦功读书，于是他就去向当时著名的诗人陶渊明请教学习的捷径，说明来意后，陶渊明把这位书生领到自己耕种的稻田边，指着稻子说：“你仔细看看稻子是不是在长高？”书生看了半天，眼睛都瞅酸了也没

心得体会

有看出稻子的变化。陶渊明说:“那为什么春天的稻苗会变成现在尺把高的稻子呢?”

陶渊明又把这位书生领到河边的一块磨刀石旁问;“磨刀石为什么中间出现像马鞍形状的凹面呢?”书生说:“磨下去的。”陶渊明接着又问:“它可是哪一天磨成的吗?”

陶渊明说:“你是否从这两件事情上明白了学习的道理呢? 勤学如春起之苗,不见其增,日有所长;辍学如磨刀之石,不见其损,日有所亏啊!”书生听了陶渊明的这一席话,茅塞顿开,羞愧地说:“多谢先生指教,你使我懂得了学习是没有捷径的,只有勤奋好学才能成功啊!”

学习是没有捷径可走的。这正如鲁迅先生所说:“伟大的成绩和辛勤的劳动是呈正比的,有一分劳动就有一分收获,日积月累,从少到多,奇迹就会创造出来。”我们的祖先有许多名言警句也说明了这一点:“书山有路勤为径,学海无涯苦作舟。”“学如逆水行舟,不进则退。”如果说学习有捷径的话,那只能说学习要有科学的方法。爱因斯坦在回答他是怎样取得伟大的科学成就时,总结出了一个“成功方程式”,即:W=X+Y+Z。W代表成功,X代表刻苦努力,Y代表方法正确,Z代表不说空话。知识的学习不是一蹴而就的,不能急于求成。

### (三) E时代的弄潮儿——在实践中积累财富

黄某是武汉某大学电子商务专业2001级学生。就是这样一个有点腼腆的大男孩,是微软MVP,同时也是全国首届电子商务大赛金奖获得者,获有高级电子商务师职业资格,拥有国家劳动和社会保障部授予的“全国技术能手”荣誉称号,而现在为美国New egg公司美国总部资深业务分析师兼总裁业务顾问!

微软“最有价值专家”称号是微软的一个年度奖项,专门授予那些在论坛中交流微软相关技术表现出色的专家。每年两次,微软各部门的专家及各大第三方微软技术专区负责人将组成评审委员会,在全球的申请候选人中,评选出那些技术水平高、乐于回答他人问题且正确率高的人成为微软“最有价值专家(Most Valuable Professional)”。在我国,每年约有140人会获得微软MVP资格。

2003年3月,黄某向微软公司提交了申请。在申请表上,他将一年来所做的业绩列得满满当当:在ZDNet网站、个人电脑、电脑教育报等多家媒体担任撰稿及技术翻译,曾参与微软公司网站TechNet的本地化工作,在ZDNet、Thinkpad专门网等多个论坛任版主,回答客户关于微软技术方面的提问,擅长MS服务器环境的基础设施规划和部署,园区网的设计和架构,商业站点的分析和策划,以及数码产品的应用和评测。

黄某说,能得到微软MVP称号,自己辛辛苦苦考的10多个证书功不可没。MCSE(微软认证系统工程师)、CCNA(思科网络工程师)、MCDBA(微软认证数据库管理员)、MCP(微软认证产品专家)等证书拉锯战式的培训和考试,伴随了他整个大二、大三的学习生活。他坦言,当时跟风加入“考证一族”时,目标并不是太明确,只是觉得

考到这些证可能对找工作有帮助。但参加一系列系统的职业培训后，他说，沉甸甸的证书让他在思维方式等方面受益匪浅。虽然为了考证陆陆续续花去了近万元钱，但他笑称："得到的回报更多！"

在校园里，大家关注到黄某，主要是因为他在中国首届电子商务大赛（个人赛）全国决赛中荣获全国个人决赛金奖，被国家劳动和社会保障部授予"全国技术能手"荣誉称号，同时获得国家劳动和社会保障部职业技能鉴定中心颁发的《电子商务师国家职业资格证书（高级电子商务师）》，成为全国第一批被授予高级电子商务师的人员，也是湖北省被授予高级电子商务师职业资格的第一人，还是全国获得此项金奖的5人中惟一在校大学生。

全国决赛的竞争非常激烈，首先用一个技能赛来考察各省的佼佼者们。题目是，给定一个出版社的网站，要求选手对个人、企业客户和渠道客户这3种特定的客户进行商务流程分析，根据其分析结果开发一个出版社网站，针对3种流程分别实现3种不同功能。同时，还得在两天之内，封闭完成一篇3000多字的案例分析论文。

经过热身后，第二阶段的考题更加复杂。选手们所要做的是设计一个基本完备的2008年北京奥运会门户网站。在奥运会这一超大型、综合性的经济活动中，门户网站得实现采购招标、个人拍卖、奥运相关产品专卖、信息服务、电子票务等各种类型的商务活动。这个命题不但考察选手们如何实施电子商务的内容，更考验他们统筹整合资源、合理组织实施、持续管理维护的能力。然后，选手们要将规划好的电子商务的系统交给来自各个领域的电子商务专家审查，并在挑剔的目光下进行答辩，竞争相当激烈。"电子商务可不仅仅是做个网站这么简单！"黄某说。决赛中，他将自己多年来在技术、营销、管理方面的积淀完美地发挥出来，最终成功①。

一个20岁出头的大男孩取得这样的成绩，让很多人觉得不可思议，大家更应看到的是他在成功背后的努力，他在学习上的积累和许多经历奠定了他取得这些荣誉的实力。这与他清晰的认识到自己专业学习的特点是分不开的，他所学的专业实践操作性极强，一方面积极参加各类专业比赛，促使自己更好的学习专业知识，另一方面主动融入社会，与各类技术联盟交流广泛，积累了丰厚的专业实践知识，给他带来了可观的"E财富"。

## 成功理论修炼

学习是一项考验综合能力的活动，花费时间多、刻苦只是其中一个因素，还有更重要的一个因素，那就是掌握学习规律。善于掌握规律的人才可能走向成功。著名作家托尔斯泰说过："成功一定有方法，失败一定有原因。"学习也一样，在学习过程中一定要注意规律性的方法指导，好比是划船时用的双桨，可以让人在前进时变得更为容易。

心得体会

①谢守成，吴俊文，主编．桂苑群星．武汉：湖北人民出版社，2009：204.

只有学会学习的人，才能感受到学习的乐趣，只有在快乐中学习，才能学得更聪明。

## （一）找到属于自己的学习方法

从上述那些成功的经验可以看出学习方法是因人而异的，法国生理学家贝尔纳曾经说过“良好的方法能使我们更好地发挥运用天赋的才能，而拙劣的方法则可能阻碍才能的发挥。”古人也说过这样的话：“得其法者事半功倍，不得其法者事倍功半”。而每个人的情况千差万别，因此，每个人根据自己的情况所总结出来的学习方法也应该是千差万别的。在理论上，每个人都可以总结出一套最适合自己的学习方法。在众多的学习方法中，总有一些方法是可以为某人或某一类人所共同适用的，总有一种方法是适合自己的。比如学习要刻苦钻研，细心分析，认真观察，虚心好问，头脑清醒，考虑周全等。

如何寻找适合自己的学习方法呢？我们要从学习行为自身的特点入手。学习行为有两个方面：学习环节和学习秩序，环节是针对“点”的事情，秩序是针对“线”的事情，通过“点”和“线”的完美结合来解决各个学习单元的问题。而学习方法就是学习环节和学习秩序的不同组合，换句话说，把握好学习环节和学习秩序就可以得到有效率和效果的学习方法。很显然，做一件事情没有科学的方法是不可能达到目的的。

让我们去想象一下“如何炒一盘可口的白菜片”。显而易见，保证正确烹饪的程序和完美的烹饪环节是成功的关键。如果炒菜的顺序不对，比如先放白菜后放油，那最后的味道真是不敢想象，即便炒菜的先后程序没有错，但要是白菜片切的大小不匀或是忘了放盐，或者盐放的多了或少了，那么这道菜最终的味道也是不敢恭维的！

不仅要关注如何设计合理的学习秩序，也同样要关注如何有效地完成学习环节。而学习习惯则是进入学习状态通常会有的意识和行为，也是一种固有的学习环节和学习模式。为了更好地说明这个问题，让我们从一顿早餐说起。

一位主妇准备一份简单的早餐，早餐的内容是煮鸡蛋、馒头、小菜和米粥。当她进了厨房，先把馒头放在笼屉里和水一起热上，然后淘米；在等水开的时候，把切好的蔬菜凉拌了放入盘里；水开了以后，把米放进锅里。差不多粥熬了一半的时候，把洗干净的鸡蛋放入粥里。就这样大约 20 分钟的时间，一份简单的早餐就做好了。另外一个主妇也要准备这样的早餐，不过她是先淘了米，然后热水，等水开了后，再把米放到锅里，等粥熬好以后，才开始切菜，等凉菜拌好后，就又开始热水蒸馒头，等馒头蒸热后，又把鸡蛋煮上……这份早餐来的是非常不容易。若没有任何限制，仅从结果而言，两人都做到了，但是在结果相同的情况下，由于操作顺序不同，导致工作效率也大相径庭，可是一旦当时间成为关键因素后，后果可能就是不能完成。

还拿那顿早餐为例，如果米没有淘净，稀饭会不干净，影响食欲；如果蔬菜没有切开，这会很难下口。

如果学习环节有一块出现问题，那么就直接导致不可预计的灾难，通常学习环节主环节有听课、作业、复习等。由主环节派生的环节是从属环节，由听课而产生了从属

环节是预习环节，通常我们将其放在听课之前；由作业而产生了回忆及检查环节；由复习而产生了总结归纳环节。

而无论是主环节还是从属环节，只要有一个环节没有做好，都会对学习效果产生不利的影响。对于大学生来说，学习课程增多了、内容更难了，这对于学习速度和学习能力提出了更高的要求。如果仅仅停留在苦学、勤学的水平上，将很难应对学业。因此，学生们必须使用适合自己的学习方法，并将这种方法固定下来，成为一种习惯，这样才能帮助我们更好地学习。

### （二）打牢基础知识的根基

根基不牢地动山摇！基础是我们能稳步发展的保障，它是一个平台，只有很好的掌握了基础知识，我们的发展才不至于出现片面或大的漏洞。

基础知识，是每个人都能学到、最基础的东西，也是我们用得最多的东西，往往也是我们忽略学习的。把基础知识学好，是我们学习的一个主要任务，学好了基础知识，夯实好了基础，厚积薄发的时刻才会到来。所以，学习要重基础，要把用得多，用得广的东西都好好的学好，学扎实了，还要好好地去利用，一次，两次，三次……在不断的锻炼中总结出其中的基本规律，以后碰到类似的问题，思路就是早预备好的。

大学生学习也是如此。有的大学生为了更好、更有效地进入职场，只注重实践，忽视了学习。有些大学生虽然知道学习，但只重视专业课的学习，忽略了基础知识的学习。其实基础知识是非常重要的。比如做项目管理用到的六西格玛、MSA 检具计划、项目预算、项目管理流程、材料、表面处理、尺寸与公差等等，这些东西，其实就是大学学的财务，高中学的化学，还有物理，以及大学的高等数学知识等的融合。如果一个人掌握了这些基础知识，理解起来就很容易，不需要像个初学者，没有一点基础的人，需要去一点一滴的慢慢来。而这些都归功于那些一点一滴积累起来的基础知识。在大学期间，一定要学好基础知识（数学、英语、计算机和互联网的使用，以及本专业要求的基础课程，如商学院的财务、经济等课程）。应用领域里很多看似高深的技术在几年后就会被新的技术或工具取代，只有对基础知识的学习才可以受用终身。如果没有打下好的基础，大学生们也很难真正理解高深的应用技术。数学是理工科学生必备的基础。很多学生在高中时认为数学是最难学的，到了大学里，一旦发现本专业对数学的要求不高，就会彻底放松对数学知识的学习，而且他们看不出数学知识有什么现实的应用或就业前景。但绝大多数理工科专业的知识体系都建立在数学的基石之上。同时，数学也是人类几千年积累的智慧结晶，学习数学知识可以培养和训练人的思维能力。学习数学也不能仅仅局限于选修相关课程，而是要从学习数学的过程中掌握认知和思考的方法。

每个特定的专业也有它自己的基础课程。以计算机专业为例，许多大学生只热衷于学习最新的语言、技术、平台、标准和工具，因为很多公司在招聘时都会要求这些方面的基础或经验。这些新技术虽然应该学习，但计算机基础课程的学习更为重要，因

心得体会
……………

为语言和平台的发展日新月异,但只要学好基础课程(如数据结构、算法、编译原理、计算机原理、数据库原理等)就可以以不变应万变。又比如学习社会学、政治学、法学等社会科学学科,对数据的调查和社会实践就属于基本功和基础知识,在对基础知识的学习过程中,养成严谨求实的学风,注重培养自己的逻辑分析能力。这些基本知识和基本素养是大学生可持续发展所必需的。

读书是一个从薄到厚,厚归薄,薄又生厚的过程。书从薄到厚,是因为随着你年龄的增长,知识的增多,学的东西自然就多了,书于是也就越积越厚。而书读到一定时候,又会归于薄,是因为你所读的书大抵都有内在的联系与基本的规律在里面,把这条理顺了,理好了,你所需记忆,所需掌握的东西就变少了。但书读到这个时候,又会归于厚,因为你掌握了基本的规律,在现实当中,你不断地去运用,不断地去实践,不断的以相似的原理去解决一个个看似不同,实则一样的问题的时候,你心中的书于是就又越来越厚了。

(三)让思维"活"起来

要想学好专业课,有效掌握专业课程,单靠死记硬背、机械地接受是不行的,要勤思考,想想"为什么"、"怎么办"。这就要求大学生会思考,有较好的思维能力。

丹麦科学家第谷·布拉赫花了30年时间积累了行星运动的大量观察材料,但没有发现什么重要的规律。而他的学生,德国的刻卜勒在第谷的感性认识的基础上,终于发现了行星运动三定律,使感性认识上升为理性认识。这种认识的上升、飞跃靠什么呢?靠的是艰苦的思维活动。牛顿从刻卜勒的三定律的引力概念中,通过思维活动又发现了"万有引力定律"。一般人总认为牛顿是看到苹果落地,才偶然发现这个定律的,因此,把这棵树视为珍宝,树倒了以后还把树砍为若干段,妥为保管。事实上,万有引力定律的发现,是牛顿在多年观察和学习的过程中,经过艰苦思考的成果。他说:"我并没有什么方法,只是对一些问题用了很长的时间去思考罢了。""我一直在思考、思考、思考……"这里,牛顿说出了他发明创造的两条秘诀:一要继承前人的科学成果;二要在研究中勤于思考。

可见,在创造发明的过程中,如果离开了思维活动,就无法揭示出事物的本质和规律,创造和发明也就成了空话。同样,在学习活动中也不能离开思维活动,否则就无法掌握事物的本质和规律,概念和原理也就无法建立起来。

要想推动思维的发展,就要自觉地使自己进入提出问题、分析问题和解决问题的思维活动中去。如果认识到这个问题是社会或个人所急需解决的,即认识到问题的意义以后,会大大提高解决问题的积极性。

每个人在小学的时候就开始培养思维能力,但是有的同学思维能力强,有的思维能力差,之所以会产生这样的效果是因为掌握培养思维能力的方法不同。那么怎样才能在学习的过程中不断地发展思维能力呢?

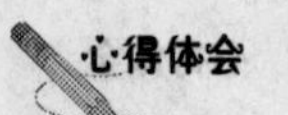


**1. 把自己置身于问题之中** 要使自己的思维积极活动起来,最有效的办法是把自

己置身于问题之中。当有了问题和需要解决问题时，思维才能活动起来，思维能力才可能在解决问题的过程中发展起来。

把自己置身于问题之中可以从以下3方面入手：①要善于自己发现问题；②上课要积极考虑老师提出的问题；③敢提问，会提问。

**2. 要坚持独立思考**　有人谈到学习的独立性时说，小学阶段是老师扶着走，中学阶段是老师牵着走，大学阶段是老师领着走。这个看法说明了一点，在校学习期间，学习的独立性是逐步加强的。毕业后，走上工作岗位，学习和工作就基本上要靠“自己走了”，也就是要靠自己独立地去发现问题和分析问题，独立地去解决问题了。坚持独立思考，一旦学习上获得了成功，就会进一步增强独立思考的信心，使思维能力发展到一个新高度。

**3. 要学点思维科学**　人们在长期的实践中，通过成功的经验和失败的教训，对思维形式、规律和方法已经有了一些科学的总结，由于思维的复杂性，这种总结尽管还只是初步的，但它是人类社会极其宝贵的财富。继承下这份财富，就可以使自己的思维早日纳入科学的轨道，这会使大学生的学习发生质的飞跃，进入一个更高的境界。应当学习三方面内容：思维的基本形式、思维的规律和思维的方法。

**4. 要研究具体的思维过程**　思维的形式、规律和方法总是在具体的思维过程中体现出来的，因此，也只有在具体的思维活动中才能把握它，使它成为有血有肉的具体的东西，而不是几条抽象的规律或定义。

研究思维过程的途径有3条：①通过学习科学史来研究前人的思维过程，从中汲取营养，掌握思维的科学；②通过上课研究思维的过程；③回忆自己的思维过程，从中寻找成功的经验和失败的教训。

**5. 不断丰富知识，提高所掌握知识的质量**　知识和能力是互相促进的关系，丰富而深刻的知识，无疑会促进思维能力的发展。在任何一个领域中，取得比较大的成功的人，他们几乎都是知识面宽广、知识结构多元的，知识体系成为思维活动的坚强后盾，因此，所掌握知识的水平和质量将直接影响思维活动的进行，促使思维更加发散、灵活，也就更容易创新。

总之，要积极发展思维能力，从思想上认识到发展思维能力的重要性，从行动上要注意做到坚持独立思考，学习思维科学，注意研究具体的思维过程，不断丰富知识，提高所掌握知识的质量等等。良好的思维能力一定会为大学生的专业学习推波助澜，使大学生加速向成功驶去！

## 三、掌握学习方法——寻求技巧、高效学习

大学期间的生活丰富多彩，多种多样的社团活动和实践活动使大学生目不暇接，有的同学同时还从事一些学生工作，如何使学习与工作实践锻炼两不误，在搞好学习的同时还能做好工作，这需要大学生们合理安排、提高效率。天赋固然是学习的前提

心得体会

条件，但学习方法的重要性也是不可忽视的。联合国教科文组织的埃加富尔说："未来的文盲就是那些没有学会怎样学习的人。"所谓没有学会怎样学习，就是没有掌握有效的学习方法。在知识更新异常迅速的信息时代，一个好的学习者必须懂得如何掌握新知识，迄今为止的几百名诺贝尔奖获得者，并非都是与生俱来的学习天才。他们有的出身贫寒，有的身体残疾，有的在学校学习成绩平平，有的小时候甚至有些"愚钝"……是什么使他们成为一流的人才呢？一句话，是科学的学习方法，从来就没有差生，有的只是不懂得怎样学习的人。

（一）学生工作、学习两不误

曹同学，中共党员，2003 年本科毕业于某大学政法学院思想政治教育专业，2001 年 6 月、2002 年 1 月首次参加全国大学英语四级、六级考试，均获 100 满分，全国罕见。

曹同学被《武汉晚报》、《大学生》等多家报刊戏称为英语怪才"曹双百"。她执笔撰写了《我是如何获得双 100 分的——四级备考笔记》和《我是如何获得双 100 分的——六级备考笔记》，多次到武汉、河南、江西等地高校交流经验。和英语成绩相比，曹同学的综合素质也不逊色。她学习刻苦，科研突出。大一时她已成为了一名中共预备党员，担任了主要学生干部并负责学生党员发展工作。来自贫寒家庭的她自强不息，刻苦钻研，曾参与共青团中央重点立项课题"网络时代青少年道德教育创新研究"（当年湖北省仅此一项获得团中央批准）等课题，并发表 8 篇论文，其中有 3 篇被人民大学报刊复印资料《思想政治教育》、《文化研究》和《中国青年研究》全文转载，她先后被评为三好学生、优秀三好学生、优秀研究生并获多项奖学金①。

曹某是大学生中的先进典范，她在工作中能够起到很好的带头作用，具有高超的统筹、管理和协调能力，使一个集体凝聚起来，在学习中她也对自己严格要求，不懈努力。学习与工作能找到最佳平衡点，这也是所具备的优势。

（二）实习小故事

在某公司暑期实习生招聘中，经过几轮的面试淘汰，张同学和李同学被某汽车公司留了下来，作为实习生的期限是 2 个月。如果在实习期间表现良好，就能正式成为该公司的员工，在实习期间会在这两个实习生中淘汰一个，留下另一个，因为公司只缺一个销售人员。张同学制订了自己在这段实习期间的计划：团结友爱，尊重前辈，虚心学习，另外最重要的是刻苦勤奋。

①华大桂声．曹清燕：全国大学英语四六级考试双满分状元[EB/OL]．[2007-04-23]．http://www.hzu.net.cn/news/viewnews.html? id=30891.

于是，在后来实习的那段时间里，早起第一个来单位报到的是张同学，晚上最后走的是张同学。帮同事们买饭的是张同学，打扫集体休息室的人还是张同学。虽然辛苦，但她心里非常高兴，因为她每天都比李同学走的晚，而且得到了同事们的认可和赞扬，她觉得她应该战胜了李同学。

就这样，熬到了实习期完毕的那天，张同学想着自己即将成为这家公司的一名正式员工，非常自信地走进了经理办公室，但等待的结果却出人意料："对不起！你已经被淘汰了。"

张同学不服气："经理，裁掉的为什么是我？而不是她？虽然我跟她的业绩相当，但是我很刻苦呀？这你是知道的，能给我个裁掉的理由吗？"经理慢慢地说："小张，在实习的这段期间，你确实很勤奋，得到了同事和领导的认可，这我们大家心里都很清楚，可你想过没有，同样的业绩，她用了多少时间，你用了多少时间，她的效率很高，所以我和人事部的经理一致认为她比较适合这份工作，还有件事，可能你不知道，她用业余时间自学了物流方面的知识。"当场张同学愣了一下，再也无话可说，自愧不如，收拾完东西走了。

从这个实习小故事中，我们明白了一个道理：会工作的人并不是一天到晚都在加班的人，现实生活中需要的是有效率，能合理安排工作和学习，工作和生活的人。合理安排学习与工作还有处理好与周围人的关系，这是一门艺术。如何在这三者之间分配时间，同时高效率的完成工作是一项需要学习的工作。

## 成功理论修炼

大学校园的课余生活丰富多彩。除了日常的教学活动之外，还有各种各样的讲座、讨论会、学术报告、文娱活动、社团活动、公关活动等等。这些活动对于大学新生来说，的确是令人眼花缭乱，对于如何安排课余时间，大学新生常常心中没谱。如果完全按照兴趣，随意性太大，很难有效地利用高校的有利环境和资源。要合理的安排学习要注意以下几点。

### （一）认真规划，合理安排

古人云："凡事预则立，不预则废。"这就是说不管做什么，先有了统筹规划，才可能取得事业成功；否则，就可能导致失败。

作为一名大学生，为了能高效地完成学习、切实培养创新能力，应该把自己的学习生活更好地规划一下，并按切实可行的计划逐条实施。优秀的学生能有重点地进行系统学习，这就需要认真制订计划，合理安排时间。但常常看到很多学生糊里糊涂过日子，摸摸这个、又碰碰那个，或者干脆将学习任务堆积起来，一直拖到期末考试即将来临，才不得不突击学习为止。

心得体会

认真规划，合理安排是每个大学生必须做的，可以做个时间表对学习做整体统筹，从而节约学生的时间和精力，提高学习效率。而且，它可将日常学习细节变成习惯，使学习变得更为主动；它能够帮助学生将各项学习活动的活动规律和学习时间有机地结合起来。一个好的学生会经常询问自己：制订学年的学习计划了吗？有假期的学习计划表吗？编制一周的功课表了吗？每天要做什么事情，自己都很明确吗？你经常检查一天的时间利用效果吗？你的计划都执行了吗？如果你的回答都是肯定的，那么你的时间利用得很好，你是一个计划性很强的、出色的具有创新能力的学习者；反之，你就需要认真考虑如何合理制订计划，科学安排时间。

学习计划可分为学期学习计划（长计划）与每周、每天学习计划（短安排）两大类型。

(1) 学期学习计划（长计划）：主要指在本学期时间内学习什么，主要解决什么问题，达到什么目标，应有个大致规划。由于大学时期各学期的学习课程、任务、目的等都不相同，其中许许多多变化是始料不及的，所以学期计划又不可太具体，重点在学习上应明确主攻方向，准备解决的几个大问题等。应注意的是在制订学期长计划时需要具备几周的课程经验，只有对各门课程有了大致了解后，才能认真制订学期计划。

(2) 周、日学习计划（短安排）：主要指周或日计划。在短安排中，学生可非常具体地设定自己的时间安排，它是一种操作性很强的计划。在一周内应阅读哪些课程的书籍，做哪些作业等，都应安排妥当。只有这样，才能取得预期效果。

前苏联著名诗人普希金曾说："要完全控制一天的时间，因为脑力劳动是离不开秩序的。"针对自身特点，做出切合实际的安排，以清楚地知道在一天、一周内要做什么事情，使自己有条不紊地学习。同样应注意的是在制订学习时间表后，应先根据实际情况作调整、修订，然后再照此实行。这样对每天的学习就可做到胸中有数，避免出现偏科现象，加强较差科目的学习，并可挤出更多时间来干别的事情。

制订学习计划时，要充分考虑自身的特点，科学地安排时间。

(1) 充分利用人的高效时段学习：心理学研究表明，一天中人们都有一个最高学习效率时段，多数人上午的学习效率要高于下午。我们最明智的做法是确保自己在这段时间内精神饱满。如果达不到，就要自身检查一下睡眠、饮食和体育锻炼等，并努力养成早起的习惯。每日上午的时光最有价值，应尽一切努力使上午时光不浪费掉。为了充分利用第二天上午的时间，可提前做好一些必要的准备工作。

(2) 选择适宜的"单位时间的长度"：大学生应学会如何根据自身的生理或心理的特征和任务的特性来选择学习的恰当单位时间。不同年龄的人注意持续的时间不同，成人的注意持续时间为60～90分钟，而13～15岁的人则为50～60分钟。从年龄特点出发选择学习的单位时间，大学生的注意持续时间为60～90分钟。

(3) 注意休息，少开夜车：在一般学习过程中，如果连续学习2小时以上仍不休息，往往就会出现厌烦、注意力分散和对任务不满的情况。若在中间休息或放松几分钟，然后再去做，那么继续完成这项任务的愿望往往会再次出现，从而使人"恢复元气"。

所以如果感到学习效率降低而且出现错误时，不妨适当休息一下。

如果你不知道你要到哪儿去，那通常你哪儿也去不了。我们的生活是忙碌的，忙碌中又往往充满了迷茫。向左走？向右走？有的时候，我们确实需要停下来，做好了准备再前进，也许会收到事半功倍的效果。

### （二）掌握技巧，提高效率

我们经常看到这样的情况：某同学学习极其用功，在学校学，回家也学，不时还熬熬夜，题做得数不胜数，但成绩却总上不去。本来，有付出就应该有回报，而且，付出的多就应该回报得多，这是天经地义的事。但实际的情况却并非如此，这里边就存在一个效率的问题。效率是指什么呢？好比学一样东西，有人练 10 次就会了，而有人则需练 100 次，这其中就存在一个效率的问题。

在校大学生怎样掌握技巧，提高效率呢？可以从以下几方面入手。

**1. 培养兴趣，保持动力**　要提高自己的学习兴趣。可以把学习方式改一改，这样可以增加学习的兴趣。有的同学英语学得不好，又不爱学习，把英语考试当成一种负担，尤其是四、六级考试。其实这些同学完全可以变换想法，把要学的东西画成一幅画，或者连环图，贴在墙上，每天看一看，这样就可以记住了。还可以把要背的单词或句型写成笑话，或者写成几个句子，这样就不会觉得学英语枯燥乏味。其实，学习是个人创意，你的创意越好，你就会越喜欢学习。

**2. 举一反三，融会贯通**　谈到学习方法的话题，我们常常可以听到“融会贯通”这个词。所谓融会贯通，是指把各方面的知识和道理融化汇合，得到全面透彻的理解。首先阐明，知识和道理，不见得就仅仅是在课堂内所学到的东西。课外学到的知识和启发，同样是生活中的智慧，也可以让我们受益匪浅。同时，融会贯通有一个好伙伴，就是“举一反三”。《朱子全书·学三》里说道：“举一而反三，闻一而知十，乃学者用功之深，穷理之熟，然后能融会贯通，以至于此。”可见要真正做到融会贯通，必定先要掌握举一反三的学习方法。

作为学生，在学习过程中，常常会犯一个死板的毛病，克服它需要常常问自己一句：“这个道理还可以运用在什么地方？”问的过程也是思考的过程，更是举一反三最后达到融会贯通的过程。

**3. 课堂内外，相得益彰**　两个人或两件事物互相配合，能使双方的能力、作用和好处得到充分展示。学习也是这样。要学的好，上课认真听讲是必不可少的，抓住老师讲的每个要点，不漏掉老师的每一句话。课下多参加课外活动，巩固课内所学的知识，创造学习氛围。对于计算机考级，我们课上认真听讲，课下积极使用，不断摸索或者参加计算机爱好者协会，在这样一个氛围里学习，培养了兴趣，提高了学习效率，把机械的学习变成了有趣的娱乐，真是相得益彰。

**4. 理论实践，密切结合**　大学生在学好理论的同时要注重与实践相结合，通过实验、实训、实习，了解生产与服务的工作过程，通过一定的项目练习、毕业设计，可以在

心得体会

现场操作、服务、管理中，提高解决实际问题的能力。许多高校结合学校自身的优势和专业特点，探索出各具特色的教学模式，在工学结合的教学实践中取得了丰硕成果。近年来，国外不少颇有特色的先进教学方法引入我国，特别是项目教学法、案例教学法、模拟教学法、情境教学法、引导文教学法、任务引领教学法等多种属于“行动导向”的教学方法，这对理论联系实践是非常有用的。

当今社会需要的不仅仅是理论基础扎实的学生，更要求学生活学活用，注重将理论付诸于实践，在实践中检验知识，提升自我，积累人生经验。

**5. 专博并重，厚积薄发** 钱学森、李四光、季羡林、郭沫若……这些时代的大师已家喻户晓，耳熟能详，他们之所以被誉为大师，离不开自身知识的渊博、精深，为社会作出的突出贡献，在自己主攻的领域里作出的杰出成绩，他们真正做到了专博并重，厚积薄发。再如大文学家沈从文，在文学方面造诣匪浅，但他同时也研究服饰，作出了不小的成绩，可见，真正的成功，不仅要有专攻，还需要广博的积累。

新世纪需要的人才首先要具备良好的专业素质，只有“专”才能为祖国作出贡献，但仅有“专”不能适应新世纪的要求，社会需要“一专多能”人才，要求大学生成为融会贯通多学科多领域知识的“通才”，只有这样才能增强自己的综合实力，适应日新月异的社会变化。新世纪需要的人才不仅要具备良好的专业素质和广博的科学文化知识，同时还必须具备研究能力、良好的语言表达能力、文字写作能力、交往能力、协调能力、创新能力等，这样才能做到专博并重，厚积薄发。

总之，学习必须讲究技巧，达到改进学习方法的本质目的，提高学习效率。学习效率的高低，是一个学生综合学习能力的体现。在学生时代，学习效率的高低主要对学习成绩产生影响。当一个人进入社会之后，还要在工作中不断学习新的知识和技能，这时候，一个人学习效率的高低则会影响他的工作成绩，继而影响他的事业和前途。可见，在大学阶段就养成好的学习习惯，拥有较高的学习效率，对人一生的发展都大有益处。

综上所述，专业知识是未来工作的基石，是开启成功大门的钥匙，是增加含金量的根本。高校学生要高度重视专业知识学习并致力于夯实专业根基，这才是硬道理！

书山有径，我们终其一生都无法到达山巅；学海泛舟，我们竭尽所能也难以企及彼岸。然而，真理的光芒却让我们不顾疲乏，虔诚膜拜。其实，除了“勤为径”和“苦作舟”外，为学之道还有更丰富的内涵，大学阶段，要学有所成，需要注意以下几点。

**1. 要以专业知识的学习为重点** 大学里分散注意力的事情很多，需要学习的东西也很多。要善于在这纷繁复杂的表象背后看到本质，那就是时刻不能放松对专业知识的学习。

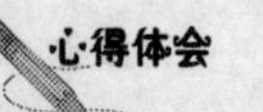


**2. 培养自主学习能力，掌握学习主动性** 在大学的学习过程中，学生不必拘泥于

教师所讲授的东西，而应自己积极思考，收集资料，开阔视野，开辟出自己的思路。如果觉得老师的进度和自己的不合拍，可以在吸取老师讲课精华的同时，按照自己的学习计划进行探究。

**3. 寻找适合自己的学习方法**　在大学阶段很重要的一个任务就是要学会学习，学会学习也就是拥有一套自己的学习方法。不管学习任何新知识都能快速学会，并举一反三。这其实也是学习能力的一种体现。在寻找适合自己学习方法的过程中不妨多尝试。

业精于勤，荒于嬉；行成于思，毁于随。对于学习要抱有一颗永不满足的心，不断探索，终会有所成。

心得体会

# 第四章　身心健康是大学生成功的保障

青年学子正处于人生学习、积累、成长、发展的黄金时期，健康的身心状态是成长的根基和保障。

## 一、健康无价——智慧根基，成功保障

身体是革命的本钱，健康是成功的基础。身心健康的人才有足够的资本应对生活中的各种挑战，才有足够精力通达成功彼岸。

### （一）毛主席的健康人生

"文明其精神，野蛮其体魄"，这是毛主席经常引用的一句名言。他主张一个人要德智体全面发展。他认为，一个人不仅要有高尚的道德，丰富的知识，还要有健康的体魄，才能担当中国和世界的重任。毛主席他老人家从学生时代开始就非常重视锻炼身体，并且把锻炼身体与磨炼意志结合起来。

坚持冷水浴。湖南第一师范校门口有一口水井。毛主席的老师杨昌济天天坚持在这里进行冷水浴，毛泽东也尽力仿效。每天，天刚蒙蒙亮，毛泽东就起床穿一短裤来到井旁，他一桶一桶把水吊上来，从头浇到脚冲洗全身，然后用毛巾擦干，擦了又淋，淋了再擦，直至擦得浑身通红为止，在寒冷的冬天也坚持。洗冷水浴多年后，他年岁大了，洗澡时还用温水，不用热水。他对人说："一个经常注意锻炼身体的人，便不会为风雪的寒威所吓倒。我练习过冷水浴，现在年纪虽然大了，冬天也还可以不用热水洗澡，小小的寒冻也还经得住。锻炼的确是重要的事情。"

爱好游泳。毛泽东非常喜欢游泳，可以说一辈子坚持游泳。韶山冲，毛泽东家门口有两个水塘，这是毛主席小时候经常游泳的地方，曾带给他无穷的乐趣。在第一师范上学时，学校前面就是水面很宽的湘江，更是游泳的好地方。每年5～10月，毛泽东和几个同学几乎每天都到湘江游泳，或横渡湘江。到了冬天，许多人都不敢下水，毛泽

心得体会

东和几个伙伴还坚持冬泳。1918 年 3 月，游泳家、上海《教育杂志》主编李石岑来长沙，毛泽东专门请他到湘江水中教授游泳技术。当时，毛泽东还写过一首有关游泳的诗，可惜已经失传，只留下了两句："自信人生二百年，会当水击三千里"。到了 70 岁，毛泽东还横渡长江，真了不起。

喜欢风浴，雨浴，日光浴，空气浴。这些都是毛泽东喜爱的运动。从第一师范前面过了江就是岳麓山，这是毛泽东和伙伴们进行风浴、雨浴、日光浴、空气浴的好地方。他们游过湘江，躺在烈日照射的沙滩上伸展开身子进行日光浴，遇到暴风雨，他们不去躲避，反而在大风大雨中奔跑呼叫，这叫风浴和雨浴，登上山峰，迎风高歌，这叫空气浴。

喜欢野外露宿。毛泽东经常邀集几个同学到妙高峯君子亭和岳麓山、爱晚亭附近露宿。他们尽情的游玩，尽情地高谈阔论，夜深人静了，他们分散开在枯柴杂草中露宿。有一天早晨，几个游人看到庙旁露宿着一个人，头脚都用报纸盖着，因为夜里蚊子多，游人吵醒了露宿的人，收起报纸就走开了，这个人就是毛泽东。

毛泽东经常与同学结伴长途步行锻炼身体，他曾与蔡和森步行考察洞庭湖周围的农村，和肖子升到湘中五县游学，步行数百里。

毛泽东不仅自己刻苦锻炼身体，还带动组织同学们参加各种体育锻炼，他担任学校学友会总务兼研究部长时，就组织过游泳，有百余人参加。毛泽东当时还写过一篇研究体育的文章叫《体育之研究》，对体育运动进行深入的探讨，把身体喻为"载知识之车"，"寓道德之舍"。他还提出强国必须重视体育，成才必须德智体全面发展。

全国解放后，毛主席仍然非常重视体育。在他的领导下，我们国家专门成立了国家体育运动委员会，并亲自题词："发展体育运动，增强人民体质"。

毛主席有两段谈话，说明他老人家多么重视体育锻炼，我们要好好学习。

毛主席在和美国著名记者埃德加·斯诺的谈话中有这样一段：

我们也热衷于锻炼身体。在寒假里，我们徒步爬山越野，绕城涉水。如果下雨，我们就脱去衬衣，称为雨浴，烈日炎炎时，我们也脱去衬衣，称为日光浴，在春风里，我们大嚷大叫，称之为一项新运动项目"风浴"。寒霜降临时，我们露宿野外，11 月份到冰冷的江中游泳。所进行的这些活动都美其名曰"锻炼身体"。也许这么做有助于练就一副强健的体魄。日后，我在南方的转徙征程，以及从江西到西北的长征中，极其需要这样的一副体格。

1951 年，毛主席在接见湖南的几位教育界人士时，也谈到进行体育锻炼的好处。他说："我认为有志参加革命的青年，必须锻炼身体，不去锻炼身体的人，就不配谈革命。大家不是读过《红楼梦》吗？《红楼梦》中两个主角，我看都不太高明。贾宝玉是阔家公子，饮食起居都需要丫头照料，自己不肯动手；林黛玉多愁善感，最爱哭泣，只能住在大观园的潇湘馆中，吐血，闹肺病。这样的人，怎么能革命呢？你们办学校，不要把我们的青年培养成贾宝玉和林黛玉式的人。"

心得体会

正如毛主席所提及的那样，锻炼的确是重要的事情。没有坚持锻炼的决心和毅力，就不会有70岁横渡长江的健康体魄，就难有在一次次重创中顽强不倒毅然引领新中国走向胜利的必胜决心。

(二) 76天荒岛生存

60多年前，第二次世界大战正在进行，一艘满载军用物资的英国货船，被纳粹德国的潜艇击沉了。船长沈祖挺等36名中国船员和4名英国船员爬上一艘救生艇，在茫茫的大海里整整漂流了3天，才在一个荒岛上登陆。靠岸时，由于海底的情况不明，小艇的底部又被暗礁划破了，根本没办法再能补上。40个人被困在那个既无人烟，又无淡水的荒岛上。

他们身边带的淡水和食品，每人每天按3块饼干和两杯淡水计算，最多也只能维持4天的时间。4天以后怎么办呢？等着饿死、渴死吗？当然不能，一种强烈的生存愿望激励着每一个船员——一定要想办法活下去。

于是，在沈祖挺的指挥下，他们拆下了艇上一切有用的东西，在沙丘上用帆布搭起了棚子，就算是暂时的营地，用机器上的铜皮空气箱制造淡水，用海水制盐，捕捉海龟、海鸟、拾海鸟蛋、采树叶、捞海里一切能吃的东西拿来当粮食。他们一面在艰苦的环境中顽强地生活着，还一面派人在岛上伐木料，做成木筏派人去寻找有人的陆地。可惜，几次努力都失败了。

一天，一架英国皇家空军的巡逻飞机飞到了他们居住的荒岛上空，船员们急忙点起烟火，飞机也发现了他们，第二天英国皇家空军派飞机把船员们接回了基地。到获救时，他们已在荒岛上坚持了76天。

平日里，我们似乎不能太多读懂健康的意义所在，只有在那些特殊的处境里，我们对健康才有最清晰的印记。当我们难免坎坷受挫的时候，就会发现，健康的身心不光是成功的必要条件，有时乃是决定你生或死的惟一依据。

(一) 大学生常见不健康生活方式及其危害

世界卫生组织明确提出“健康是指身体、心理和社会各方面都完美的状态，而不仅仅是没有疾病和不虚弱。”由于社会的迅猛发展，人们的学习、生活和工作压力加重，在激烈的竞争环境下，大学生的健康状况很难达到健康的标准，主要表现为身心情感方面处于健康与患病之间，即“亚健康”状态。

根据教育部公布的近期学生体质健康检测结果显示：我国学生的身体状况总体是好的。但是，仍然存在一些突出的问题，越来越多的学生的身体素质不断下降，甚至有媒体称学生体质降至20年来最低水平。目前大学生中存在的一些主要病例是由流感

病毒引起的急性呼吸道传染病，即流行性感冒，简称流感；急性咽喉炎、支气管炎引起的咳嗽；皮肤疾患；由于饮浓茶、烈酒、咖啡，过冷、过热、粗糙食物造成的慢性胃炎；由于胃酸分泌过多和胃黏膜保护作用减弱所引起的消化性溃疡；由于营养不均衡、不合理，膳食量不足或某些营养不足所引发的贫血；烫伤；运动时的意外受伤等。

大学生中存在许多不良的生活方式和行为习惯。其中最普遍的是熬夜（严格来说，零点以后为熬夜）、不规律的饮食习惯、缺乏体育锻炼、对健康营养基础知识缺乏了解等四大类型。

以上的不良生活方式导致一些在校大学生出现了亚健康状态。所谓亚健康即指非病非健康状态，这是一类次等健康状态，是介于健康与疾病之间的状态。处于亚健康状态的人，虽然没有明确的疾病，但却出现精神活力和适应能力的下降，如果这种状态不能得到及时纠正，非常容易引起心身疾病，如心理障碍、胃肠道疾病、倦怠、注意力不集中、心情烦躁、失眠、消化功能不好，甚至有欲死的感觉。亚健康状态是一个客观存在的事实，但却没有引起我们足够的重视，为了让更多的同学远离亚健康，走出亚健康，我们需要了解如何养成健康的生活方式。

### （二）大学生心理健康标准及常见心理问题

1946 年，第三届国际心理卫生大会定义为：心理健康，是指在身体、智能以及情感上与他人的心理健康不相矛盾的范围内，将个人心境发展成最佳状态。具体表现为：身体、智力、情绪十分协调；适应环境，人际关系中彼此能谦让；有幸福感；在工作和职业中，能充分发挥自己的能力，过有效率的生活。

大学生群体暴露出的问题并非完全是大学生自身造成的，很多问题是个体在所处的家庭环境、小学到高中所受的教育中积累潜伏下来的。例如，独生子女在家庭中受到溺爱保护过多，缺乏独立生活、自我调节能力；中学教育重成绩、轻能力，缺乏对学生完善人格的培养等。这些问题往往在大学这个特定的学习、生活环境中逐渐暴露出来。归根结底，这是青少年在成长过程中阶段性的反映，是独立性与依赖性、幼稚性与成熟性、理解性与闭锁性之间的矛盾。

现代人和青少年学生的心理健康可以从智力正常、情绪适中、意志健全、人格统一、人际关系和谐、与社会协调一致、心理特点符合年龄特征等七大标准来考量。同时，大学生这一特殊身份又使得我们的心理健康状况拥有其特殊点，主要表现在以下 7 个方面：①能保持对学习较浓厚的兴趣和求知欲望。②能保持正确的自我意识，接纳自我。自我意识是人格的核心，指人对自己与周围世界关系的认识和体验。③能协调与控制情绪，保持良好的心境。心理健康者经常能保持愉快、自信、满足的心情，善于从行动中寻求乐趣，对生活充满希望，情绪稳定性好。④能保持和谐的人际关系，乐于交往。⑤能保持完整统一的人格品质。心理健康的最终目标是保持人格的完整性，培养健全人格。人格完整是指人格构成的气质、能力、性格和理想、信念、人生观等各方面平衡发展。⑥能保持良好的环境适应能力，包括正确认识环境及处理个人和环境的

心得体会
……

关系。⑦心理行为符合年龄特征。

据统计，在我国存在一定心理困惑及轻度心理障碍的大学生比例高达25%～30%。有报告表明，20世纪80年代中期，23.25%的大学生有心理问题，20世纪90年代上升到25%，近年来已经达到30%左右。大学生心理问题的产生并不是偶然的，受生理、心理、社会及大学生自身等几方面因素的共同影响。大学生中常见的心理问题主要表现在以下几个方面。

**1. 生活适应问题** 这一问题在刚入大学的新生中较为常见。新生来自全国各地，以往的家庭环境、教育环境、成长经历、学习生活基础等相差很大。来到大学后，在自我认知、同学交往、自然环境等方面都面临着全面的调整适应。由于目前大学生的自理能力、适应能力和调整能力普遍较弱，所以，在大学生中生活适应问题广泛存在。例如，一名女同学刚入校不到一个星期就申请退学，原因是不能适应集体生活，晚上睡不着，白天在学生食堂吃饭也没有胃口，时常感到精神紧张，心情烦躁，不能再坚持下去。还有部分同学不适应大学的住宿环境，因为入校之前一直在家里生活，饮食起居都有父母照料，自己有单独的房间，可以按自己的生活习惯来调整作息时间。但是入校后，这类同学发现，自己的生活作息习惯打乱了，同宿舍的同学作息时间差异太大，自己完全休息不好。因此很难适应大学宿舍的环境。

**2. 学习问题** 大学生的主要任务是学习，学习上的困难与挫折对大学生的影响最为显著。大量的事实表明，学习成绩差是引起大学生焦虑的主要原因之一。虽然大学生在学业方面是同龄人中的优秀者，但由于大学学习与中学学习存在很大不同，所以很多学生存在学习问题，包括学习方法、学习态度、学习兴趣、考试焦虑等。例如，有一位同学因对专业不满意而提不起学习兴趣，经常想着转系或回家重考，就这样在矛盾中度过了大学生活的第一个学期，期末考试出现两门课不及格。还有同学没有认识到大学学习与中学学习的差异，没有意识到大学中的学习需要很强的自律能力，因此这些同学还在被动地等待老师来布置作业，进行学习监督，这导致在没有老师指导监督的情况下，很多大学生学习缺乏主动性，成绩因此受到了严重影响。

**3. 人际关系问题** 受应试教育的影响，多数学生较为封闭，人际交往能力普遍较弱。进入大学后，如何与周围的同学友好相处，建立和谐的人际关系，是大学生面临的一个重要课题。由于每个人待人接物的态度不同、个性特征不同，再加上青春期心理固有的闭锁、羞怯、敏感和冲动，都使大学生在人际交往过程中不可避免地遇到各种困难，从而产生困惑、焦虑等心理问题，这些问题甚至会严重影响他们的健康成长。人际交往困难是大学生普遍遇到的困难，很多大学生难以处理好班级和宿舍的人际关系，从而导致自己心情压抑，学习和生活受到了严重影响。在大学校园中有很多大学生处理人际交往游刃有余，很受欢迎，但是也有部分大学生难以处理好人际关系，为此难以开心快乐的生活。

心得体会

**4. 恋爱与性心理问题** 大学生处于青年中后期，性发育成熟是重要特征，恋爱与性问题是不可回避的。总的来说，学生接受青春期教育不够，对性发育成熟缺乏心理准备，对异性的神秘感、恐惧感和渴望交织在一起，由此产生了各种心理问题，严重的还导致心理障碍。大学生在处理恋爱与性问题时，由于缺乏经验，常常会遇到挫折，但是他们应对挫折的能力却非常脆弱。失恋是大学生恋爱中经常会出现的一种情况，很多大学生因为失恋而陷入到沉重的痛苦中，他们会因为失恋而感觉失去了整个世界，这时候学业、工作、家庭、朋友都不再重要，只有失去的恋人才最重要。大部分失恋的同学经过一定时间的调整和适应后能够走出情绪低落的状态，恢复正常的生活，但是个别失恋的同学则陷入了抑郁症状态，会产生强烈的自杀欲望。

**5. 性格与情绪问题** 性格障碍是较为严重的心理障碍，其形成与成长经历有关，原因也较复杂，主要表现为自卑、怯懦、依赖、猜疑、神经质、偏激、敌对、孤僻、抑郁等。例如，有的同学或者认为自己相貌不佳，或者认为自己能力比别人低，或者认为自己知识面窄等而自卑，用有色眼镜看自己及周围环境，影响了正确的“自我认识”，认为自己事事处处都赶不上别人，总觉得“低人”一等。

**6. 神经症** 神经症是一种非器质性的、大脑神经功能轻度失调的心理疾病，是大学生中最常见的一类心理疾病，神经衰弱、焦虑、抑郁、强迫、疑病、恐怖等都是神经症的临床表现特征。例如，一位同学总是害怕别人的目光，不管是在宿舍里，还是在教室内，他只要一感觉到别人的目光，就十分不自在。他也总是尽力克制自己，但又无济于事。为此他非常苦恼，以至于严重影响了自己的正常学习和生活。还有同学陷入到强迫症的沼泽中不能自拔，例如强迫性的数数字，强迫性的洗手，强迫性的履行某种仪式。对学生来说痛苦在于他们不能控制好自己的行为和意识，因此感到自己很失败。

**7. 精神分裂症** 精神分裂症多起病于青壮年，以15～25岁最为常见，常缓慢起病，具有思维、情感、行为等多方面障碍和精神活动的不协调。通常意识清晰，智能尚好，有的患者可出现认知功能损害，自然病程多迁延，呈反复加重或恶化的趋势，但部分患者可保持痊愈或基本痊愈状态。在疾病早期，主要表现为个性改变，类神经症表现，行为异常，敏感多疑，对躯体过分关注等，可有各种形式的幻听，思维紊乱，情感倒错，思维贫乏，情感淡漠，意志缺乏，认知功能障碍；记忆、注意力下降，学习、工作效率明显减低，能力减低。本病治愈率低，致残率高，容易复发，应及早治疗。

如此众多的心理疾病为大学生朋友本该青春灿烂的绚丽年华蒙上了浓浓的阴影，各类心理问题使花朵般的年华经受着风霜般的摧残。如何解决日益严峻的大学生心理健康教育问题，如何使大学生快乐健康的成长成才，已成为我们不容忽视共同关注的热点。

## 二、健康有法——张弛有度，循规守法

健康从来不会从天而降，唯有遵循健康的生活规律，适时调整个人生活习惯，坚守一份内心的平静与淡定，才能获得长久的身心健康。

心得体会

## 成功案例解析

### (一)镜中人

查理的工厂宣告破产了,他丧失了所有的财富,成了一个名副其实的穷光蛋,只好四处流浪,像乞丐一样生活着。他无法面对残酷的现实,心里沮丧透了,几乎想自杀。

有一天,他想到要去见牧师。在牧师面前他流着泪,将自己如何破产、如何流浪生活给牧师细细说了一遍,诚恳地请求牧师给予指点,帮助他东山再起!

牧师望着他,沉默了一会儿说:“我对你的遭遇深表同情,也希望我能对你有所帮助,但事实上,我也没有能力帮助你。”

查理的希望像泡沫一样一下子全部破碎了,他脸色苍白,喃喃自语道:“难道我真的没有出路了吗?”

牧师考虑了一下说:“虽然我没办法帮助你,但我可以介绍你去见一个人,他可以协助你东山再起。”

“这个人会是谁呢?他真的有神奇的力量让我重振雄风吗?”查理满腹狐疑。

牧师带领查理来到一面大镜子前,然后用手指着镜子中的查理说:“我介绍的就是这个人。在这个世界上,只有这个人能够使你东山再起,你必须首先认识这个人,然后才能下决心如何做。在你这个人作充分的剖析之前,你不过是一个没有任何价值的废物。”

查理向前走了几步,怔怔地望着镜子里的自己,用手摸着长满胡须的脸孔,看着自己颓废的神色和迷离无助的双眸,他不由自主地抽噎起来。

第二天,查理又来见牧师,他从头到脚几乎是换了一个人,步伐轻快有力,双目坚定有神,他说:“我终于知道我应该怎么做了,是你让我重新认识了自己,指点了我,我已经找了一份不错的工作,我相信,这是我成功的起点。”

简单道理:上帝救自救者,只有自己才能拯救自己。健康的身心是应对挫折,走向成功的根本支柱和首要资本。

### (二)健康教育缺失,大学生身体狂差

熬夜打游戏、上网看电视,不吃早餐就上课,考试前整天上自习,考试后通宵泡KTV……这是当代不少中国大学生的真实生活写照。

在前不久于广州闭幕的2008年奥林匹克科学大会上,一个名为《中国大学生健康与生活行为调查报告研究》的专题报告,引起了国内外体育教育专家的关注。这份调查报告显示,65.68%的中国大学生“感到运动不足”,7.57%的大学生不吃早餐,15.44%的大学生不懂得饮食要荤素搭配。

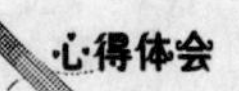

体育教育专家指出，当今大学生存在种种不健康行为的部分原因，就是他们缺乏必要的健康知识，这反映出我国早期健康教育的缺失。

**大学生活反倒没了章法**

记者采访了解到，很多大学生在上大学之前生活规律，一旦考上大学，生活反倒没了章法。熬夜、饮食不规律、长时间上网的人不在少数。考试前或考研前，大批学生天天泡图书馆，甚至连吃饭都可以免，这造成不少人年纪轻轻就患上了颈椎病。

为了解中国当代大学生的健康自我感觉和生活行为现状，促进大学生养成良好的生活习惯，“中国大学生健身运动处方实验与计算机应用评价系统研究”课题组曾于2004～2005年，对分布在我国不同地区的部分高校607名大学生进行了抽样调查。

课题组组长、华南某师范大学体育科学学院黄教授介绍，初步调查结果显示，相当一部分大学生有不吃早餐、不喝牛奶、挑食等不健康生活习惯，比例分别占7.57%、19.69%和10.95%。在闲暇生活中，大学生将体育健身排在文化娱乐、上图书馆之后，经常从事体育健身的学生仅占19.12%，还有65.68%的大学生“感到运动不足”。

**健康知识很容易被忽略**

究其原因，不少体育教育专家认为，缺乏健康知识是一个重要原因，这是一个很容易被忽略的“隐形杀手”。

辽宁某师范大学体育学院专门研究运动营养学的林教授说：“当今学生体质下降的主要原因是日常体育运动不够。健康知识是体育运动的基础，只有掌握了它，学生才能调节自己的生活规律，更科学地生活、学习、运动。”

美国某知名大学从事体育课程与教育研究的邓教授说，在美国，健康知识被公认为学校体育教学的重要组成部分，主要教授体育运动的重要性与如何进行体育运动。

邓教授认为，掌握健康知识是学生主动进行体育锻炼的第一步，“只有掌握了这方面的知识，不愿运动的人才会知道运动的好处，才能促使他们去运动；喜欢运动的人才能更有针对性地选择适合自己的体育锻炼项目。”

林教授认为，健康知识课可以帮助人们了解自己，了解自己的身体状况，进而知道该如何结合自己的身体特点去锻炼。她举例说：“不少大学生现在坐着的时间过长，但如果掌握了健康知识，他们就会通过牵拉练习、小肌肉群练习等简便有效的方法，预防颈椎病的发生。”

**早期健康教育缺失严重**

从事健康教育研究多年的黄玉山教授指出，我国大学生存在种种不良生活习惯，反映出我国高学历人群对健康知识的掌握程度仍然偏低。她说：“提高国民健康素质与加强健康教育密不可分，但我国早期健康教育形势不容乐观。”

“从小开始，学生家长往往会忽视早期健康教育。”黄玉山教授说：“不少家长宁愿让孩子多吃两个鸡腿，也不会敦促孩子去锻炼半个小时。也就是说，不少孩子在早期家教中就没有学到健康知识，早期健康教育的任务就成了学校的事。”

心得体会

据介绍，目前，我国的健康教育分3个阶段：9年义务教育中，健康教育的内容并入体育课、道德课或生物课中；高中阶段，国家规定每名学生 3 年内必须上满 18 个学时的健康教育课；大学阶段，学校应组织健康教育讲座，不少高校也采用选修课的方式传授健康知识。

然而，健康教育的落实却并不理想。不少中小学生反映，学校的健康教育课就是在下雨天不能到户外上体育课时，体育老师领学生在教室内读读健康教育课本，或“照本宣科”地念一些理论。林教授说，高中阶段，健康教育课往往要“让位”给英语、数学等课程，而在大学阶段，健康教育也尚未被学校足够重视。

刚走出大学校门的小闫告诉记者：“大学 4 年，我只听过一次健康教育讲座，发现没什么意思，去的同学也不多。”

**健康教育水平亟待提高**

在我国，健康教育课一般由体育老师负责。黄教授指出，体育老师健康教育意识不强是较为普遍的现象。“高中新课标出台后，不少中学体育老师反映，上满 18 学时的健康教育课实在太难。体育老师认为，健康教育应归于医学类，不属于体育教学范畴。”

教师的健康教育专业知识匮乏，也是影响健康教育课教学质量的原因之一。据介绍，4 年前，健康教育学这门课程才刚刚成为体育教育专业、社会体育学两个高校专业的必修课。也就是说，我国真正具有健康教育专业知识背景的人才刚刚迈出学校大门。

黄教授指出，此前体育教育专业出身的人才虽然掌握了一些健康教育基础知识，但还不够专业，这样很容易使健康教育课变成学生不爱上的“照本宣科”课。林教授建议，健康教育课也应该“与时俱进”，不应仅停留在原有的理论知识上，也应根据学生身上新出现的不良生活方式对其加以教育和辅导，这样学生才会感兴趣。

“例如，现在不少学生长时间坐着学习、用电脑，如果老师能针对这一现象开一堂关于颈椎、腰椎疾病预防的健康知识课，学生们一定会从中受益。”林教授说①。

健康教育的缺失，既反映我们在教育体系上的不足，同时更反映出我们当代大学生对于健康及健康教育的漠视。唯有在思想上重视，才能在行动上落实，才会在生活中践行。重视健康是走向健康的第一步。

## （三）健康饮食知多少

根据“兰州市大学生膳食营养状况评价”中所做的调查来看，兰州市大学生的食物种类比较丰富，但膳食结构不合理，粮谷类食物摄入量偏低，动物类食物摄入量偏高。粮谷类是能量的主要来源，粮谷类摄入量不足，导致大学生能量的摄入量严重低于参考摄入值，难以满足能量的需要；糖类供能比低于 55%～60%的推荐范围，蛋白质由于总体能量摄入不足，表面上看供能比达到了推荐范围，但与该人群的推荐摄入量相比，

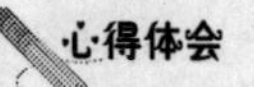
心得体会

①别有病网．健康教育缺失大学生身体狂差[EB/OL]．[2008-08-13]．http://www.byb.cn/doc_34.aspx.

摄入明显不足；动物类食物摄入量偏高，肉类食品在膳食中所占比例过大，脂肪的供能比也超过推荐供能比的上限。蔬菜及水果在膳食中所占比例不足，尤其是水果，摄入量非常低。此结果与国内许多学者的研究结果一致。从具体食物来看，蛋类、奶类、豆类及其制品摄入量达到推荐标准，但水产类、水果类、叶菜类食物摄入量严重不足。

以上膳食结构不合理原因可能是多方面的。首先，可能由于当代大学生大多是独生子女，从小没有养成合理的膳食习惯，挑食、偏食现象较多，且由于学生食堂可供选择的食物种类较多，学生仅凭自己的喜好选择食物，从而导致动物类食物摄入偏高，而粮谷类食物摄入不足；其次，可能由于大学生平衡膳食、合理营养知识缺乏，片面地认为动物性食物更有营养，比蔬菜、水果更重要，从而导致脂肪超标；第三，许多女大学生盲目减肥，为了控制体重、保持苗条身材，刻意减少食物的摄入，尤其是谷类的摄入量，导致能量摄入不足，蛋白质、多种维生素和无机盐都会出现不同程度的缺乏。

从各种易缺乏的营养素摄入量来看，除维生素 E 外，其他营养素摄入量均未达到中国居民膳食营养素参考摄量(DRIs)的标准，尤其是维生素 A、维生素 C、维生素 $B_2$、钙、锌等微量营养素的摄入量严重不足。医学人员研究发现膳食中维生素 A 丰富的食物供给不足是造成维生素 A 摄入缺乏的直接原因。虽然该人群禽畜肉类的摄入量可以达到要求，但富含维生素 A 的食物(如动物肝脏等)的摄入量却十分有限。导致维生素 C 缺乏的重要原因是蔬菜和水果摄入不足。维生素 $B_1$ 和维生素 $B_2$ 不足的原因比较复杂，与学生较少摄入粗粮、动物内脏类食品有关。饭堂烹调食物的方法对两者也有一定影响，如维生素 $B_1$ 本身水溶性大，食物过分浸洗或切碎浸洗易导致其流失，且在碱性条件下加热易被破坏，常因热烫预煮而损失。钙的缺乏说明还应加强大学生奶制品以及富含钙的食物的摄入。海产品和动物肝脏食品摄入不足是锌缺乏的重要原因之一，海产品摄入较少可能是因为食堂对海产品提供种类和数量不足，动物肝脏摄入较少可能与饮食习惯有关。

综上所述，大学生膳食营养状况不容乐观，应引起高度重视。为改善大学生的膳食营养，应该多对大学生进行膳食平衡教育与宣传。学生饮食，应保证足够的粮食以补充热能需要外，还应补充足够的、多样的副食品，一般每人每天平均供给肉类 75～2100g；豆类 50～2100g；鸡蛋 1～2 个；牛奶 250ml；蔬菜 500g 及水果 1～2 个，基本能满足一天各种营养素的需要。膳食中的蛋白质最好以动物蛋白为主，优质蛋白应占蛋白质 1/3～2/3，并应平均分配在一日三餐中。

根据近年来一些文献报道，大学生们在精神紧张时水溶性维生素 $B_1$、维生素 $B_2$、维生素 C、尼克酸等的消耗会增加。大学生紧张的学习生活和考试使体内维生素的需要量增加，应从食物中给予补充，以免引起缺乏。我国膳食中比较容易缺乏和不足的营养素还有钙、铁、维生素 A、维生素 $B_2$ 等。特别是在集体食堂就餐的大学生更应注意预防。缺铁，在女大学生中更为多见，因为女大学生每月都有月经血液的丢失，使身体对铁的需要量增多，加之常常节食，使铁的摄入量减少，很容易出现缺铁性贫血。因此，女大学生更应注意补充铁，注意选食铁丰富且吸收利用率高的猪肝、瘦肉、木耳、红

心得体会

枣、海带等食物。含维生素A和维生素$B_2$丰富的食物除猪肝、肾脏、鸡蛋、牛奶外，黄绿色蔬菜中胡萝卜素含量也较丰富。如每天能进食250g以上的黄绿色蔬菜，就能满足营养要求。

钙和碘元素对大学生的身体发育和适应繁重的学习任务具有重要意义。每天膳食中应注意选用牛奶、鸡蛋、大豆、虾皮、海带、紫菜及各种海鱼等含钙和碘丰富的食物。卵磷脂是构成神经细胞和脑细胞代谢的重要物质，有人试验，磷脂给正常人服用，精力比服用前充沛，学习和工作精力也大大增加。富含卵磷脂的食物有鸡蛋、豆类、瘦肉、肝、牛奶等。另外，饮食应该“二多三少”，即多吃一些优质蛋白、多喝牛奶。这里特别说一下，豆浆比不上牛奶，因为豆浆中蛋白质的吸收不如牛奶好。多吃新鲜水果、少油、少盐、少吃点饭，饮食不过量。少数人喝牛奶会拉肚子，可以喝酸奶，酸奶除了具备牛奶里的营养之外，还有乳酸菌，可以制造维生素，乳酸菌又称益生菌，是一种利于生命的菌类。

鱼和家禽比猪肉好，其中含有多种不饱和脂肪酸。猪肉本身没有什么问题，但是猪肉的脂肪是饱和脂肪酸，会加重动脉硬化。血管中的脂肪太多会导致动脉硬化，学名叫动脉粥样硬化。动脉粥样硬化是指动脉中有许多像粥一样的脂类物质堵塞在那里，使得血管不通畅，造成心肌缺血、脑缺血。所以动脉硬化的关键不是在于血管硬不硬，而是在于血管的通与不通，如果血管里都是脂肪，血液流动不畅，问题就很严重了。

吃是为了不饿着，但又不单单是为了填饱肚子。应该说吃是一门大学问，与健康息息相关。大学生朋友学一点营养学是必要而重要的。

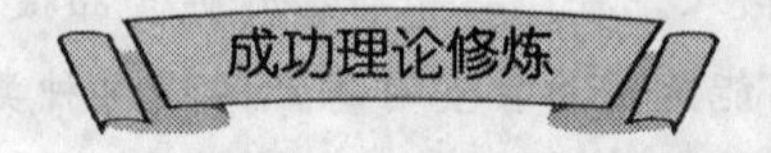


据教育部近年来对全国大学生体育合格标准及大学生身体素质调查结果表明：大部分高校大学生的健康状况有下降趋势，尤其是身体素质下降特别明显。健康的身体到底从何而来，值得我们关注。

（一）健康身体养、动、防

**1. 养出健康** “精固则气聚，气聚则神凝，神凝则形全，形全则体健”。身体的健康是需要平时的点滴养出来的，这主要是食养，即膳食平衡。膳食的平衡，是指每天的饮食中，主、副食品各占多大比重。科学地说，是指我们每天饮食中，摄入的热量和各种营养素的量，以及总热量中脂肪、糖类、蛋白质所提供的热量分别占多大比例。大学生虽属成人，实际上青年人的肝、脑、脾等脏器到20岁才达到其最大重量，心、肺等各器官的功能才逐渐成熟和健全。

心得体会

中医认为，食物有寒、热、温、凉等四性。因此同中药一样，平衡组合才能有益于健康。食物的甘、酸、苦、辛、咸五味。五味调和，方可增进食欲，相得益彰。“食宜细缓，不可粗速”，就餐速度快与慢的平衡。“食宜暖”，膳食要注意冷热平衡。“饮食以时”，就餐时间和饥饱平衡也需要注意。

大学生正处于青春年盛、向成年过渡的时期，不仅身体发育需要有足够的营养，而且繁重的脑力劳动和较大量的体育锻炼也需消耗大量的能源物质。因此，合理的饮食和营养有助于提高大学生的身体素质和学习效率。

**2. 动出健康** 以动为健，以静为康。动以养形，静以养神。动而不静，形劳不休，精耗神损；静而不动，易结气血，久即损寿。动静结合，相互促进，精血两旺。神采奕奕，强身安神，方能健体。（选自《保健格言锦集》）

运动是生命的一种表现形式，反过来又能促进生命活动。大量研究表明，体育锻炼是一种低经济支出、低风险和低不良反应的有效改善身心健康的手段，体育锻炼能直接给人带来愉快和喜悦，改善心理健康状况，据温伯格等学者研究报道，一次30分钟的跑步可以显著地改善紧张、困惑、焦虑、愤怒和抑郁等不良情绪状态。同时，长期有规律的中等强度的体育锻炼有助于不良情绪的改善，并使心理承受能力增强。

体育锻炼既是一种身体活动，也是一种心理活动。田径运动作为大学生体育锻炼的一种方式不仅要完成锻炼身体的任务，更要在身体锻炼中保持大学生心理健康的作用。现代社会竞争的压力不仅对人的体质增强具有新的要求，对人的心理承受能力要求也很高。也就是说，大学生不仅要具有健康的体魄，更需要有良好的心理适应能力，即抗挫折能力和竞争意识及协作精神。参加体育锻炼，能够转移自己不愉快的意识、情绪和行为，使人心情舒畅、精神倍增。体育锻炼不仅使注意力、记忆力、个人反应、思维能力和想象能力等得到提高，还可以使人情绪稳定、性格开朗、疲劳感下降。所有这些，都有助于提高我们的智力。健壮的身体、结实的肌肉能使人保持较高的自尊和自信，情绪稳定、性格外向。为了学会某个动作而反复练习，为了完成任务努力拼搏，能够培养我们坚忍不拔的意志。体育锻炼能使大脑得到积极的休息，消除紧张学习带来的疲劳；还能加强与同伴之间的交往，使自己合群，纠正自己的一些不良心理。

**3. 防出健康** 普通高校大学生的年龄一般为17～24岁，是由青少年过渡到成人的后期，机体的生长发育逐渐稳定，各项生理功能和心理适应能力也基本成熟，尤其是体格和各项生理功能处于人一生中的较高水平阶段，健康向上，朝气蓬勃，机体免疫力强，较少患病。但不容忽视的是，大学生住宿舍、吃食堂、同上课的集体生活，容易造成传染病的流行，在运动量较大的体育课和体育比赛中易发生皮肤外伤、关节扭伤、肌肉拉伤等，个人不良的生活方式也使人易患上一些疾病，还有在物理、化学实验课和野外实习中偶然遭遇到意外伤害等等，均会影响大学生们的身体健康。

因此，大学生朋友应掌握疾病和意外伤害的防治知识，降低发病率，并在已患病和发生意外时尽量将疾病和意外对健康的损害减少到最小。

传染病是一组由病原微生物引起的传染性疾病，其特点是有病原体，有传染性，可引起流行，病愈后能产生特异性免疫。大学生中常见的传染病有流行性感冒、流行性腮腺炎、细菌性痢疾、病毒性肝炎、结核病、沙眼、流行性出血性结膜炎（红眼病）等。要

心得体会

做好传染病的预防工作，必须从切断传染源、控制传播途径、保护易感人群三大环节着手预防。

简而言之，保持身体健康，就得从养、动、防三方面共同做起，三方面互有侧重又有着密切的联系。阿拉伯有句谚语说得好——“有两种东西失去后才知道它的价值，这就是青春与健康”。不要等到失去健康才想到健康，那往往为时已晚。只有在健康时关注健康、珍爱健康，学会自我保健才能健康长驻，焕发活力。

## （二）心理健康在个人

大学学习是一项艰苦的脑力劳动，在学习过程中会遇到各种困难和挫折，要想取得优秀的学习成绩，掌握更多的科学文化知识，就应培养健康的心理，以积极进取、服务于社会的人生观作为自己人格的核心，并以此为中心把自己的需要、愿望、目标和行为统一起来，树立远大理想。

**1. 培养良好的人格品质** 良好的人格品质首先应该正确认识自我，培养悦纳自我的态度，扬长避短，不断完善自己。其次应该提高对挫折的承受能力，对挫折有正确的认识，在挫折面前不惊慌失措，采取理智的应对方法，化消极因素为积极因素。挫折承受能力的高低与个人的思想境界、对挫折的主观判断、挫折体验等有关。提高挫折承受能力应努力提高自身的思想境界，树立科学的人生观，积极参加各种实践活动，丰富人生经验。

**2. 养成科学的生活方式** 生活方式对心理健康的影响已为科学研究所证明。健康的生活方式指生活有规律、劳逸结合、科学用脑、坚持体育锻炼、少饮酒、不吸烟、讲究卫生等。大学生的学习负担较重，心理压力较大，为了长期保持学习的效率，必须科学地安排好每天的学习、锻炼、休息，使生活有规律。学会科学用脑就是要勤用脑、合理用脑、适时用脑，避免用脑过度引起神经衰弱，使思维、记忆力减退。

**3. 加强自我心理调节** 自我调节心理健康的核心内容包括调整认识结构、情绪状态、锻炼意志品质、改善适应能力等。大学生处于青年期阶段，青年期的突出特点是人的性生理在经历了从萌发到成熟的过渡之后，逐渐进入活跃状态。从心理发展的意义上说，这个阶段是人生的多事之秋。大学生需要学会自我心理调适，才能做到心理健康。大学生朋友可通过保持浓厚的学习兴趣和求知欲望、保持乐观的情绪和良好的心境、保持和谐的人际关系、保持良好的环境适应能力等途径实现自我心理调节。

**4. 积极参加业余活动，发展社会交往** 丰富多彩的业余活动不仅丰富了大学生的生活，而且为大学生的健康发展提供了课堂以外的活动机会。大学生应培养多种兴趣，发展业余爱好，通过参加各种课余活动，发挥潜能，振奋精神，缓解紧张，维护身心健康。通过社会交往才能实现思想交流和信息资料共享。发展社会交往可以不断地丰富和激活人们的内心世界，有利于心理保健。

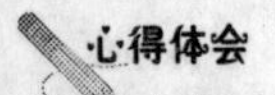


**5. 求助心理咨询老师或心理咨询机构，获得心理指导** 心理咨询老师具备较雄厚的理论功底和生活实践经验，对学生所面临的心理问题具有良好的解答方式和处理技

巧。大学生在必要时求助于有丰富经验的心理咨询医生或长期从事心理咨询的专业人员和心理老师。通过咨询者与求询者的交谈、指导,针对求询者的各种心理适应和提出的问题,帮助求询者正确地认识到自身心理问题的根本原因;引导求询者更为有效地面对现实,为求询者提供建立新型人际关系的机会;增加求询者的心理自由度,帮助求询者改变过去的心理异常,最终恢复健康的心理。心理咨询兼有心理预防和心理治疗功能,通过心理咨询,为咨询对象创设一个良好的社会心理环境和条件,提高其精神生活质量和心理效能水平,以实现降低和减少心理障碍,防止精神疾病,保障心理健康的目的。

总之,大学生要做到心理健康,争取身心健康是关系到成才与否的头等大事。只有健康的心理素质和健康的生理素质相结合,加之其他积极因素的相互作用,大学生成才就有了可靠的内在条件,一颗颗人才新星就有可能升起。

## 三、健康是福——事半功倍,愉悦人生

阿拉伯谚语讲,有健康的人,便有希望;有希望的人,便有了一切。懂得享受健康的人才是真正懂得生活的人。

### (一)健康是福

一名妇女发现三位蓄着花白胡子的老者坐在家门口。她不认识他们,就说:"我不知道你们是什么人,但各位也许饿了,请进来吃些东西吧。"三位老者问道:"男主人在家吗?"她回答:"不在,他出去了。"老者们答到:"那我们不能进去。"

傍晚时分,妻子在丈夫到家后向他讲述了所发生的事。丈夫说:"快去告诉他们我在家,请他们进来。"

妻子出去请三位老者进屋。但他们说:"我们不一起进屋。"其中一位老者指着身旁的两位解释:"这位的名字是财富,那位叫成功,而我的名字是健康。"接着,他又说:"现在回去和你丈夫讨论一下,看你们愿意我们当中的哪一个进去。"

妻子回去将此话告诉了丈夫。丈夫说:"我们让财富进来吧,这样我们就可以黄金满屋啦!"妻子却不同意:"亲爱的,我们还是请成功进来更妙!"他们的女儿在一旁倾听。她建议:"请健康进来不好吗?这样一来我们一家人身体健康,就可以幸福地享受生活、享受人生了!"丈夫对妻子说:"听我们女儿的吧。去请健康进屋做客。"

妻子出去问三位老者:"敢问哪位是健康?请进来做客。"健康起身向她家走去,另外两人也站起身来,紧随其后。

妻子吃惊地问财富和成功:"我只邀请了健康。为什么两位也随同而来?"两位老

心得体会 ........

者道："健康走到什么地方我们就会陪伴他到什么地方，因为我们根本离不开他，如果你没请他进来，我们两个不论是谁进来，很快就会失去活力和生命，所以，我们在哪里都会和他在一起的！"最后，我要说："人生的幸福之一，是保持了你的健康。"

健康是福，有了健康，你就有了成功和财富的资本；没有健康，一切都只会愈行愈远。

## （二）怎样才是真聪明

这是美国第一位亿万富翁——洛克菲勒留给儿子的38封信中的其中一封，从他对儿子语重心长的教诲中，你能体会到作为一个父亲，一代商业巨人对儿子的良苦用心吗？

亲爱的约翰：

我相信你已经发现了，自你到我身边工作以来，我并没有给予你重担去挑。但这并不表明我还怀疑你的能力，我只是希望你善于做小事而已。

做好小事是做成大事的基石，如果你从一开始就高高在上，就无法体贴部属的心情，也就不能真正地活用别人。在这个世界上要活下去，要创造成就，你必须借助于人力，即别人的力量，但你必须从做小事开始，才会了解部属的心情，等你有一天走上更高的职位，你就知道如何让他们贡献出全部的工作热情了。

儿子，世界上只有两种人头脑聪明：一种是活用自己的聪明人，例如艺术家、学者、演员；一种是活用别人的聪明人，例如经营者、领导者。后一种人需要一种特殊的能力——抓住人心的能力。但很多领导者都是聪明的傻瓜，他们以为要抓住人心，就得依据由上而下的指挥方式。在我看来，这非但不能得到领导力，反而会降低许多。要知道，每个人对自己受到轻视都非常敏感，被看矮一截就会丧失干劲。这样的领导只能使部属无能化。

一头猪好好被夸奖一番，它就能爬到树上去。善于驱使别人的经营者、领导者或大有作为的人，一向宽宏大量，他们懂得高看别人和赞美他人的艺术。这意味着他们要有感情付出。而付出深厚的感情的领导者最终必赢得胜利，并获得部属更多的敬重。

没有知识的人终无大用，但有知识的人很可能成为知识的奴隶。每个人都需要知道，一切的知识都会转化为先入为主的观念，结果形成一边倒的保守心理，认为"我懂"、"我了解"、"社会本来就是这样"。有了"懂"的感觉，就会缺乏想要知道的兴趣，没有兴趣就将丧失前进的动力，等待他的也只剩下百无聊赖了。这就是因为不懂成功的道理。

但是，受自尊心、荣誉感的支配，很多有知识的人对"不懂"总是难以启齿，好像向别人请教，表示自己不懂，是见不得人的事，甚至把无知当罪恶。这是自作聪明，这种人永远都不会理解那句伟大的格言——每一次说不懂的机会，都会成为我们人生的转

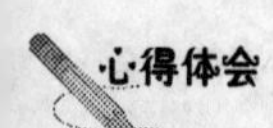

折点。

自作聪明的人是傻瓜,懂得装傻的人才是真聪明。

直到今天我都能清晰记得一次装傻的情景,当时我正为如何筹借到15 000块钱大伤脑筋,走在大街上我都在苦思冥想这个问题。说来有意思,正当我满脑子闪动着借钱、借钱的念头时,有位银行家挡住了我的去路,他在马车上低声问我:"你想不想得到5000块钱,洛克菲勒先生?"我有点不相信自己的耳朵。但在那一瞬间我没有表现出丝毫的急切,我看了看对方的脸,慢条斯理地告诉他:"是这样……你能给我24小时考虑一下吗?"结果,我以最有利于我的条件与他达成了借款合同。

装傻带给你的好处很多很多。装傻的含义,是摆低姿态,变得谦虚,换句话说,就是瞒住你的聪明。越是聪明的人越有装傻的必要,因为就像那句格言所说的——越是成熟的稻子,越垂下稻穗。

儿子,有了爱好,然后才能做到轻巧。现在,就开始热爱装傻吧!

父亲:洛克菲勒①

良好的心态,健康的体魄,再也没有什么,比这更有价值的了,即使是对世界上最有钱的人而言。

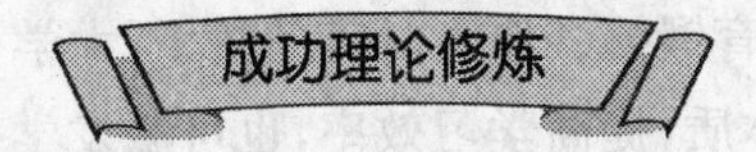


(一) 养成健康的生活方式

首先,应该是主动增强活力,减缓压力。压力是最常见的健康问题之一,并与许多疾病有着直接的关系。积极乐观的心态非常重要,凡事向积极的一面想,有利于减轻日常生活的紧张和压力,并且乐观的心态还有正面的生理效应。充足的休息有助于松弛神经和恢复体力,对于达到理想健康非常重要。每天的休息时间应包括6~8小时的夜间睡眠和日间的精神放松。人在紧张状态下处的每一刻,哪怕是在睡眠状态,都在消耗宝贵的营养物质。在饮食方面,专家们建议食用一些缓慢释放能量的糖类,它们能提供持久的能量;食用含有蛋白质食物时,搭配一些糖类的食物,能起到很好的抗压效果。尽量不要食用精白面包、糖果、早餐麦片以及其他添加糖分的东西,因为快速释放能量也会在体内刺激皮质醇的产生,制造压力。最佳营养学的方法既可以使我们摆脱一直消耗我们精力的能量消耗模式,同时又可以重新产生新的能量,以打破一开始就会产生压力的精神习惯。大学生还要坚持体育锻炼,体育锻炼对减少或消除青春期大学生的连续性焦虑十分有效。有一项研究表明长期的有氧练习可有效地降低焦虑状态。这是因为通过体育锻炼,锻炼者的身体得到锻炼,同时情绪得到宣泄,而随着体育锻炼对形体的改变,这种改变应是让体型更加健美,提高人的自信,让一些消极的

心得体会

①(美)约翰·D·洛克菲勒著,严硕译. 洛克菲勒留给儿子的38封信.[M]. 北京:中国妇女出版社,2004.

……………

情绪得到宣泄，使锻炼者的心理处于一个较为健康的状态，这些无形之中都将提高人的自尊。

其次，应掌握良好的饮食习惯和科学进食方法。据世界卫生组织建议，应保证食物多样化，多吃蔬菜、水果和谷类食物。选择低脂肪和低胆固醇的饮食。生活方式对人体健康的影响深远。偏食、暴饮暴食、大量进食营养价值低的食物都会导致营养不良。误餐、节食、不规律的进食也是不科学的。方便食品往往缺乏人体所需的维生素和矿物质，不宜经常食用。另外，无节制的吸烟、酗酒等不好的饮食习惯也对身体造成伤害。平常如果养成深呼吸的习惯对身体很有益。因为深呼吸不但能给头脑提供更多的能量，还会使头脑更加清醒。

维生素对于细胞的新陈代谢、身体成长和维持健康必不可少；维生素可以有助于其他营养素（蛋白质、脂肪、糖类和矿物质）的吸收和利用；维生素可以帮助形成血液、细胞、激素、遗传物质及神经系统的化学物质。

再次，要注意日常作息规律。关键在于自己如何去平衡得与失的天平。每晚在通宵教室里苦读到深夜、凌晨，无论对身、心都是巨大的损伤。大学时光很短，我们应该充分利用这有限的时间去汲取尽可能多的知识，但是我们也要懂得取舍，把时间花到值得的地方。

此外，还应积极参加体育锻炼。作为时代的骄子，大学生有义务成为体育锻炼的先锋。体育锻炼既可增强体质，提高学习效率，也可激发学生参与文明、健康、多姿多彩的新生活的热情，更能培养我们团结互助的精神，我们应该把体育锻炼看成与自己健康的身体、文明的生活、高尚的修养紧密相关的内容，从而踊跃参加体育锻炼。总之，我们应该提高认识，将体育锻炼落实到实处。只有拥有良好的体质，才能为社会多做贡献。

### （二）增强健康意识

梁启超先生曾慷慨激昂地说：“少年强，则国强；少年弱，则国弱，少年胜于欧洲，则国胜于欧洲；少年雄于地球，则国雄于地球。”列宁也曾怀着满腔的热情号召：“为了实现和完成共产主义事业，应该培养青年一代具有坚强的健康的身体、钢一般的意志和铁一般的肌肉，去迎接这些战斗。”而我们，作为中国新一代的大学生，必然要顺应社会与国际发展的潮流，保持健康，从生活的点滴做起，为了我们伟大的社会主义大厦，我们必须打好“健康”这一地基，从而才能担当起我们肩负的重任，乃至代表中华民族，向整个世界展现出健康向上、积极果敢的中国大学生形象，去迎接未来的使命和挑战！

心得体会

大学阶段是一个人的生理和心理都迅速发展的阶段。伴随着个体心理迅速走向成熟而又尚未完全成熟的一个过渡，由于生活环境、学习特点、人际关系等因素的改变，许多人表现出不适应，甚至出现心理障碍等问题，严重影响生活和学习。因此，正确认识大学生的身心健康问题，并进行有效的疏导和调整，对我们今后的学习和人生都将产生重要作用。

大学生是一个承载社会、家长高期望值的特殊群体，自我定位高，成长的欲望非常强烈，但心理发展尚未完全成熟、稳定。伴随着经济和社会的发展，特别是涉及大学生切身利益的各项改革，面临的社会环境、家庭环境和成长过程中遇到的问题更加复杂、多样和具体，面临发展成长的压力，问题日益突出。唯有通过增强锻炼的方法加强个人身体素质，加强自我调节，培养个人健全人格，才能在纷繁复杂的社会生活中获得自己的一片宁静天空。

心得体会

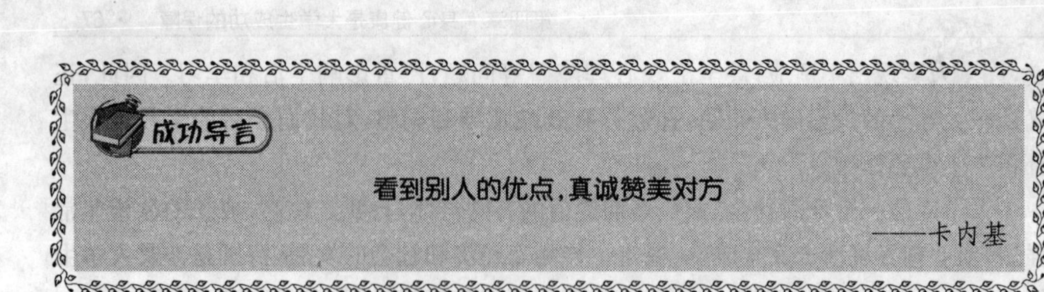


# 第五章　人际关系是大学生成功的润滑剂

健康和谐的人际关系能够为人的全面发展营造良好的环境，假如我们把人际关系比作大脑的神经网络，那么其中的每个人就是一个神经元：突起越多，与周边的联系就越多，也就比别人更加灵敏，从而更加易于走向成功。当代大学生人际交往质量及形成的人际关系直接影响其在校期间的学习、生活、身心健康乃至未来的发展。

## 一、构建和谐校园人际——亲善产生幸福，文明带来和谐

大学生活中，面对陌生的环境和人群，每一个大学生都渴望和谐人际关系的建立，渴望被接纳、被肯定，作为期待，这一点他们是共同的，但作为回应，却不是每一个人都能实现的。在这一过程中，有相当数量的人会产生各种问题。认知、情绪及人格因素，都影响着人际关系的建立。一旦在这一过程中受挫，就可能表现为自我否定而陷入苦闷与焦虑之中，或因企图对抗而陷入困境，并由此产生心理问题。例如2004年发生在云南大学的“马加爵事件”就是一个极端的例子。这一事件揭示了校园内的许多不稳定因素：同学之间以及师生之间的交流手段的缺乏，内、外因造成的同学关系的冲突。因而，和谐的人际交往对大学生成长与发展有着非常重要的意义。

### 成功案例解析

#### （一）他是“完美”和“最高尚”的代名词

作为一位时代的风流人物，周恩来是中国杰出的人际交往艺术大师。他是完美和最高尚的代名词，就像作家冰心所说的，“周恩来总理是我国20世纪10亿人民心中的第一位完人”。

在中国20世纪的风云激荡的历史舞台上，在中国革命的历史进程中，周恩来可以说都是党的核心领导集体中的主要成员之一。在他的政治生涯中，尽管有低谷，也有曲折，但是相对来说，比较平稳，甚至有人称其为“政治常青树”。这固然与他坚定的政治信念、忠贞的革命思想分不开，也与他正确的为人方式、巧妙的处事方法有莫大的

心得体会

关系。

在无产阶级革命与社会主义建设过程中，周恩来的为人处事很讲究原则性，也不排除灵活性。但是，他更多的是讲究刚和柔相济，巧妙地把原则性与灵活性结合起来。他和蔼可亲，待人宽厚，善解人意，处事分寸适度，方式恰当，对人关怀备至，体贴入微。但是，他又不失原则，灵活机智，巧妙斡旋，把方方面面的关系理顺应付得恰到好处。如果说毛泽东是以恢弘豪迈、大度雄健的人格魅力吸引人，周恩来则是以文雅恬静、端庄谦和的交际魅力为人们所敬仰。

周恩来接触过的人数不胜数，但是，无论是普通的工人、农民、教师还是战士、售货员，无论是将军、部长还是学者、社会名流，无论是外国元首还是普通官员，无论是敌人还是朋友，无论是东方还是西方，都对他高超的为人艺术所赞叹，为他巧妙处事的交际方式所折服。

1965年11月，著名的美国女作家、记者斯特朗80寿辰，周恩来总理在上海为她举行宴会祝寿。周总理在祝词的开场白说："今天我们为我们的好朋友、美国女作家安娜·路易斯·斯特朗女士庆贺40公岁诞辰。"外宾迷惑不解。周总理接着解释道："在中国，'公'字是紧跟它的量词的2倍，40公斤等于80市斤，40公岁也就是80岁。"几百位中外来宾被这一番风趣话逗乐了，爆发出一阵欢笑声。总理接着说："40公岁，这不是老年，而是中年。斯特朗女士为中国人民和世界人民做了大量的工作，写了大量的文章，她的精神还很年轻！"斯特朗听了，心里十分高兴。

周恩来总理在为人处事方面原则性很强，很讲党性，但是却常给人以"柔"的感觉，相对来说，他给人更多的是和蔼可亲的形象，这是他与毛泽东为人处事风格的不同之处。学习周恩来总理人际交往方面的经验，可以使我们建立良好的人际关系，处理好各种各样的人事关系，可以使我们的为人更加高超，使我们的处事更加巧妙，在各种复杂的人际关系中纵横自如，成为游刃有余的人际关系处理高手。

## (二) 优秀的集体见证精彩的青春

某高校物理学院是全国14个国家理科(物理学)基础科学研究与教学人才培养基地之一。2004级物理基地班曾获得2005～2006学年度"校优秀班集体"荣誉称号，2006～2007学年度省级优秀班集体标兵称号。班级东区9栋126寝室获学习型文明寝室，东区2栋505寝室获科研型文明寝室。英语四级通过率为97.6%，六级通过率为83.3%，并有13人以优异的成绩通过大学英语四、六级口语考试。基地班发表SCI收录论文5篇，在其他核心期刊发表论文17篇。

### 1. 学习之风——学海无涯乐作舟

个人是集体的一部分，优秀的人走到一起就构成了优秀的集体；集体又是个人的载体，集体所具有的特质又深深影响了每一个人。2004级基地班就是这样一个集体，一个由优秀的同学构成的优秀的集体。在这个集体里良好的学习风气，给同学们提供

心得体会

了最好的学习环境,每一个人都积极向上,勇于挑战自我,从而提升了个人能力!在这个优秀的班级里涌现了一大批学习优秀的同学:他们中有的被评为“科研积极分子”,有的被评为“工作积极分子”,还有很多同学被评为“学习积极分子”。曾经参加过全国计算机等级考试的16人全部通过二级考试,其中5人获得优秀;有6人通过三级考试,其中4人获得优秀。2004～2005学年度,基地班共有27人获得“校优秀三好学生”,“校三好学生”的荣誉称号,4人获得国家助学奖学金。2005～2006学年度共有20人被评为“校三好学生”,其中1人被评为校“三好学生标兵”,3人获国家助学奖学金。2006～2007学年度,基地班共有14人获得“校优秀三好学生”、“校三好学生”等荣誉称号,1人获得国家奖学金,4人获得国家励志奖学金。

**2. 科研立项——攀科学研究高峰**

物理学基地的人才培养目标是,通过基地建设推动创新人才成长的环境建设,培养基础厚实、专业能力强、综合素质高、能活跃在物理学基础研究前沿的研究型人才。在这样的目标下科研也就成为物理基地班同学们的第二重心。他们对科研投入了极大的热情,同时也喜获丰厚的成果。基地班共发表论文22篇,其中SCI收录的文章共5篇。在进行科研的过程中,他们还体会到小组合作的重要性,在意见不相同的时候,他们甚至为了坚持自己的想法而争论。他们渐渐地明白了坚持自己的主见非常重要,但更要学会以合适的方式去跟别人交流,在坚持自己的想法同时也要有接纳不同意见的胸怀,而这正是科学研究永恒的生命力。

**3. 寝室建设——相亲相爱的一家人**

为了保证同学们正常的生活和学习,保证同学们的睡眠,基地班制定了寝室使用电脑规定,要求同学们合理使用电脑,最大限度为自己的学习提供方便,而不是沉溺其中,同时还定期检查寝室卫生,督促学生注重周围环境,每个人都严格要求自己,不影响其他人,为他人着想。正是因为同学们把寝室当作自己的家,尽心尽力去维护这个温暖的家,因此他们的寝室才成了学校先进寝室、文明寝室、优秀寝室的代表。“学习型”文明寝室鼓励他们取得的优异成绩,“素质型”展现基地班同学的综合能力。

**4. 生活纪实——和谐、快乐**

在2006年“桂子山艺术节”之物理学院“物华杯艺术文化节青春畅想”歌咏比赛上,基地班精心挑选了一首代表大家共同心声的曲目《相亲相爱一家人》作为最后的参赛作品。《相亲相爱一家人》是他们的班歌,因为它早已融入了他们43个人的心田:他们用心呵护着这份难得的兄弟姐妹之情。他们生活很平淡,因为他们的学科需要谦虚谨慎的态度,因为我们的祖国需要他们去创造一个又一个科学巅峰;他们的生活又很多彩,他们也需要音乐,他们也需要文学,他们也热爱运动,他们力会感性地认知世界,他们的生活也五彩斑斓!

**5. 天道酬勤——三年辛勤耕耘,今朝喜获保送**

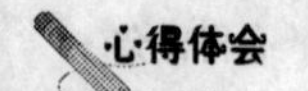


一分耕耘,一分收获。经过大家三年坚持不懈的努力,终于在2007年秋季这个丰收的季节迎来了他们人生的收获:2004级物理基地班保送工作取得了丰硕的成果。共有29人申请推荐免试攻读研究生并参加保送考试，全部获得推免资格，保送比例为100%，取得了历史性的重大突破：除本校提供18个保送指标外，清华大学、北京大学、上海交通大学、复旦大学、北京师范大学、中国科学院（北京高能所、武汉数理所）、中国科学技术大学等国内顶尖的一流高校及研究所纷纷垂青基地班的优秀学生，为同学们提供保送指标，招收优秀学生，有些优秀学生甚至同时被国内多所大学（研究所）同时看中并录取。有1人获得清华大学保送资格，1人获得北京大学保送资格，3人获得上海交通大学保送资格，1人获得复旦大学保送资格，5人获得中国科学技术大学保送资格，1人获得北京师范大学保送资格，1人获得中科院武汉数理所保送资格。

该校物理学院老师讲到："物理学基地班是国家重点建设的理科基地，拥有学校提供的最好资源，配备了最优秀的教师力量。大学不仅是学习知识，最重要的是一种文化熏陶，要学会做人，然后才能成才！学生们懂得珍惜，大家在这里学习知识，结交朋友，锻炼成才，成就一生最宝贵的财富。"

（一）建立和谐的师生关系

古人云："亲其师，信其道"。苏霍姆林斯基也曾经说"师生之间是一种互相有好感、互相尊重的和谐关系，这将有利于教育教学任务的完成"。师生关系是学校人际关系中最基本的关系，尊师爱生是师生关系的核心，是师生关系融洽和谐的前提。在当前高校教育改革的大背景下，和谐的新型师生关系在日常的教育管理中更加凸显它的重要性。

**1. 师生平等**　学生与教师在人格上是平等的，应该相互尊重。人格平等是现代社会的政治和道德追求，只有做到了人格平等，才能构建和谐人际关系。尽管教师与学生的角色、地位和作用存在差异，但是他们在人格上是平等的。教师与学生在教学活动中的地位也是平等的，应该教学相长。在教育教学活动中，教师虚心听取学生的意见，尊重学生的创新精神，学生也要认真地接受教师传授的文化知识，积极地向教师发表自己的观点，平等讨论问题，共同研究课题，从而做到相互学习、相互促进、教学相长。教师要平等对待每个学生，同样学生也应平等地对待每位教师。不平等待遇往往会造成师生关系的不和谐。

**2. 尊师爱生**　教师要深入了解学生、充分信任学生、严格要求学生、全面关心学生，关心学生的学业进步、身心健康以及实际困难。尊师爱生同时也要求学生尊敬教师的劳动、理解教师、对教师应有礼貌。学生要主动参与、积极配合教学工作，对教师讲授的课程要专心致志，刻苦钻研。学生也要认识到教师也是常人，不可能完美无缺，万事精通。学生有了这种认识，就能够发现教师的长处，尊重、信任教师，并虚心向教

心得体会

师学习。对教师一时的误解或偶尔的错误也能给予宽容和谅解。而学生对教师有礼貌不仅会缩短师生间的心理距离,也反映了学生内心对教师的尊敬和爱戴。

**3. 合作关系** 学生与教师在教学过程中是缺一不可的两个要素,他们之间应该是一种合作关系。在联合国教科文组织的报告《教育:财富蕴藏其中》中明确提出:"教师和学生要建立一种新的关系,从'独奏者'的角色过渡到'伴奏者'的角色,从此不再主要是传授知识,而是帮助学生去发现、组织、管理知识,引导他们而非塑造他们。"学生在进行学习活动时,教师不是旁观者的角色而是参与者。从参与学生的学习活动中,教师可以多接触学生,进一步了解学生的需求。同样,在教师教育教学过程中,学生积极地参与其中,变被动为主动,这样可以加强同教师的沟通,使教师的教育教学更具有针对性,更具有成效。

### (二) 建立和谐的同学关系

同学关系在大学生人际关系中占主要地位。在大学里,学生都远离父母、亲戚朋友,学习生活的环境相对比较封闭,同学间的交往最频繁,内容也最广泛。

**1. 确立正确的同学交往观念** 交往观念,是一个人在为什么交往、同什么样的人交往、应遵循哪些基本原则进行交往等问题上所持的基本看法,是一个人的生活态度、价值观念的重要组成部分。正确的交往观念是大学生同学关系健康发展的前提条件,大学生应确立如下的交往观念。

平等和尊重:在交往中互相尊重、一视同仁是实现和谐人际关系的基本前提,也是对当代大学生最基本的要求。首先,交往是平等的,在与他人进行交往时,要把双方放在平等的位置上。不论同学经济条件贫富、学习成绩好坏、是学生干部还是普通同学,都不可居高临下或盛气凌人,也不要卑躬屈膝或阿谀奉承。同学之间应该是平等的,只有平等待人,才能换得别人平等对待自己。其次,尊重是相互的。人人都具有尊重的需要。大学生在交往过程中一方面通过尊重他人,使别人的自尊心得到及时的满足,那么别人也会产生积极的情感,人际关系就和谐,就能得到巩固和发展,甚至能给别人以极大的力量。另一方面通过尊重他人,他人也会同样地尊重你,使自己的自尊心也获得了满足。尊重差异,就是要认识到人与人是不同的,在同学交往中要相互尊重,承认差异。世界上没有两片完全相同的叶子,更没有两个完全相同的人。一个人的魅力,就在于他独特的个性。

坦诚和信任:一般和陌生人交往之所以拘谨,有所顾忌,就是因为有巨大的未知区域横亘在双方之间。扩大自我的开放区域,向别人敞开你的心扉,别人才会相应地向你敞开心扉;当你想要与别人建立某种人际关系,必须首先让别人了解你,因而,你必须向对方充分展示自己,让对方知道你更多的情况,同时,要相信对方将不会因为了解你而做出种种伤害反应或排斥你。也就是"坦诚才能相知"。希腊哲学家亚里士多德曾经说:"一种真正朋友的含意是两个人共有一个灵魂。"建立和谐有效人际关系最基本的技能是发展和保持信任。发展和保持信任的关键是每个人都应该成为一个可以

心得体会

信赖的人。

互惠互利：互惠互利就是指通过对物质、能量、精神、感情的交换而使各自的需要得到满足，也称之为“跷跷板互惠原则”。人际关系是一种建立在心理接触基础上的社会关系，大学生人际交往的过程也是相互获得需求满足的过程。大学生的互利型人际关系主要是指精神方面，包括心理、情感、思想文化等方面的交流。比如，感情互慰，人格互尊，目标互促，困境互助，过失互谅等，它是和谐人际关系的一个必要方面。另外，随着当今社会竞争的加剧，少数大学生一心发展自己的私欲，不惜践踏别人的利益、阻碍别人的发展来谋求自己的前进，这种破坏性的竞争会直接导致人际关系的不和谐，因为和谐的人际关系是一种讲究双赢的合作型人际关系，双赢意味着在激烈的竞争中学会共处，共同发展，善于合作，共同进步。

**2. 提高交往能力**　有研究显示，大学里有大约20%的学生会产生干扰其正常生活和学习的心理问题，大概有2%的人难以适应。而解决这一问题的最好办法就是同学交往。通过寻找新的朋友，建立同学交际圈，使自己的疑问得到解答，心理压力得到缓解。在同学之间应建立起相互尊重、相互激励、相互学习、平等互助的新型同学人际关系。一个学生在学校度过的时间是比较长的，他只有与周围的同学建立良好的关系，保持一种融洽、正常的交往，才能在心理上得到安全感、归宿感。

相关资料表明，在大学生中加强交往教育，其人际交往能力确实加强了，学生的自信心普遍提高了，一些常见的人际关系问题迎刃而解了。提高交往能力是大学生们建立良好人际关系的重要砝码。任何能力都是在后天的学习、塑造中获得提升的，人际交往能力也是如此。交往能力是一个人的核心竞争力所在，我们可塑造自我的交往能力和技巧。因此，大学生要加强社交方面的知识培养，使大学生有健康的人格，良好的社交心理素质与人际交往技巧，全面综合提升大学生的交往能力以及与他人顺利沟通和合作的能力。

**3. 正确对待和引导异性交往**　大学生都有与异性交往的愿望和需要，能够轻松自然地同异性交往是一个大学生人际关系能力的重要体现，也是个体心理健康的重要方面。正常的异性交往，既有助于大学生在交往中学习、体会和掌握自己与异性不同的身心特点、性别角色，打破异性之间的神秘色彩和不必要的界限，又有助于激发学生相互之间友好、坦然的合作，形成淳朴、良好的同学友谊，促进自己身心健康发展。同时，异性交往应遵循一定的原则，因为男女之间性格、气质、爱好等方面有很大的差异，在社会道德风尚、习惯方面也有一定的界限。

注意异性交往的方式，以集体交往为宜。课堂上、课外活动中、大学生活里，都创造了与异性交往的机会。这样的环境能为想与异性交往的大学生提供了环境。在集体中的异性交往，每人所面对的是一群异性同学，能使大学生吸收众人的优点，开阔眼界和心胸，同时避免了“一对一”的异性发展。此外，把握交往的尺度，宜泛不宜专，宜短不宜长，宜疏不宜密，正确引导恋爱中的大学生。现在的大学生思想观念比较开放，许多已有固定的异性朋友，开始尝试谈恋爱。由于大学生心理不够成熟，还不能完全

心得体会

正确处理恋爱中的问题，尤其是难以把握与异性交往的分寸，遵守恋爱道德，相互尊重，彼此珍惜，因此，应当尤其重视这些问题，切不可视恋爱为儿戏。

## 二、学会人际沟通——打开心扉，拥抱明天

建立良好的人际关系，学会人际沟通，如同栽种一棵果树，不可能今天播种，明天就能结出甜美的果实。不急，先花点时间结识一些朋友，并积极参与社交活动，一有机会就伸出援手，待时机成熟，你自然就有资格去玩一把比较刺激的游戏。这就跟举重运动员在操练时必须逐步增加重量一样，因此你只能随着你人际关系的“级别”来逐步调整你的目标。

### （一）学会倾听，做最好的听众

出身寒门的曾林堂，现在已经是丰田汽车（中国）投资有限公司副总经理。1980年，他加入加拿大 Bennett-Dunlop 福特销售公司。在当时的销售大厅里，曾林堂是惟一的中国人。这意味着，如果声誉坏了，大家口口相传“不要跟那个中国人买车”，他就没办法在公司立足。

从上班第一天起，曾林堂就暗下决心：一定要建立自己在汽车行业的地位。曾林堂发现，因为销售员主要靠提成生活，他们太想把车卖出去了，常常还没有了解清楚这款车是否适合这个顾客，就跟顾客说“如果现在不马上买，明天就没有货了，或者价格就要变了”。

从第一天做汽车销售员，曾林堂就是想帮顾客挑一辆他真正喜欢的车。

有一位农场主，当他第一次走进展厅时，曾林堂就感觉到他的挑剔。“不用多说了，再便宜些我就买了。”曾林堂还没有开始介绍车的配置、性能，这位农场主就开口提出要求。

曾林堂知道，这是因为农场主已经适应了其他销售员的方式。他通过不停地询问倾听对方的需求、喜好，最终为农场主选择了一款真正满足他需要的车。第一笔生意就这样做成了。

以后，每逢来了新款车型，无论能否成功，曾林堂都会打电话告诉农场主。几年下来，这位农场主一家就在曾林堂手上买了10辆车，还给他介绍了许多顾客。

“如果一个销售员愿意在一家公司付出3年的时间，以后就会源源不断地有客户送上门来。”曾林堂这种设身处地为对方着想的倾听方式，给自己带来了声誉。

曾林堂特殊的身份让顾客忘记他的名字也没关系。中国销售经理，这已经成为他走向成功的通行证。

每个人都有他的长处和特点，倾听将使我们能取人之长，补己之短，同时防备别人的错误在自己身上出现，这便能使自己更加聪明。当你把注意力集中到倾听对方的时候，你便会很容易摆脱人们比较讨厌的“自我”的纠缠，这样你便会成为一个备受欢迎的谦虚的人。

### （二）站在对方的立场看问题

孙子兵法有云：“知己知彼，百战不殆。”而“知己”与“知彼”相比较，“知彼”就更为重要。对于生死相敌的对手，这一条更为重要。伟大的斗士都是不会随便轻视他的对手的。要做到“知彼”，最好的方法莫过于站在对方的立场看问题。失败者的一个重要原因是，他们从来都不懂得站在对方的立场看问题。

创建了著名的松下电器公司的松下幸之助先生，在做生意的过程中，总结出了一条重要的人生经验：站在对方的立场看问题。人们交往之间，总有许多分歧。松下幸之助总希望缩短与对方沟通的时间，提高会谈的效率，但却一直因为双方存在不同意见、说不到一块儿而浪费掉大量时间。他知道，对方也是善良的生意人，彼此并不想坑害对方。在23岁那年，有人给他讲了一则故事——犯人的权利。他终于从中领悟到一条人生哲学。凭借这条哲学，他与合作伙伴的谈判突飞猛进，人人都愿意与他合作，也愿意做他的朋友。松下电器公司能在一个小学没读完的农村少年手上，迅速成长为世界著名的大公司，就与这条人生哲学有很大关系。这条哲学很简单：站在对方的立场看问题。

某个犯人被单独监禁，有关当局已经拿走了他的鞋带和腰带，他们不想让他伤害自己（他们要留着他，以后有用）。这个不幸的人用左手提着裤子，在单人牢房里无精打采地走来走去。他提着裤子，不仅是因为他失去了腰带，而且因为他失去了15磅的体重。从铁门下面塞进来的食物是些残羹剩饭，他拒绝吃。但是现在，当他用手摸着自己的肋骨的时候，他嗅到了一种万宝路香烟的香味。他喜欢万宝路这种牌子。

通过门上一个很小的窗口，他看到门廊里那个孤独的卫兵深深地吸一口烟，然后美滋滋地吐出来。这个囚犯很想要一支香烟，所以，他用他的右手指关节客气地敲了敲门。卫兵慢慢地走过来，傲慢地哼道：“想要什么？”

囚犯回答说：“对不起，请给我一支烟……就是你抽的那种：万宝路。”

卫兵错误地认为囚犯是没有权利的，所以，他嘲弄地哼了一声，就转身走开了。这个囚犯却不这么看待自己的处境。他认为自己有选择权，他愿意冒险检验一下他的判断，所以他又用右手指关节敲了敲门。这一次，他的态度是威严的。

那个卫兵吐出一口烟雾，恼怒地扭过头，问道：“你又想要什么？”

囚犯回答道：“对不起，请你在30秒之内把你的烟给我一支。否则，我就用头撞这混凝土墙，直到弄得自己血肉模糊，失去知觉为止。如果监狱当局把我从地板上弄起来，让我醒过来，我就发誓说这是你干的。当然，他们决不会相信我。但是，想一想你必须出席每一次听证会，你必须向每一个听证委员会证明你自己是无辜的；想一想你

心得体会

必须填写一式三份的报告;想一想你将卷入的事件吧——所有这些都只是因为你拒绝给我一支劣质的万宝路! 就一支烟,我保证不再给你添麻烦了。"

卫兵会从小窗里塞给他一支烟吗? 当然给了。他替囚犯点了烟了吗? 当然点上了。为什么呢? 因为这个卫兵马上明白了事情的得失利弊。

这个囚犯看穿了士兵的立场和禁忌,或者叫弱点,因此满足了自己的要求——获得一支香烟。

松下幸之助先生立刻联想到自己:如果我站在对方的立场看问题,不就可以知道他们在想什么、想得到什么、不想失去什么了吗?

仅仅是转变了一下观念,学会站在对方的立场看问题,松下先生立刻获得了一种快乐——发现一项真理的快乐。后来,他把这条经验教给松下的每一个员工。

站在对方的立场考虑问题,你会发现,你变成了别人肚子里的蛔虫,他所思所想、所喜所忌,都进入你的视线中。在各种交往中,你都可以从容应对,要么伸出理解的援手,要么防范对方的恶招。对于围棋高手来讲:对方好点就是我方好点,一旦知道对方出什么招,大概就胜券在握了。

### (一) 学会认识自己

易卜生说过:"你最大的责任就是把你这块材料铸成器。"德国著名作家约翰·保罗说:"一个人的真正伟大之处,就在于他能够认识自己。"由此可见,正确认识自己对一个人来讲是至关重要的。然而,认识自己并非易事,尤其是对于缺乏社会经验及辨别能力的大学生来讲尤为如此。鲁洁教授曾指出:"'认识你自己'是人类面临的永恒问题。"事实上,一个人只有认清自己的能力,找到正确的方向,他的努力才会开花结果。由此可见"认识自己"的意义重大。在苏格拉底时代,"认识自己"逐渐演变为人类的独立宣言,标志着人类对自我的自觉认识。德国哲学人类学家米夏埃尔·兰德曼(Michael Landmamn)说:"人不像其他存在物,人并不简单地存在着,人好奇地询问和解释人自己,人的概念暗含着人类学。这不仅只是任意的、理论性的思辨,它出自这样一种存在物的最深沉的必然性,这种存在物必须塑造自己,并因此需要一个指明方向的榜样或理想以提供参照。"这就是说,对自身的认识是人区别其他存在物的重要表现,更为重要的是,对自身的认识有利于人的发展与完善。

然而,我们怎样才能正确地认清自己呢? 大学生时期正是自我意识发展成熟的最关键时期。经过大学四年的学习,大学生的自我认识已经逐步深入、全面、统一和稳定,走向成熟。大学生对自己已形成了一个明确的自我观念或自我概念,并影响着自我体验与自我发展。在这一阶段,大学生自我意识的表现,充分显示了"分化→统一→

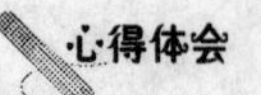

再分化→再统一”这一规律。这一规律在大学生群体上又表现出形态各异的类型。一种是自我意识的分化类型，这使大学生不仅意识到自己不曾注意的“我”的许多方面的细节，同时由于理想我与现实我的矛盾冲突，使得自我不能统一，自我形象不能确立，自我概念不能形成，还使大学生表现出明显的内心痛苦和不安，对自我的评价往往是矛盾的。另一种则是自我意识统一的类型，主要指主体我与客观我的统一，自我与客观环境的统一，理想我与现实我的统一，也表现为自我认识，自我体验，自我控制的和谐统一。

在正确认识自我方面，大学生要明白两点：一是人的一生都在寻找自我。年轻的时候、顺利的时候、成功的时候，就容易飘飘然，找不到自我；犯错误、碰到不幸、倒霉的时候，就容易悲观、消极、缺乏自信，又不认识自己；二是人生最大的挑战就是挑战自己。这是因为其他的敌人都容易战胜，惟独自己是最难战胜的。有位作家说得好：自己把自己说服了，是一种理智的胜利；自己被自己感动了，是一种心灵的升华；自己把自己征服了，是一种人生的成熟。大凡说服、感动、征服了自己的人，就有能力征服一切挫折、痛苦和不幸。那么，人们如何寻求自我认识正确发展的途径呢？

第一，从当代大学生自我意识发展的规律入手，教育和引导当代大学生树立正确的人生价值观，帮助大学生建立良好的自我意识的导向系统。正确的人生观和价值观，对大学生今后个人的发展乃至整个国家的发展都至关重要。大学生应该明确，一个不甘碌碌无为的有志者，要想最大限度地实现自己的人生价值，就要做到，当现实由不得自己“自由选择”时，则无论在什么地方、在什么岗位上，都应该认真地做好每一件该做的事情，发挥应有的作用，这是实现自我价值最基本的途径。

第二，需要积极参加人生实践。自我认识作为一种认识，既来源于人生实践，反映自我存在，又反作用于自我存在，服务于人生实践。大学生的自我意识是随着学习活动、课外活动和各种社会交往活动而不断发展的。大学生通过实践活动增进对自我的认识，获得自我体验，并进一步修正自我观念，调整对自我的要求和自我实现的行动。

第三，需要时刻防止误入自我认识的歧途。调查分析表明，完全能够进行自我反省和自我调节的大学生，一年级为10.00%，二年级为6.25%，三年级为28.75%，四年级为46.25%。在自我认识道路上，正确的发展途径同错误的发展途径总是相比较而存在，相斗争而发展。因此，大学生要通过以下3种方式来防止误入自我认识的歧途。一是同其他人的比较；二是吸取经验和教训；三是反省自身。

## （二）学会认知他人

人们对现实世界中客观存在的认识是一个完整的过程，对人的认知和了解也同样如此。认知他人的过程需要由表及里，通过一个人的外在特征来推测和判断他的内在的本质属性，而其本质的内在属性和特征往往容易被表象所掩盖，因此，这个过程就具有了复杂性和持久性。人们的思维分析和判断，是一种从简单到复杂、从对表象的认识到对本质的分析和判断的过程。

心得体会

**1. 对他人外部特征的认知**　对他人外部特征的认知主要是仪表认知和表情认知。仪表认知对他人的体形容貌、衣着打扮以及气质风度等综合性的外部特征的觉察和判断。对人表情的认知，包括面部表情、身段表情和语调表情。一般情况下，人的情绪、情感、欲望等心理活动是不能直接观察到的，但是这些东西往往通过他的外部行为表现出来。如一个人眉飞色舞、喜笑颜开、言语轻快，一定是心逢喜事精神爽；一个人垂头丧气、萎靡不振、言语低沉，一定是遇到了不顺心的事。可以说，喜怒哀乐是人内心世界的晴雨表。

**2. 对他人人格的认知**　人格也称个性，是表现在人的态度和行为方面较稳定的心理品质，是先天遗传因素和后天环境因素相互作用的产物。对他人人格的认知具体包括对其需要、兴趣、动机、信念、态度、气质性格和行为习惯等个性倾向的把握和评价。德裔英国心理学家艾森克(H. J. Eysenck)曾提出人格二维模型，有助我们在实际交往中认知人的性格。他把人的性格分为内向—外向、稳定—不稳定两个维度，进一步分为4个小区：稳定内向型(黏液质)、稳定外向型(多血质)，不稳定内向型(抑郁质)、不稳定外向型(胆汁质)。人格的形成是一个复杂的过程，因此对他人人格的认知并不是容易的事，需要在长期的社会交往中逐渐了解和认识。而仅仅根据他人的外部行为表现来判断其个性很有可能出现偏差。

个人与他人的和谐是我们构建和谐社会的一个重要组成部分，大学生作为和谐社会的建设者，要学会在平时生活中处理好个人与他人的关系。根据马克思主义的观点，个人与他人的关系本质上是社会关系特别是社会利益关系的表现，因为个人要生存就必须满足各种需要，而任何需要都是一定的主体在一定生产关系的基础上，在一定的客观条件下，对一定对象的需要，因此都必须通过一定的社会关系才能实现。因此处理个人与他人的关系，关键是处理好个人与他人的利益关系。在大学里面，同学之间可能有这样那样的分歧与矛盾，但却没有根本的利益冲突，因此我们要自觉维护同学之间的和睦与团结，自觉尊重他人利益与集体利益。在处理个人与他人的利益关系时，大学生要做到名利面前让一步，困难面前抢一步，从而自觉维护个人与他人的和谐。

在处理个人与他人的关系时，我们一要明确是非标准，坚守原则，以原则促进团结，而不要奉行“好人主义”、当“好好先生”；二要在与他人交往时，讲正气、重大义，而不要讲江湖义气；交诤友，而不要交酒肉朋友，直言规劝有错误的朋友，才能获得真正的友谊，才能真正促进个人与他人的和谐。为促进个人与他人关系的和谐，大学生要坚持平等、诚信、宽容和互助的原则，并正确认识和处理好竞争与合作的关系。社会主义市场经济条件下，人们的竞争意识普遍增强，在大学生活中，大学生在与他人的关系上也像社会上的人们一样，面临着竞争的问题。在大学生活中，我们也会有各种各样的竞争与合作，我们既要鼓励竞争、提倡竞争、保护竞争，也要提倡合作，提倡互相关心、互相爱护、互相帮助。也只有这样，我们才能在竞争与合作中正确处理好个人与他人的关系，从而一起走向进步、走向成功。

心得体会

（三）有效沟通技巧

大学生由于生理心理上逐渐成熟，渴望了解他人，了解社会，也希望得到他人的理解、尊重与承认。人际交往贯穿大学生学习生活的始终，是大学生社会化过程的重要环节，也是大学生个体发展的基本需要。不同的调查均显示，有超过30%的大学生存在一定程度的交往困扰，其中有一些人际交往问题是由于缺乏沟通技巧造成的。因此，大学生要获得良好的人际关系，就有必要学习和掌握一些人际交往中的基本技巧。

**1. 真诚待人**　真诚是人与人之间沟通的桥梁，只有以诚相待，才能使交往双方建立信任感，并结成深厚的友谊。人都有表现自己优点，掩饰自己缺点，以给别人留下美好印象的愿望。但如果过于掩饰自己往往会适得其反，会使人觉得你保守、虚荣、“当面一套，背后一套”。因此，在交往中，坦言相待、真诚热情自然会赢得对方的接纳，为成功交往架起一道桥梁。

**2. 增强自身修养**　有人说，良好的教养可以代替财富，它是我们进入社会生活最好的“通行证”。大学生应该通过整洁的仪表、干净利落的风格来展示自己的魅力，通过优雅的举止、文明的言谈来展现自己的风度。从本质上看，它是一个人内在品质的反映，它反映着一个人的兴趣、爱好、情感、性格以及他早已习惯了的社会习俗。

**3. 重视第一印象**　第一印象往往深刻牢固，并对以后的人际知觉起指导性作用。第一印象常常是对一个人表面特征的认知，素不相识的人初次接触，彼此会根据对方的外貌、表情、姿态、谈吐，作出一个初步的直观的判断与评价，形成某种印象。比如，当初次看到某人谈吐优雅，很有礼貌，就会形成一个有教养的好印象。因此，大学生在与老师、同学初次交往时，要注意给大家留下一个美好的第一印象，以利于以后的交往。

**4. 积极主动**　在交际过程中，积极主动的态度很重要。两人见面，主动的问候和自我介绍，会很快消除他人的戒心，赢得对方的友好回报；交往双方产生误会，主动消除误解，表现诚意，能进一步促进双方的友好关系。俗话说：“喊人一声不蚀本，只要舌头打个滚”。主动交往会使人感到你和蔼可亲、容易接近、容易相处而愿意与你交往。如果总希望别人主动接近自己，别人就会认为你妄自尊大、盛气凌人而不愿与之交往。

**5. 肯定对方**　每个人都希望得到别人的肯定和尊重。处于青春期的大学生自尊心极强，因而在人际交往中必须首先肯定对方，尊重对方，这是成功交往的基石。在人与人的交往中，选择恰当的时机和适当的方式表达对对方的赞许是增进彼此情感的催化剂。“诚于嘉许，宽于称道”的作风实际是一种美德。

**6. 乐于助人**　最好的发展人际关系的开端是学会“用举手之劳救人于危难之中”。俗话说“危难之处见真情”，“渴时一滴如甘露”，在别人最需要帮助的时候予以帮助，别人会铭刻在心，愿意诚心与之交往并形成良好的关系。而当你向需要帮助的人伸出一

心得体会

双援助的手，你并不会因此损失什么。

**7. 宽容克制** 卡耐基认为：既然我们在融洽的时候使人改变主意、承认错误都不容易，那么用指责的方法想让人改变观点就更不容易了。与人相处，难免发生摩擦冲突，宽容克制往往会起到“化干戈为玉帛”的效果。大学生在交往中不要斤斤计较，而要谦让大度、克制忍让；不要争论，而要通过讨论、协商的途径解决分歧。最终要以“求同存异”的方式，既表明了必要的原则性，又不伤害彼此友谊，不强加于人，相互有保留的余地。

## 三、树立正确的恋爱观——尊重爱情，真爱永恒

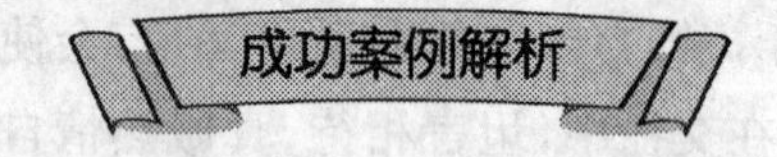


### （一）革命伴侣 模范夫妻

**1. 相识**

周恩来和邓颖超是在1919年反帝反封建的“五四”运动中相识的。那时，在北洋直隶第一女子师范读书的邓颖超，是“女界爱国同志会”的演讲队长。刚从日本留学归国的周恩来，是《天津学生联合会报》的主编。随着爱国运动的不断深入，为了加强斗争的力量，马骏、谌志笃、周恩来、郭隆真、刘清扬、邓颖超等20名青年男女，成立了天津学生爱国运动的核心组织——“觉悟社”，并出版了不定期刊物——《觉悟》。

在天津爱国学生运动中，周恩来与邓颖超都是冲锋在前的勇士。在觉悟社内，他们又都是志趣相投的战友。照常情，青年男女、特别是志趣相投的青年男女，在相互交往中相互爱慕，是自然之理，但那时，周恩来与邓颖超这两颗充满激情的心，却丝毫没有心思去顾及个人感情。他们一心一意忙着救国，忙着斗争。因此，他们为了斗争，都更加严格地克制着自己感情的闸门。

**2. 定情**

1920年11月7日，法国邮船“波尔多斯”号由沪起航。在四等舱里，坐着197名赴法勤工俭学的学生，其中就有来自天津的周恩来、郭隆真、李福景等。他们是到巴黎公社的故乡去进一步探求救国救民的真理。留在国内的邓颖超等觉悟社社友，则开始走向社会。邓颖超到北京师大附小当了教员。

他们虽然相隔云山万重，但却从未间断彼此的联系。凭着鸿雁传书，他们交换着情况，交流着思想。邓颖超把她们在国内组织“女权运动同盟”直隶支部，成立“女星社”、出版《女星》旬刊，创办《妇女日报》等战斗消息，不断写信告诉国外的社友；周恩来从法国寄来的“旅欧中国少年党”的油印刊物《少年》、《赤旗》，也使邓颖超等国内社友耳目一新。特别是周恩来撰写的那些学习马克思主义著作的心得，对工人运动中各种错误思想的批判，以及对国内政治经济等问题的分析的文章，常使国内社友读后有顿

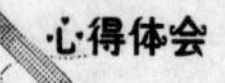

开茅塞之感。而在周恩来与邓颖超之间，更由于为共产主义理想奋斗的共同信仰与决心，使他们那种亲密的感情也逐渐成长了。他们就是在这种纯真的、志同道合的通信中定情的。

**3. 结合**

1924年7月，周恩来从巴黎动身回国；9月，到达广州，先后担任中共广东区委员会委员长和广东区委会常委兼军事部长，同时还担任着黄埔军校的政治部主任。东征后，他又担任东征军总政治部主任兼国民革命军第一军政治部主任、副党代表。他的工作十分繁忙。周恩来回国时，邓颖超仍在天津工作。她是天津最早的共青团员之一，1925年初转为中国共产党党员，任中共天津地委妇女部长。

这年7月，邓颖超奉命调广州工作，由于南下途中在上海耽搁了一些日子，8月上旬才到广州。当时，广东区委正全力领导省港大罢工，周恩来工作更为紧张。邓颖超乘船到达广州的这一天，周恩来竟无论如何抽不出时间去接她，只得委托秘书陈赓作代表，拿了一张邓颖超的相片，去码头接人。在熙熙攘攘的码头上，凭着照片认人，谈何容易，即便像陈赓这样的机灵人，看花了眼也没有找见邓颖超，只得回去向周恩来致歉。

邓颖超当然不知道周恩来的这个临时计划。当她踏上码头，在人群中左顾右盼没有看到想念已久的周恩来时，只得照着通讯地址，径直找到住处去了。就这样，1925年8月8日，找上门去的邓颖超成了周恩来的新娘。在广州一间极其简朴的小房子里，他们结成了一对同心同德、患难与共、并肩战斗的革命伴侣。

**4. 恩爱**

周恩来与邓颖超相知极深，因而相爱也极深。他们夫妻之间的恩爱，表现在相互之间无微不至的关怀上。

20世纪50年代，邓颖超身体不好，而他俩的作息时间又不一致。每逢邓颖超在休息而周恩来要到卧室去的时候，总是蹑手蹑脚，怕弄出声音惊醒了邓颖超。有时工作忙，安排不开，不能见到邓颖超时，也必让警卫员去告诉一声。

邓颖超对周恩来的爱，首先表现在对他的理想、信念和工作的全身心的支持与关怀。这样的支持与关怀，倾注在生活中每一件细小的事情上：吃饭时的交谈、休息时的散步、作为工作调剂的看戏……在两人工作都十分繁忙的情况下，他们能这样见缝插针似的相互照应，相互安慰，是因为他们各自心里都有他(她)。

1972年，周恩来得了癌症，一直拖到1974年夏才住进医院。在这一年半中，邓颖超不论阴晴风雨，每天都要去看望周恩来，有时还参加医疗组的会议，讨论治疗方案。在需要做手术时，邓颖超总是守候在手术室外边，直到深夜、凌晨……但是，就是在这种情况下，凡是应该由邓颖超做的工作，或是她可能做的工作，她一项也没有放过。每周两次的老同志学习会，她也从未缺席。对待疾病和生命，她同周恩来一样，充满着革命乐观主义精神。因此，即便在最亲爱的人面临死亡威胁的情况下，也能保持着沉着

心得体会

与镇定①。

周恩来与邓颖超的爱情就像是“一种相似的灵魂联盟”。他们都有坚定不移的信仰，坚忍不拔的毅力，惊人的胆识与才干，高尚的品德与情操，豁达大度的襟怀和革命乐观主义的精神。正是这样一种高尚心灵的联盟，使他们的爱情在共同的革命斗争中放出异彩，被人们誉为模范夫妻。

## （二）幸福家庭　事业双赢

幸福是什么？是财富的积累还是平淡的生活？或者一个眼神一种默契？在相伴了有14年之久的吴征和杨澜夫妇眼里，幸福就是一个安逸的家。也许很多人会认为，娶了个名女人做老婆，吴征肯定会有很大压力，然而每每杨澜出现在各大场合时，吴征都会默默陪伴左右，用吴征的话说，“杨澜名气再大也是吴征的太太”。

### 吴征：只为寻找到杨澜

从双博士学位到知名大学的客座教授，从亚洲电视的运营总裁到阳光文化传媒的创始人，提起吴征，许多人更愿意称呼他为“杨澜的先生”。就是这样一位看上去憨厚、稳重、谈吐自然的男人，和杨澜的结合在他看来完全就是命中注定。在美国留学的那段时间，最放松、最美好的时光，吴征都与杨澜一同分享，相识本来就是一种缘分，为何不将这缘分持续下去呢？

### 缘分无需寻找

在这个世界上，偶然与必然是永远纠结不清的，吴征和杨澜的相遇要用偶然和必然解释起来，不外乎就是一种必然在偶然的相识里发生了碰撞。

在美国，一个朋友家，吴征第一次与杨澜相遇。这次看似刻意安排却是又无比自然的见面，吴征与杨澜被招呼到了一起。刚开始的时候也只是礼貌性的交流，在国外这样的聚会常有一种老乡见老乡的感觉。但渐渐地两个人聊得很投机，都有一种相见恨晚的感觉。

吴征的脚步从欧洲到亚洲，然后又从亚洲到美洲。在这些美好的旅程中，从学士到硕士，再从硕士到博士。吴征一直都以为自己是在寻找更美丽的风景，要把这大千世界的美丽都放进心里，直到遇见杨澜，吴征才意识到，其实自己是在寻找杨澜，这个以前从来不认识后来却做了自己妻子的女人。

这样，吴征与杨澜成为了夫妻，不管杨澜是吴征的一部分，还是吴征是杨澜的一部分，婚姻和爱情已经让这两个没有血缘关系的人，有了比血缘更深一层的关系，那就是通常被忽略了的亲情。

提到丈夫吴征，杨澜也是满脸的满足。“优秀的女人是没有好下场的，除非你找到一个好老公。”当然，从一个名人到好妻子、再到一个好母亲，甚至一个事业上互相提携

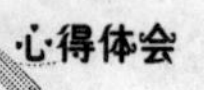


①方铭，成也竞，郑淑芸．革命伴侣　模范夫妻——周恩来与邓颖超[EB/OL]．http://cpc.people.com.cn/GB/69112/86369/86373/5958286.html.

的好的合作伙伴，杨澜无疑是个非常适合的人选。

**高含金量婚姻是双赢**

在两人结婚之前，吴征是香港亚洲电视营运总裁、媒体投资和战略咨询业务的博纳投资咨询公司的主席，在很多人看来，这样一对才子才女的结合对杨澜是一次质的转变。

从国内知名的电视节目主持人到节目制作、公司运营的经商之路，杨澜跟吴征学到了如何挣钱做女强人。这个含金量如此高的婚姻在某种意义上讲是一场成功的商业双赢，杨澜得到的不仅仅是一个丈夫，还有财富和事业。

很多人在采访杨澜的时候都会问，对于婚姻和事业，觉得哪个更重要？对此，杨澜毫不犹豫地说："当然婚姻重要了。"

从1995年杨澜和吴征结婚到现在，他们已经幸福地走过了将近14个年头。用吴征的话说，"我只看到幸福。"

男人喜欢一个女人，也许是因为对这个女子好奇，女人喜欢一个男人，却往往因为崇拜这个男人。当吴征为杨澜打开一个杨澜没有涉猎过的窗口时，杨澜和吴征在爱情战争里早已互相为对方挂起了幸福的黄手帕①。

世界上任何东西，是你的就是你的，不是你的就不是你的，正是这种顺其自然的态度，成就了一个个幸福的家庭。吴征和杨澜都从心里渴望着一种安逸、稳定的家，在这个幸福的屋檐下生活，抚养他们的孩子。真正的爱情，就是找到适合自己的那个人，聆听来自内心最朴素的声音。

（一）爱情是大学的必修课还是选修课

长久以来对于大学生是否应该谈恋爱的争论可谓车载斗量，莫衷一是。这些争论最后形成了两个界限分明的壁垒，一派认为大学生应该谈恋爱，而另一派则得出了相反的结论。对于大学生是否谈恋爱这一争论时至今日都没有一致结论，可谓仁者见仁、智者见智。

在那些鼓励大学生谈恋爱的人看来，大学生的恋爱显然利大于弊，具体表现如下。

(1) 大学生谈恋爱有利于他们加强与异性的沟通与了解，满足其心理上的正常需要。正如诗人歌德所说："哪个少年不钟情，哪个少女不怀春？"，刚刚20出头的大学生们，正处于风华正茂的年代，对异性的印象非常美好，大学校园良好而宽松的环境给予他们正常交流感情的机会，在这种情况下恋爱行为自然是在所难免。这对大学生身心

①深圳新闻网．揭秘杨澜与吴征14年的幸福婚姻路[EB/OL]．[2009-03-26]．http://www.sznews.com/home/content/2009-03/26/content_3657505_8.htm.

的健康发展有着有利的作用，有利于他们成长成才。

(2) 大学生谈恋爱是人生中必要的一种阅历，这种阅历促进了大学生的成长成熟。恋爱使大学生不断的完善世界观、人生观、价值观，同时形成完善的家庭观。在这样一个懵懂的年龄，犯错和受挫都是在所难免的，但是这期间的受伤和失败对于大学生的成长成才都是一笔宝贵的财富，因为“只有逆境中才能看清人性，只有挫折中才能认清自我”。

(3) 恋爱可以培养大学生的责任心和爱心。大学生通过恋爱，可以从一个只懂得接受爱、索取爱的孩子，顺利地成长为一个可以给予爱、付出爱的大人。同时恋爱使他们学会如何去照顾人，如何去承担责任。恋爱中双方的责任心在不断成长壮大，这对培养大学生的家庭责任、社会责任是非常有效的。

(4) 恋爱可以提高大学生的抗挫折能力和心理素质。大学生的恋爱有的不仅仅是风花雪月、甜蜜温馨，很多时候恋爱带来的可能是沉重的打击和心灵的伤痛。但是没有苦涩的经历，哪来甜美的成长？没有刻骨的挫折，哪来喜悦的成功？没有实践的给予，哪懂得爱的付出？大学生正是在一次次的挫折中提高了自己的抗挫折能力，提高了自己的心理健康素质。

(5) 恋爱可以增强大学生的学习动力，促进他们学习进步。很多大学生千里迢迢的在外地求学，他们远离父母，远离家乡，心中苦闷孤独，因此情绪低落，学业成绩受到影响。恋爱可以使大学生远离孤独，充满自信，使情绪低落的大学生充满自信，信心百倍的投入到学习中去，从而完善了人格，促进了他们的学习进步。

而另一派反对大学生恋爱的人们看来，大学生恋爱显然是弊大于利，具体表现如下。

(1) 恋爱需要花费大量的时间，这会使大学生无法顾及学业，从而疏于学习，荒废学业。恋爱不是请客吃饭，吃完了就完了，恋爱需要的是长期的相处和交流，很多大学生为了表示对于对方的关爱而时刻陪伴着对方，逃课、不交作业、不参加学习讨论，从而导致学习成绩下降。

(2) 大学生谈恋爱花费大量费用，这些费用往往来自于大学生的父母，从而加重了家庭负担。如今大学的学费昂贵，普通家庭供应一个大学生读书已经捉襟见肘，而没有正式经济来源的大学生的恋爱费用往往由其父母买单。这对学生的父母来说无疑是不公平的，也不利于学生养成勤俭节约、体谅父母的良好品德。

(3) 恋爱往往使大学生脱离班级、集体，不利于大学生正常人际关系的建立。很多大学生将恋爱看得比友情重要得多，为了两个人在一起的时间更多，很多人选择了脱离群体，过离群索居的生活，更有甚者不服从学校管理，擅自在外边租房居住。这些行为使大学生逐渐脱离了集体，这不利于他们的成长成才。

(4) 失恋往往会给心智不成熟的大学生造成很大伤害，甚至酿成恶性事件。大学生的心智还不成熟，他们往往把感情看得比别的事情重要得多，因此感情上的挫折往往引起他们剧烈的情绪变动，很多人会因此陷入心理疾患的泥潭。近年来全国高校的

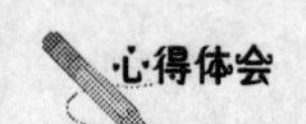

自杀事件层出不穷，很大部分是由于失恋引起的。

(5) 恋爱中的大学生往往难以控制自己的情欲，不少人偷食禁果，这不利于大学生的身心健康，同时违背了中国传统的道德规范。我国是个观念比较传统的国家，传统的婚姻家庭观念深入人心，对婚前性行为，很多人特别是中老年人难以接受，大学生的婚前性行为违反了传统道德。

由此可见，对于大学生是否应该谈恋爱，恋爱是大学中的必修课还是选修课，一直众说纷纭。这个问题在相当长的时间内还将继续下去。很多学校采取不提倡、不反对的原则，这也反映高校管理者的两难处境。个人认为大学生在能处理好学业生活的同时可以谈恋爱，因为恋爱是一个人成长进步的阶梯。我们不能因为恋爱会导致很多消极影响就对其全面否定，毕竟每个人的进步都会付出代价。

### (二) 大学校园爱情的误区

大学生在青春后期(20 岁左右)即进入了性心理和性生理逐渐成熟时期。这个时期也正是青少年在大学求知的阶段，人生观、价值观、世界观也在逐渐地成熟，极易受到外界的影响。恋爱是大学生性生理和性心理发展的产物，恋爱是追求爱情的行为，但并不是生来就有的。一个人对爱情的追求，只有当性生理发展到一定阶段才会有。但恋爱观则是性心理的具体表现，因此大学生恋爱观形成的时期即性心理开始的时期，即青春期开始的时期。由于性心理上的不成熟，不恰当的恋爱观也出现在了大学生的恋爱当中，表现出思想上的波动、排他、冲动、幻想。由于个人人生阅历有限，处理和思考问题能力比较低，大部分已经恋爱和没有恋爱的大学生，对于爱情还不能很好认知与把握，很容易步入恋爱误区。大学生容易产生下列爱情误区。

**1. 因为空虚而爱** 调查显示，6.7%的大学生因为内心空虚而选择恋爱。大学生在高中紧张的学习之后，进入了一个全新的环境，进入了自己梦寐的高等学府，在大学表现出混日子、得过且过的状态。有的学生进入大学以后，思想很消极，什么目标都没有，终日无精打采，人生仿佛没有了意义，头脑一片空白，失去前进动力，心中苦闷。缺少学习动力、目标的大学生于是将心思转到谈情说爱上，以消磨时光，寻求快乐。

**2. 择偶动机不纯** 据分析，2%的大学生恋爱动机不纯。部分大学生在选择对象的时候，往往考虑的不是对方适不适合自己，不是为了真正的爱情，而更多考虑的是能不能在学习期间、生活上、将来的就业和发展上提供帮助。如果发现有利用价值，就会采取一切措施，进行攻击，为达目的不择手段。同时有的大学生也利用自己家庭和社会的地位去寻找爱情，而且有的大学生同时与多个异性进行交往，不建立确定的恋爱关系。

**3. 好奇心较重** 当代大学生正处于青春期后期，生理功能基本成熟，心理功能趋于成熟，精力充沛，渴望与异性交往。在中学时学习压力较大，未充分显示出来，现在主体意识发展了，个体发展必然会在个人生活中得以体现，对异性的渴望使之在心理上产生了好奇，想探究异性之间的秘密，在恋爱观上表现出不负责任的态度，仅仅停留

心得体会

在对爱情的表层的好奇与渴望，没有想到恋爱之后的后果和将来的发展。

**4. 不注重恋爱的后果** 当代大学生大多数都存在这样的想法，两个人在一起开心就好，“只在乎曾经拥有，不在乎天长地久”，很多大学生带着这样的心理与异性进行交往，把恋爱当成“爱的初体验”和“充实大学的生活”，而不是为了将来的婚姻和组建家庭，两个人在一起想的是如何浪漫的度过每一天，所以“毕业那天一起分手”也成为正常现象。即使分手双方也表现得极为平静，在乎爱的过程，轻视爱的结局，反映了部分大学生对爱情不负责任的态度。

**5. 道德观念淡化** 长期以来，中国的传统道德对大学生产生了深远的影响，但随着西方思想的传入，大学生对“性”及婚姻问题在思想上产生了深刻的变化，性观念逐渐开放起来，忽视了结果和道德。出现了对“性”的好奇、大胆尝试，但在尝试之后往往面对的是尴尬和无尽的悔恨等。

**6. 爱情与学业定位不当** 当代大学生在面对爱情和学业的时候，往往是把爱情放在首位，而把学业放在次要位置。这种定位将导致大学生学业成绩下降，浪费了宝贵的大学时光。在大学生活中，只有将学习放在首要位置，才能学好本领，报效祖国。错误的定位无疑会影响大学生的个人发展，降低大学人才培养质量。

**7. 物质至上** 功利性、权利性的恋爱是建立在对方的家庭、社会地位上，或者以自己的条件优越为背景作为双方感情的基础，传统上认为女性依赖性强，大多数女性希望把自己的将来托付给一个既可靠、又安稳的人身上。但随着社会的发展，功利性、权利性的爱情不仅仅表现在女性身上。当代大学生男女功利性、权利性的色彩都明显越来越多，越来越把自己的将来寄托在对方身上。当然，这种功利性、权利性的恋爱观的形成也与社会就业压力、主观个人心理上的成熟有关系。

### （三）树立合理恋爱观

**1. 对爱情有崇高的定位** 人的一生短暂而丰富多彩，在一个人的身边伴随着亲情、友情、爱情。但最重要、最稳定、最专一的情感则是爱情。青少年大学生考虑爱情的问题是无须指责的，但一定要正确认识爱情。恋爱是一对男女之间基于一定的客观物质基础和共同生活理想，在各自内心形成的最真挚仰慕，并渴望对方成为自己生活伴侣的情感。爱情的本质是承担责任、勇于奉献。真爱是以互爱为前提的，它可以使人获得力量和幸福，充实人生，促进成才，构建和谐家庭。

**2. 加强恋爱过程中的道德责任感** 恋爱与道德有着密切的关系。有许多恋人在一起不是为了将来的婚姻，而是为了打发精神上的空虚，把恋爱当成游戏，甚至出现三角恋、多角恋。伴随着两个人的交往，性问题也开始凸显出来，婚前性行为逐渐增多，未婚先育的问题屡见不鲜，而且每年还在增加。大学校园外的旅店、日租房层出不穷。这样的情况明显警示着大学恋爱中的道德缺失状况。另一方面，有些大学生为了得到自己追求的生活，经不住金钱、权贵的诱惑——“傍大款”成了当今流行的词汇；在一些娱乐场所，大学生的身影也屡见不鲜。信奉“金钱主义”、“享乐主义”成了一些大学生

心得体会

的最新理念。这些令人深思的现状，无一不在呼唤着那些迷失的学子们赶紧重拾他们的道德良知。

恋爱对大学生道德的影响具有两重性，积极高尚的爱情对道德观念的形成和发展具有显著的催化作用，庸俗的爱情使大学生留恋或追求低级趣味，甚至行为越轨。因此，大学生树立正确的恋爱道德观念是事业、爱情奋发向上的源泉。

**3. 正确处理学习和恋爱的关系**　在相当一部分同学眼里，爱情与学业是不相矛盾的，爱情能促进学习，作为学习的动力。但是，在大学生中，爱情与事业获得“双丰收”的却寥寥无几。“一切真正伟大的人物，没有一个是因为爱情而发狂的人，因为伟大的事业抑制了软弱的感情”。古今中外，凡是能立大志、树大业的人都能正确处理好爱情与事业的关系。作为青年大学生们更应利用自己的“黄金时期”多多积累知识，培养自己在各个方面的能力。大学生不能因为好奇而过早涉入爱情，更不能以爱情为借口，来满足自己寻求刺激的心理。当爱情真的降临时，要进行理智的思考，摆正爱情与学业之间的关系。恋爱观是人生观的反映，有什么样的人生观，就有什么样的恋爱观。要加强将大学生的教育和管理，这样才能帮助大学生树立正确的恋爱观，引导他们正确处理爱情与学业的关系，成为社会主义事业的合格建设者和可靠的接班人。

**4. 学会识别爱情，注重保护自己**　在爱的时候，恋人的智商几乎为零。因为在鲜花、美言的背后，要看清你所爱的人的“真伪”相当困难。有许多人利用光鲜的外表、优雅的谈吐、不凡的气质欺骗着无辜少男少女的心，在不纯洁的恋爱动机里，尤其是女性同学更应该注意，“贞操”不一定能拴住你爱的他，天下也没有不劳而获的美差。一切都需要自己的努力。如果真有幸运落在你的身边，你一定要识别它的“真伪”，不要成为爱情的牺牲品。真爱是不需要任何承诺的，有承诺的爱情就预示着即将走到尽头。两个人最需要的是真情实感，只有这样，爱情才会编织出美丽、灿烂的花环。

## 成功法则探索

师生和谐是学校发展的根本，是学生获得知识的前提和关键。尊其师、重其道；亲其师、乐其道。

良好的人际沟通是成功的第一要素。漫长的人生旅程中难免会有挫折，不是感到有志难酬，就是长期坐冷板凳，甚至被降职，这时支持我们持续奋斗的就只有家庭和朋友，他们为我们遮风挡雨。良好的人际关系是我们事业成功和生活幸福的源泉。拥有丰富有效的人际关系，我们生活在这个世界上就会如鱼得水。

大学生不但要具备正确的恋爱观，还要具有健康的恋爱行为，恋爱言谈要文雅，恋爱行为要大方，避免粗俗化，恋爱过程中要平等相待。

心得体会

# 第六章　生活能力是大学生成功的安全阀

生活能力是所有大学生的大学入门第一课,每个大学生也都应该具备良好的自立生活能力。然而,我们不能通过那张简单的毕业证书就判定这个学生一定具备这种能力。良好的自立生活能力不仅仅要求自己能“活”下来,而是要求活得利索、活得体面。自立生活能力的培养依赖于生活习惯的培养,因此,要首先养成良好的生活习惯,从一日三餐到宿舍卫生,到衣着打扮,再到安全、理财、法律常识等日常生活的方方面面,都需要引起足够的重视,这些细节体现着一个人的素质高低,更体现了一个人对待生活的态度。我们上大学为了什么?为了更好地生活,为了生活得更好。不要让这个目标成为一句空喊的口号,从现在做起,从点点滴滴做起。古有“一屋不扫何以扫天下”之说,此言然也。

## 一、培养独立生活能力——从容面对,简单生活

不少人上大学是第一次离开家,离开昔日的好友、家乡和亲人,来到新的集体中生活,面对陌生的校园、陌生的大楼,不少同学感到欣喜万分,认为大显身手的时机到来。但由于不少大学生缺乏社会经验、独立生活能力差、安全意识淡薄,在大学生活中难免出现一些不和谐的音符,轻则影响大学生心理,造成个人损失;重则严重阻碍大学生的正常生活和学习,使大学生活蒙上一层阴影。

### (一)从小公主到懂事女孩

小月是家中独生女,从小父母和爷爷奶奶全都宠着她,她是家中是衣来伸手、饭来张口的“小公主”。从小学到高中小月从未自己洗过衣服。高中毕业,上大学之前,小月做了一个大决定,她要自己一个人去大学报到。爷爷、奶奶、爸爸、妈妈都不放心,但在小月的坚持下,他们妥协了。第一次单独出门,路上小月也碰到了不少难事,但她都自己一一应对下来了。第一次的成功给了小月很大的信心,她迅速地融入到了大学生

心得体会

活。她乐观的性格、较强的自理能力、做事异于同龄小孩的计划性更是让她受到老师和同学的喜爱。

在四年的大学生活里,创新的思维、出色的口头表达能力、自己和外国留学生在一起培养出的多语言环境造就的国际视野使小月收获了很多。她成绩突出,每年都得奖学金;表现突出,积极参加各类活动。这样的小月,在父母看来,这些远远不是四年大学生活给她的全部。每次小月回家,家里人都抢着给她买东西,她却不让他们花钱,只是说:"淘宝上各种各样的商品都有,而且更便宜";去超市买东西,她抢着帮爷爷奶奶拎东西;回家或去学校,她总是坚持自己推着大大的行李箱,不让家里人插手……相比学习上的出类拔萃,小月的体贴和懂事更让家里人欣喜。

四年的大学生活使小月培养了自己独立生活的能力,从一个"小公主"成长为一个自信、坚毅、健康、拥有挑战一切的勇气的大姑娘。这得益于她对自己有意的锻炼和培养。从小月的事迹我们可以得出这样一个结论:每个人都可以在大学蜕变。

(二)火眼金睛辨小偷

丽丽有个外号叫"火眼金睛",原因在于她的警惕性特别高,只要楼道上有陌生人出现,丽丽就会下得去告诉值班阿姨。有的时候,陌生人是同学的同学,丽丽这样报给阿姨,搞的同学必须得下去登记,压证件。这些同学便对丽丽有意见,觉着她多管闲事。可后来发生的几件事让同学们改变了看法。有一次"十一"放假,丽丽和同学一起去他们读书所在城市的一个知名景点去旅游。公交车上人很多,每辆车驶来后都有一堆人往车上挤,丽丽和同学也使劲儿挤上去了。要下车时,前面有个年轻人拿了很多行李,把丽丽他们的路挡住了,后面要下车的人都在丽丽身后叫那个年轻人快点,同学也看着那个拿行李的年轻人,丽丽这时大声对同学说让她注意自己的包。丽丽话音一落,在她后面等着下车的人中有一个人马上叫了一声:"我的手机呢?我刚刚还发了短信的呀!"丢手机的人立马让司机停车。她下车后借了身旁的人的电话来打自己的电话,这时手机在排队下车的人站的那一块儿的地上响了起来。大家顿时都明白了:有人乘下车人多在偷东西。下了公交车后,同学问丽丽是怎么看出来的,她说:"这种手法很常见,叫作前后夹击。一般在上车或下车时,一个扒手堵在你前面假装系鞋带或拿很多行李,阻挡你下车或上车,同时吸引你的注意,另一个扒手推挤你并扒窃。"

其实扒手作案的手法很多,有前后夹击法、暗渡陈仓法、声东击西法、刀光剑影法、釜底抽薪法、隔衣取物法等。他们的作案工具也是多种多样。要防盗窃重要的一点就是一定要提高警惕,外出时不要携带贵重物品,必须要带时要将贵重物品随身放在隐蔽的地方。银行卡和身份证不要一起放。

(三)生活达人的百变生活

心得体会

媛媛是同学中出名的生活能人,她会做手工,用几件不穿的破衣服能做出可爱的娃娃、漂亮的垫子，喝完牛奶后的牛奶箱被她巧手一变就成了一个实用的收纳箱。过时的牛仔裤在她的巧手之下变成了一个时尚的背包，她也经常自己动手改衣服，一件普通的活动T恤能变成一件凉快的背心。媛媛的巧手总能给身边的同学带来惊喜。在生活上，媛媛也把自己照顾的很好，虽然大家都抱怨食堂的伙食不好，可媛媛却总能在不好吃的食堂发现美味，她每天把自己的伙食调节的又科学又健康。她的作息时间也很规律，每天晚上10:30准时上床睡觉。大学期间，媛媛从未生过大病，每天傍晚她都坚持跑步。生活她也安排得井井有条，学习、生活两不误。同学们都羡慕媛媛的良好生活习惯，每天的生活都有条不紊，学习时绝不马虎，专心致志，不受外界干扰。每年的暑假、寒假她也都安排的条条有理，学习、旅游、玩乐都不误。问她有什么秘诀，她笑笑说：习惯成自然。

良好的生活习惯不是一朝一夕能培养出来的，要通过慢慢坚持形成。不少大学生在大学里过着日夜颠倒的生活，学习、生活一团乱麻。个人卫生状况也是令人堪忧。培养健康、良好的生活习惯会使人受益终生，大学生们应当在大学阶段就有意识地培养自己这方面的能力。

## 成功理论修炼

离开父母，独立生活是大学生要面对的首要问题。独立生活能力关系到一个人一生的发展和成功，从对他人的依赖到独立生活，这是大学生人生发展的必然趋势和结果，也是健康、成熟的具体体现。

### （一）养成科学的饮食和作息习惯——为自己的健康买单

很多大学生在家时有父母的监管，饮食和作息都还比较规律。进入学校后，不少同学自我控制能力较差，饥饿时以方便面果腹，以零食代替正餐，大吃垃圾食品，不吃早餐，同学聚会时大量酗酒，晚上睡眠时间不足等等都是不少大学学子的真实写照。由于电脑普及，熬夜玩电脑游戏、熬夜看电视剧等不良生活习惯使很多大学生毕业体检时，都检查出了大大小小的健康问题。健康的饮食和作息习惯会伴随人终生。俄罗斯教育家乌申斯基说过："良好的习惯是人在其思维习惯中所存放的道德资本，这个资本会不断增长，一个人毕生可以享受它的'利息'。另一方面，坏习惯在同样的程度上就是一笔道德上未偿清的债务，这种债务能以其不断增长的利息折磨人，使他最好的创举失败，并把他引到道德破产的地步……"科学的饮食和作息习惯会使大学生更加顺利地度过大学生活，并能将其带到今后的工作和生活中去，使人受益终生。

### （二）锻炼身体，拥抱未来

走进不少大学的体育场会发现，在锻炼身体的人中大多数都是已退休的教师和住

在学校附近的居民。大学生主动锻炼身体的现象非常少，现今大学生的体质也大不如前，每年都有一些同学因为身体的原因不能顺利完成学业。要学会平衡学习与体育锻炼的关系，首先要对体育锻炼有一个正确的认识。清华大学——这所闻名全国的高等学府，一向具有优良的体育运动传统。早在20世纪50年代就提出了“锻炼身体，争取为祖国健康工作五十年”的口号。参加体育锻炼不仅有助于强身健体，锻炼意志；另一方面，体育是塑造社会化的人的重要途径，在体育活动中，人与人之间的认识和交往也更加深入。所以大学四年要好好珍惜自己的身体，积极进行有针对性的锻炼，不要凭着现在的一腔热血透支自己的健康。

### （三）培养安全意识

由于大学校园一般是半开放的，而且面积一般比较大，已经不像初高中校园一样“戒备森严”，大学校园中隐藏着各种不安全因素。随着社会环境的复杂化，近年来高校范围内发生的抢劫、盗窃事件也不断增多，还有性侵害案件等。这些事件的发生给美丽的象牙塔蒙上了一层阴影。因此，即便是身处校园中，我们也应保持适度的警惕，确保自己的人身安全，同时也要掌握一些应对恶性事件的知识，以防不测。大学中除了这些外在因素引起的不安全之外，还有一些是因为大学生的不安全行为导致的。在大学生宿舍，许多同学都在私用诸如电脑、电热毯、电饭锅等电器，由于用电量过大，电线超负荷运载是可想而知的，却常常意识不到是安全问题。例如有些同学在使用充电器时，随便将充电器放在床铺上或书本上，人却离开了。充电时间过长，引起充电器过热，造成短路，发生火花，引燃床上物品，造成火灾。大学生今后也会自己独立生活，培养安全意识，掌握安全生活的技能会使今后的独立生活更加顺利。

### （四）理性看待酒、性和药物

大学生活是大学生进入社会的前奏，大学生聚会饮酒已不是什么稀罕事。酒可以作为生活的调剂品，但饮酒过多甚至成瘾就会带来很多问题。人们常说“小酌怡情，大饮伤身”。稍微喝一些酒，确实可以起到联络感情的作用，但如果酗酒成性，则容易给人留下缺乏自控能力，不够沉稳的印象。酒桌上一旦喝多了，还容易说错话，耍酒疯，影响个人形象。大学生在举杯欢饮的同时，一定要量力而行，切不可逞一时之勇，丢面子事小，伤身事大。

性也是大学阶段应该正视的一个问题。不少大学生性知识匮乏，了解的避孕知识也较少。大学生心理的不成熟及所接受的性教育的贫乏，使大部分学生还未形成稳固、正确的性道德观、恋爱观，表现出缺乏自控力的现象。有些学生的性心理易受外界不良因素的影响，对待恋爱问题简单幼稚、重外在形式、缺乏深刻的相互了解和责任意识。有些大学生则由于性能量得不到合理的疏导，过分压抑，情绪不稳定。正确对待性，需要恋爱中的男生和女生深入地相互了解、增强恋爱中的责任意识，形成稳固、正确的性道德观、恋爱观，增强两性交往中的自控力。做好恋爱与性心理的调适，逐渐明

心得体会

白性是人的自然属性,同时又要符合社会规范;学会以科学的态度对待性问题;学会合理地宣泄性能量。大学生可以通过恰当的作息制度、紧凑的生活、学习节奏和积极健康的文体活动,减少对性问题的注意并能使其性能量得到宣泄,从而在正常的男女生交往中保持良好的心态。

很多大学生生病时都喜欢自己给自己当医生:一般身患疾病,尤其是感冒、发热这样的小病,都自己去药店买点药吃,因此极易出现药物的不合理使用。大学生滥用药品主要表现在以下几个方面:

第一,滥用抗生素。过多的使用抗生素会使细菌对其产生抵抗力,从而使抗生素的抗菌作用减弱或消失。滥用抗生素引发的毒性反应更不可忽视,有些抗生素易引起耳鸣、耳聋,甚至损伤肝、肾等。第二,合并用药品种过多。第三,不了解药物的不良反应。此外,盲目摄取补药在大学生群体中也有"市场"。市场上的滋补药品种类繁多,包括各种营养药,如维生素类、蛋白质类、钙、铁等。很多同学长期服用补药,尤其是在刚进入大学和考研阶段,而实际上真正需要服用的人只是少数,一般营养素在每日的膳食中完全可以获得,没有必要再额外进补。

## 二、树立正确的理财观念——你不理财,财不理你

西方从小就很注重对孩子的理财教育,"财商"也是一个人能力的重要体现。大学是学生走向独立生活的开端,学好理财本领不仅能给大学生活带来裨益,更是将来走上社会的一笔宝贵财富。所以大学生应当在大学阶段培养良好的理财习惯,知晓相关的理财知识,为走入社会后的生活奠定良好的基础。

(一)大学生摆脱"月光"困境

小张是一名学播音的在校大学生,由于专业知识学得好,形象气质佳,小张每个月都会受邀当一些活动的主持人。她每月都能赚2000元左右。可是每到月底,她总还要向同学借钱度日。后来,小张决定不做月光族,她把每月的开支做了一张表,分析自己每月钱的主要去向。经分析,她每月花在吃饭上的费用大概600元,花在服装和化妆品上的费用大概1000元,和同学外出小聚和逛街大概花费400元。她发现每月服装和化妆品是最大支出。她由于爱面子,基本上出去主持都不愿穿以前穿过的衣服,这造成她要频繁地买衣服。后来,她改变策略,不再每次出去都买新衣服,买衣服时也尽量买不会淘汰过时的基本款,有时则在影楼租借服装。这样,她每月大概省下了700元的费用。后来,她又控制和同学外出聚餐的次数,多在食堂聚餐。每次上街也不看到什么买什么,买东西之前先问自己几个为什么:为什么要买?自己是否真需要这件

东西？这件东西的用处大不大？这样每月又剩下将近 300 元。她将每月剩余的钱存入银行，为自己暑期外出学习和培训打好物质基础。

当发现自己成为月光族后，不妨借鉴小张的例子，对自己的收入、支出状况做一个分析，对每个月的源流做个总结，从而合理地做到开源节流。

（二）女大学生开淘宝店，身家十万

某高校学生小娜偶然得知网上开服装店没有房租、装修等花费，投入人力还不大，就抱着试试看的想法，东拼西凑了3000多元钱在网上注册了一个店铺。2006年8月，小娜名为“靓丽衣橱”的网店正式开张。开网店进货很辛苦，每天早上4点多起床，拿回商品挨个照相、量尺寸；而发货更是辛苦，生意好的时候，每天卖出去10多件衣服，要自己在宿舍缝包裹，写单子，然后拿去邮寄，一次拿不完还得跑几趟。凭借“讲信用、重质量”、“服装品种多样、新潮”，她的网店口碑非常好，生意也越做越大，目前她已拥有5家网上连锁店，资产总额已达10万元。

大学生开网店应先熟悉网店的业务，可以先试水，尝试成为二级、三级代理，甚至可以将自己一些有特色的私人珍藏拿到网上拍卖。大学生资金少，不建议拿很多钱去买货，和供货商签交易协议时，一定要慎重，一旦货销量不好可以有退路。同时，选择信誉好的网站开店也很重要。

（三）抢抓开学购物商机，赚取一年生活费

开学时卖新生开学必用的生活用品，已成为一些大学生赚钱的途径。小陈就是其中一个，小陈来自农村，他大学时时常在外做家教勤工俭学。后来，他想到每年开学时，新生都要购买一些生活必需品。于是他和几个同学商量，提前一星期返校，去批发市场进货，然后在校园周边选好有利地点摆摊。他根据寝室情况和自己几年生活的经验，以及大学生的喜好进货，进的货物非常畅销，开学一个多星期，他已经将自己下一年度的生活费赚到。

大学生勤工俭学的例子很多，只要留心，生活中的小商机还有很多。如果时间和精力比较充沛，可以试着赚钱，发掘人生的第一桶金。

近几年在大学里比较流行一个词语——“经济危机”。你是“月光一族”吗？你会在每个学期的期末就出现经济危机，要靠借款度日甚至借款买票回家吗？你会由于理财能力的欠缺造成上半月“富翁”，下半月“负翁”的局面吗？大学生虽然没有负担，家庭供给也有保障，但还是面临各种各样的经济困难，有的多次问父母索取造成长辈的

心得体会

经济压力，有的则采取节食等其他方法省钱而造成自身的健康状况出现问题。这些都跟大学生不良的消费习惯和没有合理的理财计划有关，你不学会理财，财就不会理你，甚至它会抛弃你。

理财不仅使你对金钱的支配有“度”，而且可以使你物有所值。理财能力的培养可以锻炼自我控制等多方面能力，所以“理财能力”可以被认为是大学生应有能力中较为重要的一项。大学生的收入来源主要是父母支持，随着生活水平的提高、父母的宠爱，大学新生的钱包也鼓了起来，不少大学生很少独立管理大笔财富，缺乏对支出的管理能力，导致开学不久就把一个学期的生活费花销殆尽，不得不再次向父母求援。调查发现，当代大学生不仅消费观念在提高，而且在消费结构方面呈现多元化的趋势，除了基本的生活消费、学习消费外，当代大学生还会选择将越来越多的支出用于网络通信、交际、恋爱、穿着打扮等诸多方面。因此，要避免成为“月光族”，可对自己的各项支出做一个分析，对那些可有可无的支出做出删减。

### （一）用好每一分钱，合理节流

**1. 钱要花在刀刃上** 如今的大学生大多不考虑家庭也不顾虑未来，很多人是左手进右手出。这其实是不可取的。作为学生，应该把钱花在必须花的地方，而且花钱时不要一味追求档次，讲究攀比，更多地应考虑所购物品的性价比和自己的承受能力。有的同学在服装上追求品牌，买件衣服动辄千元左右，却不愿在购买学习用品和购买书籍上投入金钱；有的同学一味地追求生活品质，却让自己的父母每天在家省吃俭用；还有的同学，在和异性朋友相处时一掷千金，却借同宿舍好友的钱久久不还。大学校园里，乱花钱、花钱没计划的人很多，很多同学都抱怨物价在上涨，可惟独就自己的生活费不涨。其实，如果能让每分钱都用在合理的地方，是不会钱不够花的。

要做到钱要花在刀刃上，第一步就是要删减自己的不合理开支。很多同学都有过每次上街都买回一堆自己不需要的东西的经历，买这些东西可能是因为东西可爱，可能是因为这些东西在打折，觉得很划算。其实避免这些很简单，每次上街之前，先列好这次采购清单，在清单外的东西一律不买。第二步就是对自己每月的支出做一个对比图，按照“应该”和“实际”支出来做。做完后对照这个图，你就会发现，在实际支出中哪些是你应该多支出的部分你却省下来了，哪些是你应该少支出的部分却多支出了。对照这个图来调整自己的消费结构。

**2. 学会记账和编制预算** 这是控制消费最有效的方法之一。其实记账并不难，只要你保留所有的收支单据，做一个简单的T形记账簿，抽空整理一下，就可以掌握自己的收支情况，看看哪些是不必要的支出，哪些是可以控制的支出，哪些是可有可无的支出，对症下药，对今后的开支做出必要的修改，达到控制的目的。

大学生消费可以简单地分为文化消费、物资消费和娱乐休闲消费。进行预算的时候，写清楚打算在各个方面花费多少，也可使用“信封法”，把自己每个月的生活费进行初步的规划，将钱分成几份，放在不同的信封里。如根据衣、食、住、行、娱乐、文化等花

销简单地记在信封上。当然根据每个人的经验和经历,有很多开销尤其是文化消费和娱乐休闲消费方面是可以达到既不用花很多钱又可以玩得很开心的状态的。比如合理利用你的电脑,电脑不只是用来看电影和打游戏的,不是流传着这样一句话"有困难找百度"吗?用电子书代替一本本又重又贵的从新华书店辛辛苦苦买回来的书,用网络上的BBS、图片代替一叠叠用美女做封面的杂志,这样做既省钱又环保。在休闲娱乐活动方面,如今很多人喜欢去唱卡拉OK,如果是喜欢那样一种膨胀的氛围偶尔去一次也无妨,但若只是想要练练歌,在寝室也可以,下一个练歌软件就搞定,当然要注意时间,以不影响别人学习和休息为前提。有人喜欢去商场购物,面对着一件件奢侈品而自己却荷包羞涩,有人就更愿意去公园看看老年人锻炼身体、体验一家人其乐融融的快乐。

值得一提的是,要注意完全利用你的学生身份,这是多么难能可贵的免费资源。在图书馆、阅览室或去学校的自修教室学习,那里环境安静,而且无论坐多长时间都是免费的——只要你出示学生证,那里甚至还免费供应茶水,如果想查阅什么资料也相当方便。

**3. 学会资源共享**　现在白领阶层中流行"拼"一族,他们拼车、拼餐、拼卡、拼券、拼房。任何你想得到、想不到的东西他们都在拼。其实大学生也可以这样,很多东西都是可以资源共享的,没必要人手一个。例如办健身卡,可以几个同学合办一张,把用卡的时间错开就可以了。还有购买杂志、报纸,几个有共同兴趣爱好的同学可以轮流购买,大家看完还可以互相交流。作为大学生我们应该提倡节约,何况现在大多数大学生并没有任何的经济收入来源。还有一种就是学会一物多用,有的同学又买手机又买MP3,其实不少手机都是音乐手机,带有MP3功能,没有必要重复购买。

## (二)试着赚钱,学会开源

虽说尚不具备独立收入能力的大学生们,理财的主要内容还停留在管理好自己的日常支出方面,但是如果在不影响学习的情况下能适当地提高自己创收能力,也是值得提倡的。很多人都片面地认为理财就是生财,就是投资增值,只有那些腰缠万贯家底殷实既无远虑又无近忧的人才需要理财。其实这是一种狭隘的理财观念。大学时代是赚取人生中第一桶金的时候,是理财的起步阶段,也是学习理财的黄金时期。

在大学时代养成很好的理财习惯,平时适度地紧缩经济支出,为自己建立一个富有弹性的消费习惯,往往可以受益终生。大学也为大学生适当开源提供了越来越多的方式。如校园里可以为学生提供多种勤工助学岗位,大学生也可以通过BBS论坛、学院的助学平台找到不少社会实践的机会。适当地参与到这些兼职岗位中,不仅可以获得开源的机会,也可以提高大学生们的实践的能力。从这些社会实践中,可以及早判断出自己的兴趣和竞争优势,对于大学生们未来的职场定位也是很好的热身。

做家教、协助老师进行科学研究赚取一定的劳务费、在假期中到企业或公司打工等是大多数学生的选择。在大学阶段,如果能够学会合理勤工俭学,不仅能在一定程

心得体会

度上减轻家庭负担,还能更好的锻炼自己的能力,为将来顺利走上社会打下基础。就拿家教来说吧,它的工作量较小、报酬较高,受到广大大学生的喜爱。其实家教工作也是很能锻炼一个人的,包括人际交往能力、沟通能力,特别是师范类的学生,不只是为了赚钱,还更应该本着锻炼自己教学能力的目的去尝试做家教。家教的收入一般是30~80元/小时,根据城市地域的不同或者家庭条件的不同,价格也是不同的。另外现在的市场更加青睐特色家教,可以试着利用自己的特长。

大学生还可以开始初步地尝试一些比较常见的金融投资工具,如债券、股票、基金这些投资门槛不高、交易数额不大的投资品,除了从理论上了解它们的特性和交易原理之外,学生也可以向父母申请贷款的方式融资,进行少量的投资。通过这种“脑力劳动+资本运作”的方式,大学生有望获得额外的投资收入,最重要的一点是较早地亲身接触到投资产品,熟悉它们是如何进行运作的,今后走上工作岗位有了自己的收入之后,无须再花费时间和精力进行学习,就可以通过投资工具,让自己的资产实现保值和增值。

## 三、学会时间管理——光阴有脚当珍惜,书田无税应勤耕

每个人都有一个户头,每天都有86 400元进入你的银行户头,而你必须当天用光,你会如何运用这笔钱?每个人都有一个这样的户头,那就是时间。每天每个人都会有新的86 400秒进账,面对这样一笔财富,你打算怎样利用它们呢?所谓时间管理,是指用最短的时间或在预定的时间内,把事情做好。

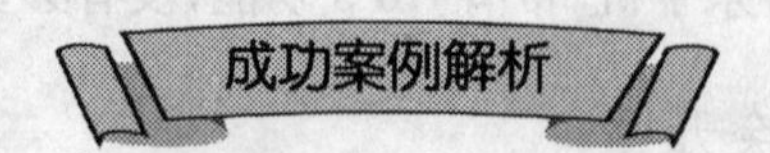


### (一)石头、碎石和沙子的故事

教授在桌子上放了一个装水的罐子,然后又从桌子下面拿出一些正好可以从罐口放进罐子里的鹅卵石。当教授把石块放完后问他的学生:“你们说这罐子是不是满的?”

“是”。所有的学生异口同声地回答说。

“真的吗?”教授笑着问。然后再从桌底下拿出一袋碎石子,将碎石子从罐口倒下去,摇一摇,再加一些,再问学生:“你们说,这罐子现在是不是满的?”这回他的学生不敢回答得太快。最后班上有位学生怯生生地细声回答道,“也许没满。”

“很好!”教授说完后,又从桌下拿出一袋沙子,慢慢的倒进罐子里。倒完后,于是再问班上的学生:“现在你们再告诉我,这个罐子是满的呢?还是没满?”

“没有满”,全班同学这下学乖了,大家很有信心地回答说。

“好极了。”教授再一次称赞这些“孺子可教也”的学生们。称赞完了后,教授从桌

底下拿出一大瓶水，把水倒进看起来已经被鹅卵石、小碎石、沙子填满了的罐子。当这些事都做完之后，教授正色问他班上的同学，“我们从上面这些事情懂得什么重要的道理?”

班上一阵沉默，然后一位自以为聪明的学生回答说：“无论我们的工作多忙，行程排得多满，如果要逼一下的话，还是可以多做些事的。”

教授听到这样的回答后，点了点头，微笑道：“答案不错，但并不是我要告诉你们的重要信息。”说到这里，这位教授故意顿住，用眼睛向全班同学扫了一遍说：“我想告诉各位最重要的信息是，如果你不先将大的鹅卵石放进罐子里去，你也许以后永远没机会把它们再放进去了。”

时间就像是海绵里的水，只要你挤，永远都有，时间也有管理的方法问题，如果把事件顺序处理错了，很可能就会把最重要的事情给忽略了。在做事情的时候，如果你不先将大的鹅卵石放进罐子去，也许以后永远没机会把它们再放进去了。如果把人生比作一条漫长的铺满鹅卵石的道路，那么每一块石头该怎么去安放，就需要智慧和理智。我们需要时常想一想，什么是你生命中的鹅卵石?

### (二) 分清主次

艾维利是美国著名的效率专家，有一次，他在解答伯利恒钢铁公司总裁查理斯舒瓦普的问题时，给了舒瓦普一张白纸，并说：“我可以在10分钟内把你公司的业绩提高50%。请在这张纸上写下你明天要做的6件最重要的事情。”舒瓦普用了5分钟写完。艾维利接着说：“现在用数字标明每件事情对于你和你公司的重要性次序”。这次舒瓦普又花了5分钟。艾维利说：“好了，把这张纸放进口袋里，明天早上第一件事就是把纸条拿出来，按今天你写的这个顺序去做，而且每一天都要这样做，叫你公司的人也这样做。这个试验你爱做多久就做多久。”一个月以后，舒瓦普给艾维利寄去了一封信，信上说，那是他认为一生最有价值的一课。5年后，这个当年不为人知的小钢铁厂，一跃而成为世界上最大的独资钢铁厂，大家认为，艾维利给出的方法对小钢铁厂的崛起功不可没。艾维利的方法其实很简单，他只是告诉了舒瓦普一个道理：做事要分清主次，这正是时间管理的精髓。

看似简单的道理要真正做到却不太容易，因为人们往往按照事情的急缓而非主次来安排先后顺序。这种做法是被动而非主动的，成功人士一般不会这样工作。成功人士都是用分清主次的办法来统筹时间，把时间用在回报最高的地方。

### (三) 米尔克：“现在就办”

维克托·米尔克是世界上屈指可数的现代化大食品公司墨西哥城推销中心的技术总监。他的工作直接或间接地受到公司5000名雇员中3000多人的影响。他总是忙得不可开交，想找点时间度假非常困难，可是他的工作却从来也没有干完过。他因

心得体会

此参加了在墨西哥城举行的一次时间管理研讨会，并取得了很大进展。

米尔克说："现在我不再加班工作了。我每周工作50～55个小时的日子已经一去不复返，也不用把工作带回家做了。我在较少的时间里做完了更多的工作。按保守的说法，我每天完成与过去同样的任务后还能节余1个小时。我使用的最重要方法是制订每天的工作计划。现在我根据各种事情的重要性安排工作顺序。首先完成第一号事项，然后再去进行第二号事项。过去则不是这样，我那时往往将重要事项延至有空的时候去做。我没有认识到次要的事项竟占用了我的全部时间。现在我把次要事项都放在最后处理，即使这些事情完不成我也不用担忧。我感到非常满意，同时，我能够按时下班而不会心中感到不安。我认为，研讨会后出现的一个最重要变化是，我更明确地确定了各项目标。过去我从未迫使自己写出要做的事和将它们排列出优先次序。我发现，这样做使我对各项目标有了明确认识，把需要做的事交给别人，自己则可集中精力去处理那些需亲自做的事。对我有极大帮助的另一点是'现在就办'的概念。我有意识地尽力克服工作上的拖拉现象。我在困境中抓住一件事情就努力一次性给以处理，这使我乱七八糟的办公桌上出现了极大的变化。实际上，推销中心参加研讨会的50名管理人员已经把杂乱无章的办公桌和人为的混乱列为第二号浪费时间因素。"

米尔克还有一个时间管理方法就是贴一张浪费时间因素表在墙上，米尔克说："我已经亲身体会到了显而易见这个词的含义。我把你的浪费时间因素表贴在我办公桌前的墙壁上，这个地方非常醒目。我曾核对过其中20个浪费时间因素，证明它对我是非常重要的，其中有几个我曾给以特别强调，反复进行了检查。正像你看到的，我已经说过，对头号浪费时间的因素(变换先后次序和拖延)和办公桌上杂乱无章的控制有了明显进展。

时间管理对于任何人来说都很重要，无论你是学生还是职场人士，时间面前人人平等。只有那些善于利用时间的人才能取得成功。

## 成功理论修炼

庄子说："人生天地之间，若白驹过隙，忽然而已。"刚进大学时，不算繁重的课业和丰富多彩的校园生活，总让大学生们觉得自己有大把的时间可以挥霍，却全然不知，一点一滴的光阴汇聚在一起是一笔多么宝贵的财富。正如朱自清所言："洗手的时候，日子从水盆里过去；吃饭的时候，日子从饭碗里过去；默默时，便从凝然的双眼前过去……"珍惜时间，合理安排时间，是每一个大学生必须具备的素质。正是对待这不起眼的分分秒秒的态度，决定了四年后，当大学生涯结束时，你能够站在哪条起跑线上。

### (一) 时间管理的重要性

人的生命是由时间构成的。在人的一生中，最宝贵的财产就是我们每天所打发的

时间,生命的品质就在于我们如何充分利用时间。任何事情的发生都与时间有关,你的时间用在什么地方,得到的就是什么东西。

纵观那些成功人士,莫不是珍惜时间的典范。鲁迅曾经有句成功的心得“把别人喝咖啡的功夫都用在工作上”。也许有人觉着好笑,喝咖啡的时间算什么呢?那我们不妨换算成数字。如果喝一杯咖啡加聊天需要30分钟,一个星期喝上3次咖啡,即90分钟;一年52个星期,就是4680分钟,折合78个小时;即3天零6个小时。如果30分钟你可以背下6个单词,那么大学4年,你可以利用这些时间背下3477个单词。大学英语六级考试要求的词汇量大约5000多个,研究生考试的英语词汇量要求也不过6000个。通过这些数据不难看出,“咖啡时间”对于在人生跑道上奔跑的大学生们是何等重要。也许有人说,咖啡时间并不是完全毫无意义,我们可以通过那段时间来联络感情,探讨学业。的确如此,但是玩电脑游戏的时间呢?睡懒觉的时间呢?无所事事在街上瞎逛的时间呢?

人之所以成功,是因为人有一个聪明的大脑,懂得充分利用时间,让时间来改变自己的生活和命运。这个世界上,任何人都无法控制时间,无法阻止时间前进的步伐。它不会受制于任何人,也不会同情任何人,讨好任何人。它既不能贮存,又不能买卖,更不能转借。古人说:“一寸光阴一寸金,寸金难买寸光阴”,这不正说明了时间的珍贵吗?但非常遗憾的是,我们有多少人意识到了时间的重要性呢?又有多少人在合理、有效地安排自己每天的学习和生活呢?充分利用大学四年光阴,使自己在进入社会之前成长为合格的“新鲜人”,既需要毅力也需要技术。合理安排时间,提高时间利用率,就是最具技术含量的内容。

1天,24小时,14 400分,86 400秒,时间分配给每个人都是公平的,然而这一天时间,我们需要做的事情太多,我们要学习,要应付各种各样的资格考试,还要做兼职赚取生活费……所以我们要想做有效的时间管理,就必须把自己当天要做的事记录下来,给时间做有效的分配。只有这样,才能提高效率,我们也才能在尽可能短的时间内完成尽可能多的任务。

现在,许多大学生由于学习和生活的双重压力而累垮。而遭受这些痛苦,多半是因为他们没有意识到有效时间管理的重要性,从而不能高效地安排自己的生活与学习。他们看上去非常辛苦,每天忙忙碌碌,却收效甚微。他们不知道如何理出事情的优先顺序,所以只会在一个有效时间内尝试着做过多的事情。

时间对我们每一个人来说都是太过重要的东西,谁都知道生命的重要性,但又有多少人在珍惜时间呢?生命的价值在于时间的应用。我们在短暂的大学生活中不可能什么事都去做,所以我们要想把自己的事做好,就要学会有效的时间管理,不要被无关紧要的事所影响。不是有这样一句话吗:“浪费别人的时间等于谋财害命,浪费自己的时间等于慢性自杀”。听上去很恐怖的一句话,仔细想想,却是真理一样的存在。

但真正的时间管理,不是要我们把每一分每一秒都完全地利用,滴水不漏,我们需要寻求一种平衡,以实现真正意义上的时间管理。

心得体会

在我们周围,普遍存在着一种对成功的极大误解:大多数学生都认为,获得成功的第一步就是要超高效地利用时间,而提高效率的方法则是把生命中的每分每秒都安排得富有意义,即便是在双休日或是寒暑假也要始终保持一种积极的状态,或者尽可能长时间的学习,或者尽可能早地融入社会,同时打好几份工,尝试着做不同种类的兼职。这其实是一种误导。大学校园,追求进步固然是头等大事,但我们也不能妄自菲薄。也许我们以往取得的成就在别人眼中只是微不足道的,但我们依然有无数个为自己骄傲的理由。然而,大家却都对这些理由视而不见,而且越是能干的人对自己越苛刻:明明已经拥有了很高的学历,明明已经能够在越来越短的时间内掌握越来越多的知识,明明已经拥有很强的能力,明明已经是无数人羡慕的对象,内心却仍然感到不满意,总想取得更大的成就。究其原因,是我们日复一日的忙乱生活阻碍了我们追求未来幸福生活的脚步,使我们失去了实现梦想和愿望的能力。

真正的成功人士是最懂得享受时光的,我们要想在未来取得成功,除了学习他们的处事方式,更要学会如何去享受生活。不想参加那些无聊又吵闹的聚会?不想陪朋友逛街?那就不去好了!如果你喜欢躺在寝室的床上听你最喜爱的古典音乐,那就尽管拿出整晚的时间尽情享受属于自己的音乐旅程;如果你偏爱大自然,那就去找一片安静的绿草地,尽情享受一下午后阳光的温暖。真正懂得慵懒的意义的人才能更轻松地找到生活的平衡点,而且,对我们来说,更重要的是,放松与享乐也是创造力与灵感的最佳源泉。

## (二)时间管理的秘诀

那我们应该怎样管理时间呢?

最有效的方法之一,就是要有意识地安排自己的时间,只允许自己把最重要的时间用在最有意义的事情上。“时间管理”的重点不在于管理时间,而在于如何分配时间。

**秘诀一:明确任务**

时间管理的目的是让你在最短的时间内完成更多你想要实现的任务。要想在未来社会持续地获得成功,你必须把一段时间内要完成的任务写出来,找出一个核心任务,并依次排列它们的重要性,然后依照你的任务设定一些详细的计划,你的关键就是依照计划进行。

你必须要有一张“个人清单”,也就是,你必须要把一定时间内(例如一个学期)所要完成的每一件事情都列出来。不光是主要的目标,还有一些小的目标,也要把它们列出来。当有了“个人清单”之后,下一个要做的是把目标切割。譬如,为了达成这一学期的目标,这个月必须完成哪些事情?下一步就是把它切割成更细小的目标,譬如每天要怎么做,等等。

假设没有办法有一个宏观的“个人清单”,至少从现在开始必须要有每个月的“月清单”。一日之计不是在于晨,而是在于昨夜,所以在前一天晚上要把第二天要做的事

情列出来。当列出来之后，把优先顺序排好，并且设定完成期限，这时就已经迈上成功之路了。要把时间管理好，一定要知道哪些事情才是最重要的。假如这些事情不是很清楚，不是很了解，那时间管理永远不会很好。

管理时间有一个原则：帕累托原则。这是由19世纪意大利经济学家帕累托提出的。其核心内容是生活中80%的结果几乎源于20%的活动。比如，是那20%的客户给你带来了80%的业绩，可能创造了80%的利润，世界上80%的财富是被20%的人掌握着，世界上80%的人只分享了20%的财富。因此，要把注意力放在20%的关键事情上。

根据这一原则，我们应当对要做的事情分清轻重缓急，进行如下的排序：第一，重要且紧急（比如救火、抢险等）——必须立刻做。第二，重要但不紧急（比如学习、体检等）——只要是没有前一类事的压力，应该当成紧急的事去做，而不是拖延。第三，紧急但不重要（比如有人因为斗地主"三缺一"而紧急约你，有人突然打电话请你吃饭等）——要在优先考虑了重要的事情后，再来考虑这类事。人们常犯的毛病是把"紧急"当成优先原则。其实，许多看似很紧急的事，拖一拖，甚至不办，也无关大局。第四，既不紧急也不重要（比如娱乐、消遣等事情）——有闲工夫再说。

通晓了这个原则，就能分出事情的轻重缓急了。人永远没有时间做每一件事情，但永远有时间做对自己最重要的事情。

此外时间管理中还有很重要的一点就是运用视觉的力量。导致时间管理不好的原因通常就是拖延。当"马上行动"摆在前面，很明确地看着它，它就会刺激人的潜意识，进入人的脑海里，迫使人马上行动。可以在书桌面前贴一张"马上行动"的便利贴，随时激励自己。

**秘诀二：选择与决定**

一天只有24个小时，时钟每时每刻都在不停地往前走，但是，想干的事情又偏偏那么多。因此，必须学会选择并做出明确的决定：面对不同的人或事，要选择说"是"或者说"不"；面对那么多的事情，要决定如何利用每天仅有的24小时。这本来就不是一件容易的事，更何况对一件事情的选择与决定，往往还意味着放弃更多其他的可能性。正是出于这种原因，人们才会那么害怕选择、害怕决定。当然，你有权选择被动地维持现状，不做出任何选择与决定。但当你面临这种恐惧止步不前时，请想想这句话：没有选择与决定的生活是不可能达到平衡的。

怎样才能找到生活中的平衡点？这个问题长期困扰着许多人。对于大多数大学生来说，学业是最重要的。为了在各种各样的考试中取得出色的成绩，我们不得不做出妥协，而这种妥协的前提通常都是牺牲自己的休息和娱乐。但是，生活中的每个部分都是密不可分的，对任何一方面的过度偏重必然会使其他方面出现问题。我们完全可以通过一套完整的时间管理的方式，为自己生活的每一个方面都创造出足够的时间与空间，找到它们之间的平衡点，继而获得长期的和谐生活。

心得体会

一个长期缺乏体育锻炼、不注重营养搭配的人，是不可能持续保持体力充沛的。

而且，这种亚健康状态还会进一步影响到自己的学习效率与生活质量。

现代大学生的生活太丰富了。形形色色的兼职、考试、约会或是娱乐使他们陷入其中，越来越应接不暇，渐渐地忘记了读大学的初衷，忘了自己最想要的东西。其实想要获得平衡的生活很简单，只要你敢于放弃生活中次要的方面集中精力关注重要的事情，敢于放弃，坚持选择，最终你获得的不仅是成功，还有宝贵的平衡生活。

**秘诀三：专注**

很多人都有边聊 QQ 边写 E-mail，还时不时地浏览一下感兴趣的网页的习惯。当然，一心多用是一种了不起的本领，但这往往会使你不知不觉地在琐碎的小事上浪费了很多时间。老人家常说的那句话"该干什么的时候就干什么"，还是有独到的智慧的。因此，请你在进行一件事情的时候尽可能地专注，在生活也要时刻谨记自己的目标与方向。千万不要只顾追求表面上的高效率，不断地盲目加速，却忘记了自己生活与学习的重心。如果你学会了如何专注于重要的事情，你就能掌握生活的主动权，提高自己的创造性，并最终为自己赢得时间，为生活赢得平衡。

专注需要"自我空间"。繁杂的事情越多，就越要给自己清理出每天半小时到 1 小时"不被干扰的时间"，这是非常必要而且非常重要的。

假如你能有 1 小时完全不受任何人干扰，自己关在寝室里面，开始思考一些事情，或是做一些你认为最重要的事情，这 1 个小时可以抵过你 1 天的学习效果，甚至有时候这 1 小时比你 3 天学习的效果还要好。不被干扰的时间至少要 30 分钟，最好是 60 分钟，也就是 1 个小时。

很多同学都有这样经历，在宿舍自习或看书时，一会儿跑跑厕所，一会儿吃个苹果，一会儿喝杯水，一会儿又到隔壁宿舍去串串门。这都是做事不专注的表现，要锻炼自己的专注力有很多方法，每天给自己 1 小时时间"静坐"是个不错的选择。可以找一个安静的地方，就坐在那里，不受任何干扰，没有任何音乐，没有任何杂音，一开始的时候可能很想动，这时要提醒自己不要动。直到满 1 小时。如果坚持，可以提高自己的专注力。

### （三）将"时间管理"当成一种习惯

要坚持做"时间日志"。把自己每天花了多少时间做哪些事情详细的记录下来。也许有的同学会有质疑：这样做难道不是在浪费时间吗？每天要做的事情已经很多了，还要分出一部分时间来做什么"时间日志"，那不是很划不来？要知道，我们会"习惯成自然"，就是因为我们都不愿意去自我反省。习惯是有一定的好处，但由此引发的潜在危险却远远大于其优点：如果拥有不好的习惯可能让我们每天都过着梦游般的日子，失去生活的主动权而陷入时间的泥潭。记录"时间日志"可以让我们时刻反省自己的各种习惯。

心得体会

记录下自己的"时间日志"后，你一定会感到十分惊讶："原来在这些我早已习惯的日程安排的背后，隐藏了那么多时间漏洞！原来我在不知不觉中浪费了这么多的时间!”在按照习惯行事的过程中,我们的大脑会持续处于慢速运转状态。如果这种单调的无变化状态长期存在的话,我们的行为也会随之局限于无意识的条件反射。这种做法的后果是可悲的:我们的生活将失去乐趣,时间也会不知不觉流失。

在发现自己的时间管理漏洞后,就可以着手管理自己的时间了。计划是其中非常重要的一个环节:每天都做好自己的学习计划、合理安排做事的先后次序……但在精心计划的同时,请你千万不要忘记:学习加兼职并不等于生活。在每周甚至每天的计划中,我们都必须为自己的个人生活预留足够的时间与空间。和睦的师生关系、密切的朋友圈子,还有你自己的身体与心理健康……这一切生活中的幸福来源都是需要你用时间、用心去经营的。

## 成功法则探索

生活习惯就像我们的影子,它来得突然,不知不觉就潜伏在了我们的生活中。当我们想要戒除它时,就像是瘾君子抗拒毒品一般痛苦。我们无法改变“习惯成自然”的规律,但是我们有权利选择什么习惯成自然。好习惯好人生,良好的生活习惯是一生的财富。大学阶段是走入社会之前的一个过渡期,在大学里养成好的生活习惯会使以后的生活更加顺利。要培养好的生活习惯需要注意以下几点。

**1. 健康作息,养成健康的生活习惯**　如果用“1000000000……”来比喻人的一生,其中“1”代表健康,各个“0”代表生命中的事业、金钱、地位、权利、快乐、家庭、爱情、房子等,纷繁冗杂的“0”充斥了人们的生活,“1”常常被忽略,但“1”一旦失去,所有的浮华喧嚣将归于沉寂。蒙田也曾说:“健康的价值,贵重无比。它是人类为了追求它而惟一值得付出时间、血汗、劳力、财富甚至生命的东西”。

**2. 学会合理花钱,养成良好的理财习惯**　如节俭、有计划消费、记账、学习理财知识、投资的习惯。

**3. 珍惜时间,合理安排大学生活**　吴晗在《学习集》中说:“掌握所有空闲的时间加以妥善利用,一天即使学习 1 小时,一年就积累 365 小时,积零为整,时间就被征服了。”想成事业必须珍惜时间,大学时间宝贵,每个大学生都不应虚度。

心得体会

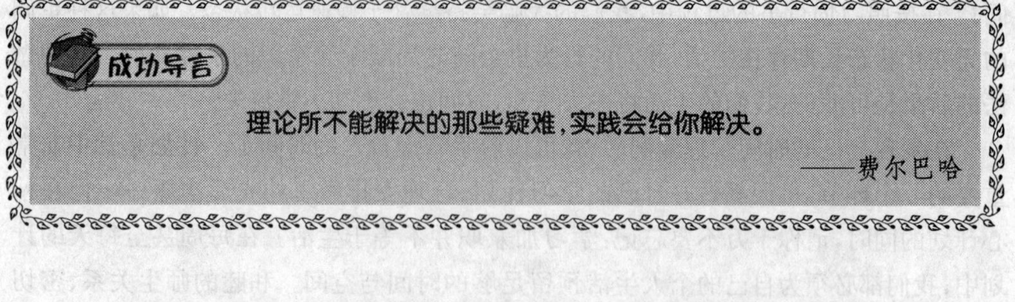


# 第七章 实践能力是大学生成功的发动机

大学生的成功，到底与实践有多大关系？这是古今中外很多学者都非常关注的问题。社会是没有围墙的课堂，实践是一种无形的磨炼。实践可以提高大学生的团体合作精神，使大学生的综合能力得到锻炼，可以培养大学生吃苦耐劳、艰苦奋斗的精神。大学生所学习的理论和知识也需要在实践中去运用、去检验、去提高。

## 一、社会实践出真知——积极勇敢入世，弄潮时代洪流

知识经济时代到来，当代的大学生，面临经济的飞速发展，大学的学习不再仅仅局限于“专业知识”的学习，还应将各种学习到的知识和理论运用于实践。大学生应当将自己定位在一个平衡发展的轨道上，将自己的各种理想和抱负付诸行动，铺就人生的辉煌之路。

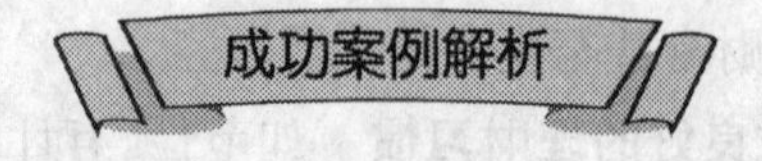


### （一）铁肩担道义，声援矿工权益

湖南某大学学生曹某等同学的名字，可能会在当代中国煤矿安全生产史上留下可贵的一笔。在长达两年的时间里，他们行程3500千米，走访湖南30多个煤矿，访问矿工566人，对煤矿工人的工作环境和心理安全状态进行了深入调研。2004年当“矿难”成为“社会之痛，中国之痛”进入人们视野的时候，当“井下的声音需要全社会倾听”时，才读大学一年级的曹某便懵懂地闪过一个念头“能为煤矿工人做些什么？”。

碰巧学校正在鼓励大学生进行社会实践，他便将“煤矿工人”与“社会实践”联系在了一起，准备开展相关的课题研究，虽然课题在刚开始的时候碰到一系列困难，但他凭着一份坚持，赢得了老师的认可和支持，还不断感召着他身边的同学向他靠拢。调研团队由起初单一的2人发展成拥有文学、心理学、管理学、教育学、经济学多元化的10人团队，调研团实力得到大大增强。曹同学以湖南大学生特有的方式，扛起了“心忧天下，敢于担当”的责任。

心得体会

曹同学带领的调查团队不断摸索，在摸索中检验着课题的可行性，根据实践情况调整调查研究方向。在半年的摸索中，团队历经2次失败，3次调研方向调整，找到了创新的调研点——他们以“煤矿工人心理安全感”为视角，研究这个具有长期性、潜藏性、破坏性，并涉及煤矿工人自身安全、家庭安全、生产安全、社会安全等问题。为了补充所需知识，他整天泡在图书馆里，“恶补”心理学和社会学知识。他认真学习了十几本专著，并认真研读了80多篇关于“煤矿工人”、“弱势群体”、“马斯洛心理安全感”等方面的优秀硕士论文和1000多篇期刊文章……为了系统的学习心理学和社会学，曹同学特意到心理系和社会系“蹭”了一个学期的课听。

经过一年多的调研，曹某决定下井亲身体验煤矿工人“吃阳间饭，做阴间事”的一线工作环境。为了探求煤矿工人的心理安全感缺失的环境原因，2006～2007年，曹某冒着生命危险，携带着相机多次深入浏阳、宁乡等地的煤矿，尤其是“非法小煤窑”的井底进行拍摄。其中，曹某在井下800米深处所拍摄的照片全国少见，这些摄影材料不但有力地证实了调研结论，而且为大众真实地了解矿工，维护矿工群体权益提供了重要参考。

在整个调研中，曹某没有因困难而放弃，没有因陷于危险而止步，更没有因威胁而退缩。在2006年9月，调研结束。回到学校后，曹同学开始着手写《湖南煤矿工人心理安全感的影响因素及提升策略》的论文。写作时他的脑海里不断浮现出充满积水的巷道中埋头苦干的黝黑矿工。2006年9月，曹某在学校里举办了一个主题为“煤矿工人生存状况”的图片展。2007年1月，他们的论文在中国社会学网上刊发，但并没有太大反响，看来仅仅在校园和学术界发出声音无法兑现对矿工的承诺。2007年“两会”期间，他们通过新华网“两会建言博客”向在京的100多位代表委员，发出了《关于呼唤煤矿工人心理安全意见书》和《湖南煤矿工人心理安全感的影响因素及提升策略》调查报告，报告得到了郝如玉、叶青等全国人大代表和政协委员的高度关注，国家安全生产监督管理总局局长李毅中、国家煤矿安全生产监察局局长赵铁锤、湖南省委书记张春贤，均作了具体批示。

立足于为矿工做些事，曹某和他的同学们坚持不懈地学习、调研，克服重重阻挠、历经种种危险，在社会实践中写下了他们浓墨重彩的一笔。他们这种不畏艰险深入实践的做法，值得很多大学生学习。大学生将所学运用到社会实践当中，并且不断发现不足，寻找改善途径，总结提高，才有可能在社会实践中增见识，长才干，作贡献。

（二）心历困苦体躬行，任重道远方可知

伍某，女，武汉某高校英语系2004级学生。在校期间曾担任外国语学院团委组织部部长、英语系2004级团总支书记、组织部长等职务。她曾连续三年获得国家奖学金，第二届IDEA国际英文辩论大赛亚军、最佳辨手，第十二届“外研社杯”全国英文辩论赛季军，连续两年被评为校三好学生标兵，多次被授予校“三好学生”、“优秀团员”、

心得体会

"优秀青年志愿者"等荣誉称号。

在大学期间她充分利用课余时间，发挥自己的专业特长，参加了一系列的社会实践活动。2006年7月，伍某作为暑期社会实践小分队成员之一，前往武汉市蔡甸区开始了为期一周的"三下乡"社会实践活动，从不同角度了解了新农村建设的现状。实践结束后，她与组员共同撰写的暑期调查报告《新农村新气象》获得了校暑期社会实践优秀调查报告一等奖；单独撰写的社会实践报告《农村地区小学课外阅读情况调查报告》获得第六届"乡村观察"征文三等奖。

2007年4月，她作为第三届世界植物园大会的志愿者，为大会提供了为期两周的志愿服务。在负责会场服务以及外宾接待的过程中，她服务真诚热情，灵活地解决了会议期间碰到的各类突发事件，会后被共青团湖北省委授予了"第三届世界植物园大会优秀志愿者"称号。在此之后，她还在首届中国北京国际文化创意产业博览会翻译组担任志愿者，处理会议媒体新闻的翻译工作，为会议的顺利进行贡献了自己的力量。

同时她以积极的态度热情参与到了学生工作中，从身边做起，积极为同学服务。2005年6月～2006年4月，她担任外国语学院团委组织部长，积极配合团委书记，出色地完成了组织部的工作。经过一年的辛勤工作，她所组织的团校培训取得了全校一等奖，而在组织部年度评比中也取得了全校排名第一的好成绩。2006年5月～2007年5月，她担任学院英语系2004级团总支书记。在此期间，她先后举办了"支教行动释师魂"先进事迹报告会、"研究生经验交流"等一系列贴近同学的活动，为一些迷茫于前途的同学提供了各种与前辈、与大家交流的机会。2005年9月～2006年10月，她一直在学校国际文化交流学院从事义务学生助理工作，协助处理留学生工作事宜，工作细致认真的她和留学生们建立了良好的友谊。2005年9月～2006年9月，作为外国语学院新闻宣传小组成员，她积极从事新闻采访和宣传工作，笔耕不辍，在外国语学院院报、校园网上公开发表新闻作品以及英语作品共计30余篇。由于在院宣传工作中表现优异，她在外国语学院年终宣传评比中获得了一等奖。

出于对辩论的爱好，在院领导的支持下，经过长期的筹备工作，她于2006年5月组织成立了外国语学院辩论协会。此后，辩论协会活动开展得有声有色，在校内外各类中英文辩论比赛中取得了骄人的成绩，并被评为了院级优秀社团。同时她在学习上也没有放松，在2006年4月英语专业四级考试中，获得"优秀"；2006～2007年度、2005～2006年度她连续两次获校级"三好学生标兵"称号；2004～2005年度获校级"优秀三好学生"称号。

在学术科研方面，在导师的帮助和自己的努力下，她也取得了一定的进步和成绩。她于2005年11月申报学校"挑战杯"学术科研重点立项并获成功，经过一年的调查研究，发放回收整理调查问卷百余份，成功完成课题。科研成果《中美休闲教育之对比研究》于2007年3月在湖南工学院学报社会科学版上发表，并获学校大学生科学研究成果三等奖。在有了科研经验的基础上，2006年11月，她又成功申报学校教务处科研立项，科研论文《文化适应指导下的中国电影的英译》于2007年7月在《安徽文学》文教

研究上发表。此外,英语小品文《Crop Circle》也于 2006 年 10 月发表于《中学生英语》杂志初三版上。

她积极参加校内外的各项比赛。其中在专业比赛中,她于 2007 年 5 月代表所在大学赴西安参加第二届 IDEA 国际英文辩论大赛,她敏捷的思维、缜密的逻辑以及流畅的表达获得了在场评委和其他参赛选手的一致好评,最终获得非母语组亚军、"最佳辩手"等奖项以及称号。同时,出于对翻译的爱好,她先后参加了第十二、十三届湖北省翻译大赛并获得了笔译组、口译组一等奖。于 2006 年 6 月参加第三届全国青少年英语技能大赛并获得湖北赛区大学 A 组朗诵比赛优秀奖。

此外,她还积极参加各年度外国语学院科学文化节的"金话筒"英文辩论、"金笔头"英文写作、"金耳朵"英语听力以及英语配音等各项比赛,先后获得"金话筒"英语辩论大赛冠军、"最佳辩手"以及"金笔头"写作大赛二等奖等奖项。在非专业比赛中,她在校第十三届"挑战杯"大学生中文辩论赛中作为外院辩论队成员荣获团队第三以及"最佳辩手"称号。此外,作为学院排球队队员,她和全体队友共同努力,获得了 2005 年"外苑杯"排球赛团队第三的好成绩,自己也被授予"国家二级运动员"的称号。

伍同学积极参加校内外各项实践活动,在实践中锻炼成长,通过各个方面的学习和锻炼,她的个人综合能力得到了极大提高,而这也为她今后更好地服务社会、服务他人打下了良好的基础。

### (三) 让青春在实践的道路上闪光

陈某,23 岁,武汉某高校信息技术系教育技术学专业 2004 级本科生。品学兼优的她综合素质高,工作能力强,曾任校国旗护卫队队员,校学生会主席,北京奥运会志愿者,获得"校优秀三好学生"、"校优秀学生干部"、"校优秀团干部"、"暑期社会实践先进个人"等荣誉称号。

她在大学期间,积极参与各类社会实践,在实践中不断成长。2007 年 5 月,她入围中央电视台《开心辞典》栏目"智慧女大学生评选"全国前 38 强,此时的她就像一朵清幽脱俗之花,散发着一个自信智慧女子特有的芬芳。2007 年 6 月她代表学校参加了"海外杰青汇中华"活动,在人民大会堂受到了贾庆林主席的亲切接见。2008 年,她一路过关斩将最终成功当选北京奥运会志愿者,于 7~8 月随湖北省京外志愿服务队驻国家体育馆进行志愿服务。她是湖北团惟一一个在国家体育馆注册办公室服务的人员,负责电脑操作。在志愿服务中,她将全部的热情转化为周到的服务,对于自己的工作,交出了一份满意的答卷。

作为师范专业的学生,陈某从大一开始,就积极投身各种助学性质的暑期社会实践活动。大一随本系星光服务队赴宜昌秭归县陈家坝开展暑期社会实践活动,团队最终荣膺"湖北省暑期社会实践优秀团队"称号。大二暑期赴武汉蔡甸参加"百校千村"暑期社会实践。大三期间和《长江日报》合作,策划"屋顶小学"专题报道,在社会上产

心得体会

生了一定影响。大四入选由团中央和教育部组织的“全国青年志愿者扶贫接力计划研究生支教团”,作为湖北大悟县分团(9人)团长,于2008年8月带队赴大悟革命老区展开为期一年的志愿服务。

在大悟山区支教的一年里,她深深懂得了什么叫作责任。她作为大悟一中高一年级20个班中惟一的女班主任,承担的心理上和身体上的压力都很大,从开学初军训时和学生一起睡营地的地板,再到支教团入住学生寝室,办理食堂饭卡,过上和学生同吃同住的生活,学生无时无刻不成了她生活的重心。早上6点起床,晚上10点查寝,冬天带学生跑步,夏天检查学生午休,要密切关注全班80个学生的思想动态,关心每个学生的学习生活,这种快节奏而超负荷的工作让本来就不胖的她一年之内瘦了近10斤。

付出终有回报,她带的班在数次考试中成绩优异,她任教的语文科目在上半年期中、期末考试班级排名中均居第一名。班级的文化建设方面也很突出,在上半年大悟一中教务处组织的班主任工作全民民主测评中,她名列年级第一名。最令她欣喜的是,在全团队友的努力下,学校支教团的品牌在全县打响。当地人把支教团成员在教学上令人赞叹的成绩称之为“支教团现象”,把支教团留在这个红土地上的温暖、感人的画面叫做“支教团印象”。2009年3月,母校领导在大悟县政府领导的陪同下,对支教团进行了亲切慰问。2009年7月,《湖北日报》对支教团事迹进行了专题通讯报道,大悟县电视台为支教团制作了一期专题《讲述》栏目。“用一年不长的时间,做一件终生难忘的事”,她和她的队友们让美丽的青春在奉献中闪光①。

生活偏爱于有激情的人,一旦将火热的激情投入到实践中,将会成就一番壮丽的事业。多参加集体活动和实践活动,在实践中发挥所学,学以致用不失为一条成功之道。

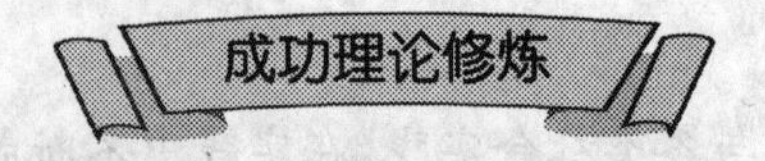


(一)社会实践与成才成长

荀子曾言:“不闻不若闻之,闻之不若见之,见之不若知之,知之不若行之”,明确肯定了“行”即实践的重要性。朱熹也认为:“大抵学问只有两途,致知、力行而已”,“知之愈明,则行之愈笃;行之愈笃,则知之益明”,揭示了认知与实践两者相互联系、相互贯通、相互促进的密切关系。古人有关“知”与“行”的研究是我国最早的实践观。社会实践可以促使大学生与社会进行有机的沟通和融合,它有助于促进大学生素质的全面发展,加速大学生融入社会的进程。

大学生的实践能力一般包括两方面:一是学校教学实践环节中所表现出来的能

心得体会

①谢守成,吴俊文,主编. 桂苑群星[M]. 武汉:湖北人民出版社,2009:104.

力，这些能力包括应用所学的理论、观点、知识完成学业课程，动脑动手进行综合实验、技能训练等自主学习能力以及拓展认知领域获取新知识、新技能，完善知识结构和能力结构的初步能力，还有人际交流交往方面的能力；二是借助学校提供的条件或者自己与同学合作创造的条件，向社会生产、生活领域拓展所获得和所表现出来的能力，诸如参与社会主体（工人、农民、军人、科学家、教育家、企业家以及其他阶层群体）改造自然或变革社会的某些活动中所获得的或在已有基础上新增长的独立分析问题和解决问题的能力等。

通过暑期社会实践、社会调查研究、勤工助学、志愿服务、文艺演出、“三下乡”（文化、科技、卫生）和“四进社区”（科教、文体、法律、卫生）等实践活动深入社会，深入生活，深入实际，不断提升素质能力，练就一身本领，陶冶高尚品格，已成为所有大学生的共识。在招聘会上常常会看到这样的要求“有相关工作经验者优先”，随着劳动力市场人才竞争程度的不断提高，用人单位对应聘者的实际工作能力、适应工作环境变化的能力提出越来越高的要求。而当代大学生往往存在理论脱离实际、实践能力不强、工作经验不足等问题，很难适应岗位需求。实践能力的获得和增强不但是大学生全面发展的重要体现，而且是提升创造能力的前提和基础，对于大学生择业、就业和创业具有重要意义。

### （二）志愿服务与青春奉献

“如果你是一滴水，你是否滋润了一寸土地？如果你是一线阳光，你是否照亮了一分黑暗？如果你是一颗粮食，你是否哺育了有用的生命？如果你是一颗最小的螺丝钉，你是否永远守在你生活的岗位上？如果你要告诉我们什么思想，你是否在日夜宣扬那最美丽的理想？你既然活着，你又是否为了未来的人类生活付出你的劳动，使世界一天天变得更美丽？我想问你，为未来带来了什么？在生活的仓库里，我们不应该只是个无穷尽的支付者……”这是雷锋所奉行的人生格言，他在平时的生活和工作中总是处处为人民服务，总是为社会的发展和国家的繁荣付出一切。

志愿服务一般是指志愿者组织、志愿者服务社会公众生产生活和促进社会发展进步的行为，泛指利用自己的时间、技能、资源、善心为邻居、社区、社会提供非盈利、无偿、非职业化援助的行为，具有志愿性、无偿性、公益性、组织性四大特征，其服务范围主要包括：扶贫开发、社区建设、环境保护、大型赛会、应急救助、海外服务等。志愿服务的精神是“奉献、友爱、互助、进步”。前联合国秘书长安南指出，志愿精神的核心是服务、团结的理想和共同使这个世界变得更加美好的信念，从这个意义上说，志愿精神是联合国精神的最终体现。

大学生是祖国现代化建设事业的生力军，同样也是国家志愿服务事业发展的重大推动力量。近年来投身于志愿服务的大学生越来越多，抗洪抢险中有他们奋斗的身影，抗震救灾中他们又顶起了一片大地，2008年奥运期间他们更用甜蜜的微笑、热忱的关爱和周到的服务塑造了中国良好的国际形象，每年暑假到贫困山区支教的大学生志

心得体会

愿者也常见诸报端，每年都有不少高校毕业生奔赴祖国的西部和偏远地区提供志愿服务。志愿服务已成为中国大学生们实践锻炼，发挥自己光热的一个展示台。古人云："勿以恶小而为之，勿以善小而不为"。志愿服务，就是一种"善"，是一种无私奉献的爱心事业，只有点点滴滴的积累，才可能造就出"大善"。志愿服务不仅仅是一种无偿性的、公益性的服务，它还是一种爱心的馈赠，是一种温暖的传递，是一种文明的传承和文化的陶冶，是一个重要的教育契机。

（三）素质拓展与个性优化

在广阔的实践天地里，可以让大学生们学到很多书本上没有的知识，多方面锻炼自己的素质，在实践中也可以培养自己良好的品格和习性。历史上的不少人物都是在实践锻炼中成长成才，不断成熟的。毛泽东就是投身实践，在实践中学习的典范。他既重书本知识，又重社会实践，既读"有字之书"，也读"无字之书"。利用暑假，和萧子升一道，一把雨伞，一双草鞋，走遍湘中五县农村，进行"游学"，以了解社会现实和民间疾苦；他在主持"学友会"和主办"工人夜学"的同时，广泛结交校内外一些志同道合的进步学生，常常聚会在橘子洲头、爱晚亭旁，讨论时事，切磋学问，砥砺品行，锻炼体魄。正是这一系列社会实践，极大地丰富了毛泽东书本以外的知识，锻炼了他的社会活动能力。

大学生要想成功，就必须深入实践，逐步锻炼自己的能力，不断锤炼自身的品格。大学生社会实践同时也是大学生认识社会、了解国情、拓宽视野、丰富自我和增长知识的重要手段，是对大学生进行素质教育的重要途径，是大学生提高自身综合素质、激发创新精神的有效措施，也是对高校教学环节的重要补充。大学生社会实践活动，是课堂教学的延伸，是学生有组织参与的、由社会或学校组织的、具有一定规模和影响、持续一段时间、比较集中的集体性活动，具有一定的社会功能和积极的育人功能，是培养学生合作精神、社会责任感、社会适应力的一项举措。

长期的校园生活使大学生对社会缺乏完整的、深刻的认识，比较容易形成认知的片面性和思维的局限性，用浪漫主义和理想主义的眼光看待社会和人生。社会实践活动有利于加速大学生的社会化进程，使他们清醒地看到自己的缺点和不足，从而重新调整、完善自己，实现理想与实际、理论与实践、自身与社会的统一。大学生的实际操作能力、组织管理能力、社交能力、创造能力、表达能力等都是在社会实践中得到磨炼和提高的。大学生在社会实践中，将主观认识系统与行为系统有效地连接起来，可达到知与行的统一，推动认识能力、选择能力的提高；提高社会活动能力、独立工作能力、社会适应能力等；将自己所学知识、创造成果直接应用于社会，提高实际工作能力和就业创业能力。

同时社会实践也会优化大学生的个性品格，心理学上把人们在实践过程中形成和表现出来的不同心理特点叫做个性心理特征。一个人的个性心理特征，是在他先天遗传的生理特点（即素质）基础上，在他后天的社会生活条件的制约下逐步形成的。它包

括兴趣、气质、性格和能力四个方面。不同的兴趣、不同的气质、不同的性格与不同的能力造就了人们不同的个性人格,在实践锻炼中可以使一个人的个性发生变化,可以使人更加成熟,更加豁达。

## 二、五彩缤纷话社团——社团点亮生活,锻造综合素质

在大学里实践锻炼的场所很多,社团就是一种。大学里的社团多种多样,大学生们可以结合自己的兴趣爱好特长,选择几个社团,认真投入,在社团中实践锻炼。

(一)清华大学——科学技术协会

清华大学学生科学技术协会,简称校科协,成立于1983年,是一个全校性学生组织,直属校团委指导。20余年来,校科协为丰富学生的学习生活,开展丰富多彩的学生课外学术科技活动,培养学生的创新精神和实践能力贡献着自己的力量。这个协会一直以来都活跃着清华园内的学术气氛,拓宽着大学生们的眼界。至今已组织承办了22届的校"挑战杯"赛事,带动全校学生课外科技活动的蓬勃开展,在历年的"挑战杯"全国大学生课外学术科技作品竞赛中,科协人更是表现出色。而在全球大学生计算机程序能力竞赛活动中最有影响的一项赛事:ACM/CPC(国际大学生程序设计竞赛)中,清华大学是中国较早参加该项竞赛的大学之一,并在已参加的竞赛中均取得了出席世界总决赛的资格。第22届国际大学生程序设计竞赛世界总决赛中,校科协的学生们所做出的努力为清华大学分别争得了第2名、第4名、第7名和第11名的荣誉。

社团是大学里面的一道风景,各种社团活动丰富着大学生的学习与生活。大学中有很多不错的社团,如辩论社、话剧社、读书会、武术协会、书法协会、演讲协会、志愿服务队等,在这些社团中,大学生可以和有着相同兴趣的人在一起进行校内外实践,提升自己的能力和素质。

(二)"圣兵爱心社"

"圣兵爱心社"由华中师范大学冯圣兵于1998年12月13日创建,是一个主要为品学兼优、但家境困难的中学生提供物质资助及精神支持的助学社团。2003年,圣兵爱心社被中宣部、团中央等联合授予"全国学习雷锋志愿服务先进集体"称号;2005年4月21日,中央电视台焦点访谈栏目以"奉献爱心汇暖流"为题进行专题报道;2007年,爱心社被评为"全国百强社团",新华社、《人民日报》、《光明日报》等中央媒体进行了系列报道。2009年5月,圣兵爱心社创始人冯圣兵老师荣获"2008年全国高校辅导

心得体会

员年度人物”称号。

说起爱心社的故事,就不能不提起这样一个人,一个瘦弱的身影,一个平凡的山里孩子。爱心社的历史,也是从他开始。他的名字叫做冯圣兵,华中师范大学历史文化学院1994级学生,圣兵爱心社创始人。1991年10月的一天,还在郧阳中学读高一的冯圣兵,在一次班会上无意中听班长提到一个叫高敬霞的14岁女孩,父亲弱智,母亲瘫痪,家里穷得常揭不开锅,为了读书一个学期只吃28斤粮食。本以为自己是世上最不幸的人,没想到还有比他更困难的孩子。大概是同命相怜,又或是品性使然,冯圣兵冒出了一个很自然的念头:我要帮助她。那时他跑回了寝室,把别人送自己入学的20斤粮票寄给了高敬霞,并给高敬霞写了一封长信。

从此,通过书信来往,一桩长达九年的特殊“希望工程”在两个特困生中展开了。考上大学后,他仍然靠课余打工和吃咸菜萝卜攒钱来坚持资助高敬霞。甚至到后来,不顾瘦弱的身子去打工赚钱,去献血换点营养费。直到1996年10月,高敬霞考入了郧阳师专,这样一段助学的路才结束。冯圣兵接着又资助了其他几名需要帮助的学生。在资助的过程中冯圣兵感到,单凭自己的力量实在有限,于是从1998年,他组建了“圣兵爱心社”。至年底,爱心社收到国内外捐款数万元。冯圣兵用这笔钱资助了10余名中小学生。另外还捐赠灾区,并为品学兼优的特困生寻求社会帮助。

2001年8月,冯圣兵毕业后,物理系1999级的韦庆功接任了社长。为节省每一分钱,炎炎夏日,爱心社的同学们外出勤工俭学,舍不得买一瓶矿泉水,中午宁可泡碗方便面也不愿花钱买盒饭。许多社员本身就是贫困生,可他们依然把勤工俭学的收入挤出一部分捐给爱心社。而今,走进爱心社的第一感觉就是这里像个杂货铺:一大堆的报纸、一大筐的饮料瓶……爱心社社长虽然几经更迭,但爱心接力棒却从来没有中断。曾任“圣兵爱心社”社长的王强说到:“拾一个饮料瓶是1角钱,卖一包方便面赚1角钱,发一份校报的报酬也是1角钱,无数个这样的1角钱累积起来,变成几十元、几百元的助学金,汇到全国各地贫困的中小学生手中。”

爱心社的社员们在展开“爱心之旅”的过程中,真正明白了爱心社的价值,这也成为爱心社员无怨无悔地奉献爱心的精神动力。爱心社的社员认为,他们的行为不是帮助,而是一种互助,贫困孩子那种坚忍不拔的精神也激励了他们,使他们树立起一种新的价值观。

(三)点亮生命中的绿色希望

武汉某师范大学春野环保协会成立于2001年5月,是一个公益类社团。它以“培育大众对所有生命的尊重与关爱;鼓励每一个人采取行动,为动物、环境以及彼此创造一个更美好的世界”为宗旨,秉承“亲近自然,热爱生命”的理念。社团曾连续三年被评为校“优秀社团”、2007年度湖北省优秀社团、2008年度校十佳标兵社团。

心得体会

2001年，出于对生态环境问题的关注与对未来的担忧，一群热血的青年走到了一起，于是，校环境保护协会诞生了……2004年，协会正式更名为春野环保协会。“春野”取自著名瑞士乐团“班得瑞”的专辑名称，正如这张专辑优美纯净的绿色音乐一样，这群可爱的大学生希望春野带给大家的是清新扑鼻的自然气息，“亲近自然，热爱生命”的绿色生活理念。通过协会几年的活动开展，他们深刻地体会到大众对于生态环境问题的认识不足与轻视，而问题的根源，则是我国学校教育中环境教育的缺失与不重视。

2007年，春野的会员们把目光投向了在校的小学生们，开始尝试在周边的小学开展小学生环境教育项目。最初，学校对于协会都持着一些怀疑的态度。通过他们不懈的努力，终于成功说服了卓刀泉小学同意让他们在学生中开展活动。从2007年3月开始，卓刀泉小学的课堂上出现了春野的“小老师们”的身影，协会成员带着孩子们学习环境知识，进行环保知识抢答、学习各种游戏和歌曲，把环保的知识贯穿在游戏歌曲中，用一切可能的方式，让孩子们在互动和快乐的气氛中把对于未来的绿色希望一点一滴地装进心中。

2005年，春野环保协会“创建‘绿色超市’”活动拉开序幕，活动以提倡绿色健康的生活为目的，在校内超市率先实现塑料袋的有偿使用。2005年11月，春野环保协会的成员们分成五个小组对到东区学子超市购物的同学们就塑料袋有偿使用的问题进行了调查。活动期间，协会还前往实行塑料袋有偿使用制度的鲁巷广场和麦德龙超市(武昌分店)与负责人进行了交流，探讨在超市进行塑料袋有偿使用的经验和可行性。在2008年12月，协会申请参与世界自然基金会(WWF)与中国青年应对气候变化行动网络(CYCAN)的大学生“节能20”行动项目。2008年12月，协会在汉口江滩公园与武汉其他8所高校的兄弟社团一起，进行了关于“碳足迹”的行为艺术宣传活动。

此后协会在校园内开展了宣传活动，让同学们对于气候变化与节能减排也有所了解和关注。2009年3月28日，春野与武汉地区其他8所高校一起参与了“地球一小时”联合关灯行动。在他们努力下一共有近3000名学生承诺自愿参与了该活动。活动举行当天，协会成功的使学校景观灯，4栋学生宿舍在指定一个小时时间内关灯，创造了良好的视觉宣传效果。同时，协会邀请了学校吉他协会、知音口琴协会等众多文艺表演类协会共同举办了一场别样的低碳音乐会。在音乐会的现场，精彩的表演引来观众们的阵阵喝彩，而不使用电乐器的举办形式和音乐会中的节能知识抢答，也让节能减排的理念深入到观众们的心中。

春野作为一个公益类社团，它以“亲近自然，热爱生命”为理念，倡导一种爱生命、爱自然的价值观。尽管社团曾经在成长过程中面临了很多困难，但凭着他们对自然的、对生命的热爱，凭着他们强烈的社会责任感，凭着他们不懈的努力，最终克服种种困难，使得社团朝着更好的方向发展。社团成员也在其中受到了锻炼，得到了成长。

心得体会

## 成功理论修炼

大学生社团是由高校学生在校党委的领导和校团委的指导下，以“自我教育、自我管理、自我服务”为宗旨，依据兴趣爱好自愿组成的优秀青年大学生先进组织。高校学生社团活动是实施素质教育的重要途径和有效方式，在加强校园文化建设、提高学生综合素质、引导学生适应社会、促进学生成才就业等方面发挥着重要作用。随着社会发展、科技进步和教育改革的不断深入，高校学生社团在发展过程中出现了网络社团增多、跨校活动增多、与社会联系增多等新情况和新趋势。

### （一）选择合适的社团

据不完全统计，全国平均每所高校都有学生社团四五十个，超过半数的在校学生都曾属于一个或几个社团，至于四年下来没有参加过学生社团活动的同学，真可谓是凤毛麟角、微乎其微。由此可见，选择加入一个或几个学生社团，对于每一位大学新生而言，都是件很有必要好好考虑一下的事情。新生进入大学校园不久，就会经历一次全校范围内的社团集体招新，这在有些学校被形象地称作“百团大战”，无论是规模还是气势，都是新生们前所未见的。

只要你去社团招新的现场看一看，就立刻会被学生社团的丰富多彩所吸引。这些学生社团，涵盖了人文、科技、公益、体育、艺术等各个方面，社团的名字也多种多样。大到几乎每个学校都会有的文学社、读书社、爱心社、英语协会、吉他协会、棋牌协会、足球协会、旅游协会、就业与发展协会，小到根据不同学校风格，术业有专攻却各具特色的如古筝协会、天文爱好者协会、红楼梦研究会、证券投资协会、“三农”问题研究协会等等，真可谓是一应俱全。这些学生社团活跃了校园文化生活，有力地配合了学校学生素质拓展规划的实施，成为了“教学主渠道”之外，学生学习、生活、工作中重要的“第二集体”，为广大学生的健康成长成才创造了良好的条件和氛围。

面对多种多样的学生社团，刚刚进入大学的你可不要“乱花渐欲迷人眼”，要根据自己的兴趣爱好或者将要学习的专业，选择少数几个社团报名参加，然后尽可能地融入到社团的集体中。在社团中，不再会有院系和班级的局限，可以接触到更多其他专业的兄弟姐妹和高年级的师兄师姐，你会变得不再孤独；在社团中，评价一个人的尺度不再是那么单一，充分发挥自己的爱好和特长，展现最拿手的一面，你会获得更大的自信；在社团中，大家关注的不再仅仅是学校之内的事情，接触社会、锻炼能力，你会变得更加成熟。

大学新生在选择社团之前，不妨好好问一下自己这样几个问题：第一，自己的兴趣究竟在哪里？希望保持兴趣就好还是渴望把兴趣变特长。第二，回忆过去，想想自己是否适合与人打交道？是否愿意并且能够承担责任？第三，大学的规划是什么样的？一门心思读好书走学术路线，还是选择做个社团达人？抑或选取两者的中间路线？这

三个问题对于是否选择社团，选择什么样的社团，在社团中的参与策略都具有重要的意义。

问题一的回答，可以帮助你如何在眼花缭乱的社团中排除干扰与诱惑，命中最合适的兴趣类社团，并帮助你确定参与该类社团活动的深度。问题二的回答，可以帮助你了解自己是否能够快速成长为一个合格的社团达人，希望在社团中有所作为的同学可以仔细思考一下。问题三的回答，可以让你更加清醒地把握自己大学的发展路线，毕竟条条大路通罗马，不一定非参加社团才能成功，如果你只是想好好学习，专攻学术，那就把社团活动当成生活的消遣娱乐吧，没有必要浪费太多精力。当然也不绝对，如果认为还有余力，可以尽力参加有关的社团，如法学院的同学可以参加法律协会等，将理论用于实践，也是不错的选择。

### （二）接好社团给你的“礼物”

社团是学生自我管理、自我完善的第二课堂。根据社团性质的不同，有的社团能够辅助专业学习，有的社团有利于完善个性；好的社团对于培养团队精神和协作意识能够起到有利的作用。适当地参加社团活动不仅可以缓解学习的压力，丰富课外生活，还可以学到很多知识，对提高自己的素质也有相当地促进作用。

“礼物”之一：我的朋友，我的“家”

大学新生进入学校后，会发现大学的生活与以往相比有着很大的差异。在这里，院系和班级的概念比初高中淡化了很多，没有了固定的教室，没有了全班同学一起自习的经历，每个人似乎都变成了独立的个体。除了与自己同宿舍的人会很快熟悉起来，很难在短时间内建立以往那种集体归属感。在这个时候，每个人都会或多或少产生某种孤独感，这种感觉是每个初进大学校园的人都会深切感受到的。

学生社团常常集中了一个学校中兴趣、爱好相仿的同学，在这里你不必担心交流找不到共同语言，感受到“君子之道，如切如磋”的幸福。学生社团组织的非常规活动，比如聚餐、郊游、K 歌等等，不但可以增加你对陌生城市的认知感，丰富课余生活，又可以让你充分了解社团其他成员的另外一面。日子久了你会发现，社团里的同学甚至比同班同学更容易相处，更容易成为好朋友。有不少人，大学里最好的朋友是一开始在社团中认识的那些兄弟姐妹。

不少经历过大学时光的人回忆起自己的大学社团往事，都会有这样的感慨：“在刚入校的那段无所事事的日子里，社团让我的生活变得充实，师兄师姐总会给我很多的大学生活指导意见。在我遇到困难和疑惑的时候，他们常常帮我解决问题，渡过难关。”这话说得不错，因为每个社团都希望能够在社员之间营造团结温馨的氛围，“家”的感觉几乎是每个社团都努力追求的目标。

“礼物”之二：发展兴趣，增长自信

大学校园里的各种社团，有相当一部分是根据学生的兴趣爱好组织而成。有些新生看了社团招新跃跃欲试，却又害怕自己的能力不够，被人笑话。这种心理是完全不

心得体会

必要的。参加社团不需要多高的专业水平，因此不管你是拥有特长，还是仅仅出于兴趣，都可以选择加入。“重在参与”是高校学生社团的真实写照，而不是对弱者的心理安慰。有些学生社团还会对社员展开专门的培训，例如吉他协会对新会员进行的吉他弹奏普及，“动漫协会”会请老会员和新成员交流欣赏和绘画的心得，跆拳道、剑道的社团会专门请老师来讲课并组织考级……这样的例子不胜枚举。

对于经历过中考、高考的大学新生而言，曾经，学习成绩是衡量一个人价值的惟一指标。进入大学之后，你会发现，无论是你拥有一技之长，还是你具备出色的组织、交往能力，都会获得大家的认可与尊重。在社团中，或许你会发现，自己原来是那么优秀，曾经那些被批判为“不务正业”的爱好，竟然成了璀璨的闪光点和别人欣赏与羡慕的能力。记住一句话：只要你有兴趣和热情，社团会为你提供足够广阔的舞台。在这里，你不会永远只是丑小鸭，相信自己，你也可以是令人羡慕的天鹅！

“礼物”之三：锻炼能力，获取资源

任何一个学生社团，都会依靠社员开展各种丰富多彩的活动，社员可以在这些活动中锻炼自己的组织能力、协调能力、人际沟通及交往能力、统筹安排的能力等等。对于一些大型活动来说，还会涉及如何写策划、如何拉赞助、如何设计海报、如何对活动进行推介宣传等等。此外，不同的社团会因活动内容的不同而锻炼到不同方面的能力，比如有的公益类社团会与社会联系更为密切，甚至还会组织外出支教、为贫困地区募集财物；而一些文艺类社团可能还会涉及例如策展、演出的舞台调度等很专业的内容。尽管作为一个社团“新入伍”的“小兵”，不会承担专业的任务，但时间长了，看师兄师姐们是如何操作和处理问题的，也可以收获不少知识。还有一些社团，成立的宗旨本身就是为了提升社员的能力和素质，为以后的进一步深造或者就业提供良好的平台和锻炼机会。越来越多的社团加强了就业相关项目的拓展工作，比如海外实习、国内实习、就业推荐、就业培训等。极少数的一些成熟社团甚至已经采用了企业的管理模式，项目运作越来越正规。

如果你有兴趣，而你的学校中又恰好拥有这样的社团，加入之后会对你的能力产生更有针对性的提升作用。如果你的学校没有这样的社团，也没有关系，很多类似的高校社团依托的往往是更高一级的跨学校的社团组织。例如一些可以提供出国交换实习机会的学生组织，就可以在网络上寻找到不少相关信息。很多大学生毕业之后会面临就业的问题，尽管这对新生来讲还显得有些遥远，然而所有企业都十分看重毕业生的个人能力，社团活动是对个人能力的很好证明。不少企业乐意选择在社团中担任过领导职位的学生，看重的就是在社团中锻炼的出色个人能力。此外，参与社团活动往往可以获得更多的社会资源和信息，这也在日后找工作的时候大有帮助。

### （三）从社团到社会

高校学生社团一度被人怀疑，有人说高校社团只能出现“大一现象”，是典型的“虎头蛇尾”；还有人说学生社团就是一代又一代的“忽悠”，缺乏内涵。然而，这些社团活

动精彩亮相之后，人们惊喜发现，社团不仅成为高校学生组织的重要组成部分，也是运作学生活动的核心力量。时代在变，学生社团也在变，从创业类社团到就业类社团，大学生渴望在校培养职业素养和获得创业经验。

大学生作为即将步入社会的群体，他们需要感知社会中的竞争与协作，需要提高自己的综合素质，需要表现自己、锻炼自己，达到接触社会、逐步被认可并实现自己价值的目的，因此，加入社团活动成为了他们的第一选择。社团是有效凝聚青年学生开展第二课堂教育、实施素质提升工程的重要方式，在这里大学生可以得到归属感和成就感，可以感受到一种属于自己的社团文化。加强大学生社团管理，必将对推动校园文化建设、提高学生综合素质、引导学生适应社会、促进学生成才就业等方面发挥重要作用。

社团不仅是大学生的第二课堂，更是大学生增强社会责任感、提前体验社会角色的一个切入点。依托专业建设发展学生社团，有助于那些对专业感兴趣，不满足于课堂讲授知识，探求更大的学习空间和容量的学生通过自主结合、自发组织、灵活的活动方式达到自我提高的目的，让他们在巩固专业知识的同时，将课堂向课外和社会延伸，做到既能发展学生的认知和参与兴趣，又能让社团成员服务师生走向社会。

一方面社团各种讲座、座谈、论坛等常规性的活动，促进了知识的交流和融合，丰富和繁荣了校园文化。如大学生通讯社为大学生提供了展示写作能力的舞台，马列主义研究会提供了大学生思想理论学习与研讨的阵地。另一方面，积极开展各种实践性活动，充分锻炼了大学生的综合能力。各个社团踊跃参加大学生暑期社会实践，如畅想剧社、民族器乐协会、大学生艺术团参加文艺下乡演出；大学生红十字协会发挥医学生专长，下乡义诊；法学会面向师生、社会进行法律知识的宣传，对弱势群体进行一定的法律援助；其他协会的会员积极报名参加到贫困山区支教等等。大学生在社会实践中奉献着自己的力量，也在社会实践中得到了锻炼和成长。

## 三、实践创业，奋斗成就梦想——青春飞扬，激情无限

今天的高校校园内，“创业”已然不是一个新鲜词儿，越来越多的大学生在校期间，或者刚离开校园便走上创业之路。其中，不乏成功的“幸运儿”，也不乏几经坎坷的“受挫者”，有志于创业的青年可以利用大学提供的一些场所和机会锻炼自己，成就自己的创业梦想。

### （一）社会实践激发大学生创业理想

心得体会

2007年11月，武汉某大学举行十周年校庆。何某以校友的身份面对着一万余名

师生发言。何某是该校2005届英语专业的毕业生,现在他已是3所语言培训学校的负责人,作为一名毕业仅仅两年的大学生,何某现在取得的成绩在很大程度上与其大学期间的社会实践有关。

做一名教师一直是何某的梦想。读大学时,当身边的其他同学都忙着做促销、派发宣传单等简单的兼职工作时,何某却一直在埋头背诵英语单词和课文。在他确信自己的英语水平已经达到专业八级的时候,他便毛遂自荐到武汉一家语言培训学校做起了兼职策划。这段兼职经历,让何某对语言培训学校教学经验和办学理念有了一定的认识。

2005年6月毕业前,他开始筹划在自己的家乡湖北荆州创办一所自己的语言培训学校。经过两年多的努力,何某先后在湖北的荆州、沙市和重庆创办了3所语言培训机构。回想自己走过的这段路,何某坦言大学期间在语言培训机构的时间,对自己今后走上创业道路具有至关重要的作用。

其实,何某只是近些年来高校中大学生毕业后进行自主创业方面的一个典型。像何某这样在大学期间有一定的社会实践,并在毕业后走上创业道路的大学生还有很多,从这些例子中,不难发现大学生的社会实践对其创业所产生的巨大影响。

(二)从简单到复杂,创业渐入佳境

下午5点钟,Together咖啡馆里已经坐满了学生,“欢迎光临!”洪某等人招呼着客人。洪某是北京某大学工商管理专业的学生,受母亲的影响,有着很强的经济独立观念,在经营咖啡馆之前,一直在外面兼职,支付大学的日常开销。

洪某上大二的时候,学校团委为鼓励在校学生创业,将学校的复印店、礼品店和咖啡店拿出来让学生们竞标经营。“在下午的阳光下,喝一杯咖啡是一件惬意的事。开咖啡店,一半是理想,一半是赚钱。”抓住这个契机,经过多番努力,洪某和3个好朋友合伙竞标到了咖啡店。他们重新粉刷了原本胡乱涂鸦的墙壁,在同学中征集创意,将咖啡厅装修成了同香山脚下“雕刻时光”一样温暖,并有着大学生专属气息的咖啡馆。为了吸引更多的顾客,洪某和伙伴们还勤加调研,引进新的甜点,不断推出健康优质的饮品。

当然,创业一定不会一帆风顺。洪某说,由于团队的几个股东都是没有任何社会经验的在校大学生,所以在初次尝试创业的路上吃过很多亏,走了很多弯路。由于没有做好市场调查和投入规划,花了很多冤枉钱,比如购买了不符合咖啡店风格,无法充分利用的液晶电视;比如在没有任何人的指导下就签订了条款于自己很不利的合同……一项项的不如意,加之经验的缺乏,几个孩子关于创业的美好梦想一度险被残酷的现实击退。

后来,他们想通了一个道理,不能一步登天,也不能对自己要求太高,要从基础做起,一步一个脚印慢慢来。“对于第一次创业的我们来说,主要是获得创业的经验,即

使失败了，过程中积累的经验对以后再次创业也是有很多益处的。”心态好了，市场开拓也渐渐找到了方向，为推广咖啡店，他们在学校里派发传单；为突显小店的特色，他们在咖啡馆里举办沙龙，每周日，学生社团吉他社还来演出，咖啡馆渐渐有声有色起来。

对于第一次创业的大学生来说，当“梦想照进现实”时总会遇到一些困难和挫折，在残酷的现实面前，越要求将身体沉下去，深入到市场的实际当中，正视困难，坚持不懈，总会迎来曙光。

## 成功理论修炼

“人生是一个旅程，永远不知道下一站是什么，年轻时可以抓住机会去冒险，应该尝试一些新东西，因为每一次都是一个机会，带给你新的体验。”这是纽交所 CEO 邓肯·尼德奥尔用自己的经历鼓励大学生去创业时说的一句话。创业是极具挑战性的社会活动，是对创业者自身智慧、能力、气魄、胆识的全方位考验。

### （一）把每一次实践当作创业

现在大学生们有机会在校参加各种社团和实践活动，如果他们把每一次实践当成一次创业的机会，走上社会后就自然拥有创业所需要的素质和经验，成功的概率也比较大。学校社团的任何一项活动，从策划到最后实现都是个综合过程。参与全局、体验全局，可锻炼组织、协作、资源利用等能力。这是锻炼综合能力最基本的途径。如果参加社团、兼职只是为了凑热闹，那是得不到任何收获的。如果把每一次的实践都当作锻炼，例如做产品促销的兼职，在考虑怎样把产品以最优的方式卖出去，怎样组织团队来协助我把任务完成，积累经验、积累机缘。这个看似简单的工作，实际上里面涉及很多经营之道、管理之法。

在此过程中，大学生可以观察消费者的消费能力、消费观点、对公司产品及市场相关产品的评价等，还可以掌握市场消息、预测市场需求、洞察市场空白，以市场指导生产。如果担任市场销售的学生团队领导，还可以借机向公司相关销售人员讨教经验，申请到生产现场参观等。担任学生领导，可以带领学生充分发挥团队协作能力，超额完成任务，积累人员管理、物流管理、财务管理等方面的实践基础经验。以后，从事相关的项目创业，在市场方面便有了对照和参考。在学校，我们只能学到基本知识、基本素质和基本方法。而创业是一个实践性很强的事情，对任何人来说，都是从零起步。技术、知识只是在创业中起到主导作用，更多的能力需要在实践中不断提升。一个人要想创业成功，必须具备基本的创业素质。创业基本素质包括创业意识、创业心理品质、创业精神、竞争意识、创业能力。

心得体会

## （二）实践中挖掘天赋，明确创业方向

大学生们可以通过低成本、无风险的一些个人投资，用一种体验的态度和心情进行创业实践活动，增强社会认知，感悟自身价值。在体验创业阶段，大学生承担的责任较小，也不会造成不良后果。大学生通过与社会的接触，可以从中学到社会上的许多游戏规则，找到自己所学知识和自身素质在处理社会问题中的优缺点，从而学会扬长避短，为适应未来社会竞争积累知识和经验。大学生也只有在亲身参加社会实践之后，才能更加明白自己未来能干什么、适合干什么，这样在大学时学习的动力和目的也就会更强。挖掘创业天赋、明确创业方向也是创业阶段学习的重要任务。

大学生可以通过职业兴趣测验、性格类型测试、职业能力测试以及在实践中的体会等途径，发现自己的职业兴趣和人职匹配类型，进一步挖掘自己的创业天赋和优势，明确自己的职业方向。有志于从事创业的大学生一旦发现自己具备创业天赋和优势，就要尽快规划职业生涯，积极为创业实践作准备；同时要处理好学业和创业的关系，不要相互影响；要结合专业学习，积极积累财务、管理、营销等商业知识，其中，财务知识是创业中最重要的基础知识，有志于创业的大学生们要学好这门知识。

实践是人类探索和改造客观世界的社会活动，也是一切人才成长的根本途径。大学生参加社会实践活动，能够促进对社会的了解，提高自身对经济和社会发展现状的认识，实现书本知识和实践知识的更好结合。要在实践中成长成才需要注意以下几点。

**1. 要使实践日常化** 大学生参与社会实践活动，不应该仅仅是寒暑假集中的、突击性的活动，应该与志愿者服务、勤工助学、教学实习、挂职锻炼、社区共建等各类课外活动和社会活动有机地结合起来，树立广义实践的意识，使社会实践活动日常化。

**2. 要积极利用学校资源进行实践** 不少学校都配有实践基地，例如德育教育基地、生产实习基地、课外科研基地和社会活动基地。这些基地和资源，大学生要学会利用。

**3. 积极参与校园活动，融入校园文化，在活动中实践，锻炼才能** 高校校园中有各种各样的活动，大学生可以在其中锻炼一些基本能力，如公众表达能力、活动策划能力、宣传能力等等，在校园的广阔天地里可以有一番作为。

不能识别现代社会符号的人；不能使用计算机进行学习、交流和管理的人，被认为是功能型文盲

——联合国定义的新世纪的文盲

# 第八章　信息素质是大学生成功的助燃剂

所谓信息素质是指人们在工作中运用信息，学习信息技术，利用信息解决问题的能力。信息素质既是一种能力素质，更是一种基础素质，其主要内涵可以归纳为信息意识、信息能力、信息道德3个方面的素质。大学生只有通过信息素质教育，才能够主动地去获取各种信息，才能在激烈的竞争环境中立于不败之地。同时，创新型人才要想在信息时代生存，必须具备良好的信息选择与吸收能力。只有提高自身的信息素质，才能跟上时代发展的要求。

## 一、信息理念——虚幻世界，把握真相

据美国工程教育协会统计，美国大学毕业的科技人员所具有的知识，只有12.5%是在大学阶段获取得的，而87.5%则来自于工作实践。这就要求大学生具备很强的信息搜集和获取能力，即信息素质。

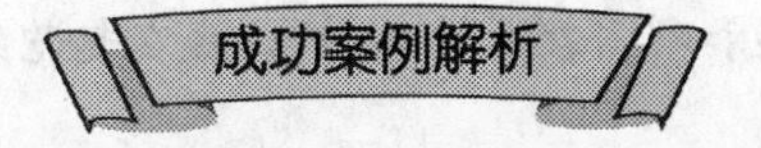

### （一）把握信息源头，扔掉贫油帽子

日本人对大庆油田早有所闻，但始终得不到准确的信息。后来，在1964年4月20日的《人民日报》上看到“大庆精神大庆人”的字句。于是他们判断“中国的大庆油田，确有其事”。但是，大庆油田究竟在什么地方，日本还没有材料可以作出判断。

在1966年7月的一期《中国画报》上，日本人看到一张照片。他们根据这张照片上人的着装判定：“大庆油田是在冬季为－30℃的北满，大致在哈尔滨与齐齐哈尔之间。”后来，到中国来的日本人坐火车时发现，从东北来往的油罐车上有很厚的一层土，从土的颜色和厚度，证实了“大庆油田在北满”的论断是对的，但大庆油田的具体地点还是不清楚。

心得体会

在1966年10月，日本又从《人民中国》杂志的第76页上看到了石油工人王进喜

的事迹。分析中得知，最早钻井是在安达东北的北安附近开始，并且离火车站不会太远。在英雄事迹宣传中有这样一句话："王进喜一到马家窑看到大片荒野说：'好大的油海，把石油工业落后的帽子丢到太平洋去。'"于是，日本人从伪满旧地图上查到"马家窑是位于黑龙江海伦县东南的一个小村，在北安铁路上一个小车站东边十多千米处"。就这样，日本人终于把大庆油田的地理位置搞清楚了①。

在中日外交暂时中断的历史背景下，日本人凭借敏锐的信息意识搜集到我国大庆油田的相关信息。而当今世界，随着网络技术的飞速发展，网络资源可以说是浩如烟海，我们的信息获取有了十分广阔的途径，如何通过网络快速、准确地找到自己所需的资源，如何迅速判断资源的价值并对其进行取舍，如何合理地将资源重新组合为己所用，这需要我们具有良好的信息资源意识。

### （二）全面掌握就业信息，赢在起跑线上

在某大四学生宿舍，小赵在电脑前不停地搜索着各种 HR 网站，如智联招聘网、前程无忧网、高校人才网等等，他根据自己的专业和兴趣正在忙着选择就业岗位，虽然现在是冬末春初，但仍有豆大的汗珠子从他额头滚落。

而他的邻床小杨早已胸有成竹，手中早就握着几个单位的就业意向书，从国企到民企，小杨在犹疑不决，但脸上有种灿烂的神情。是什么让同一个专业、同一个宿舍的他们在就业的重要关头面临不同的情况呢？经过采访记者发现，原因在于他们对于就业信息掌握的情况不同。

小赵只是单一地将搜集就业信息定位在传统的网站搜索，小杨则有更多的想法，他说："我觉得自己能在就业上脱颖而出，主要是因为手头有很多就业信息可以选择。从综合学校就业指导中心提供的就业信息，到我自己去心仪企业网站链接上搜集招聘信息，我在尽可能多地搜集和利用就业信息，我是赢在起跑线上。"

一个受过高等教育的大学生，不具备起码的信息素质，不能不说是我们教育上的缺憾。怎样把无穷的信息资源科学、合理地融会到已有的知识框架中，创造出新知识，在这当中信息素质教育是不可缺少的。当代的大学生，应该成为一个知道如何学习的人，知道信息是如何组织的，何时需要信息，如何寻找信息，并能确定、评价和有效利用所需信息，为其学习和决策所用。大学生具有了必备的信息素质，将成为学习的主体，将终生受益。

### （三）广开渠道资源，让自己胜券在握

当今社会，信息是一个非常好的资源，谁掌握了信息谁就在竞争中更具优势。大

①龙源期刊网．日本是如何推理出大庆油田机密的[EB/OL]．http://www.qikan.com.cn/Article/dsyq/dsyq200601/dsyq20060136.html.

学生跨校考研，信息搜集对他们的学习、生活有着重大影响。

在考研前，你需要信息帮助你择校。确定学校后，你还需要搜集该院校该专业的最新考研信息进行有针对性的复习。可以说，获得信息的数量与质量，在一定程度上将决定跨考战役的胜利与否。

在跨考中，最重要的信息无疑是所报考专业的历年试题、指定参考书等。研究生小陈说："甭管费多大劲，一定要在跨校报考之前，找到该校历年的专业课试题。通过分析试题可以进一步考量自己究竟是否适合这种考试风格，如果不合适的话，重新选校还来得及。"

他举例说，一些名校很注重对考生研究方法的考查，出题方式也比较灵活，这对那些很少参与科研的地方院校学生来说就比较被动，而一些学校更关注专业的基础知识，把参考书的理论识记清楚就行。一般来说，这些考试信息可以从各大考研网站或者从同校已成功考研的师兄、师姐处获得。

在选定学校和专业后，考生还要经常关注所报考院校的研究生招生信息或科研动态，以便及时调整自己的复习方向。信息的搜集不及时曾给了小木同学一次刻骨铭心的教训。小木从2003年起就到北京租房备考，他的目标是清华大学民商法专业，连续考了2年未果，第3年他以为自己胜券在握，毕竟自己对必考课法理和民法两门科目已经复习2年半，可没想到，清华大学9月份的招生简章却明确要求考取民商法专业必须要考8门科目，结果可想而知，他的考研再次失败①。

大学生们埋头苦读固然重要，但是更不要忘记定期抽空了解一些相关的新政策、新规定，观察最新时势动态，把握当前事物走向，正所谓"工欲善其事，必先利其器"，拥有信息搜集能力不管是对自己的学术研究还是社会实践活动，以及对今后的找工作、考研、考公等都具有十分重要的意义。

## 成功理论修炼

信息理念是指对知识信息重要性的认识和对知识信息的敏感程度，即人们从信息的角度对社会中各种现象、行为的感受，理解和评价。信息理念在信息素质结构中起着先导作用，影响着人们对信息需求的准确表达，支配着人的信息行为。信息理念教育目的在于激发个体潜在的信息需求意识，并能充分、准确地辨析和鉴定信息的价值，合理地利用信息，从而形成一种对信息敏锐的思维感知能力和对信息所特有的恒久注意力。当前的在校大学生中普遍存在信息理念意识淡薄，对信息的重要性认识不足，对信息缺乏敏锐性，信息欲望不强，对信息素质教育的关注程度较低等问题。对此我们大学生应该做到以下几点。

心得体会

①考研网. http://www.yuloo.com/news/0909.

## (一) 树立信息资源意识

首先我们应充分利用学校图书馆资源。在科技高速发展的今天，大学图书馆信息服务的条件也逐步得到改善和提高，许多大学图书馆配备了先进的计算机和通讯技术设备，不仅引进了光盘、数据库，开通了光盘检索系统的校园网络服务，还建立了国内外联机检索系统，通过这些先进的技术设备大学生可以了解到更多的网络信息资源，他们的信息意识也随之有所提高。其次要多参加科研活动，强化信息意识。大学生参与科研活动，不仅能深化所学的理论知识，而且还能培养其运用理论创新的能力和研究能力，使学生对信息的分析研究与获取有用的信息有更直接的体验，同时也加深对所学专业的有关信息更全面、更深刻的理解，对提高我们的专业研究水平有辅助作用。在开展科研活动时，培养同学们信息意识的同时，侧重对信息的敏锐感受力和洞察力，能够从细微处发掘有价值的信息。与此同时，更要注重培养大学生的创造性思维，多方面、多层次、多角度去开发信息思维，从而促进对信息的接受与反馈效率，提高信息的利用率，达到树立信息资源意识之功效。

## (二) 培养搜集、鉴别和使用信息的良好习惯

当前，我们获取的大量信息无不得益于信息技术的大力发展。现代信息技术可以提供多样化的学习资源环境和学习技术环境，音像教材、课件、校园网、因特网等构成了巨大的教学资源库，多媒体综合教室、多媒体网络教室、电子阅览室、校园网、基于因特网的远程学习系统等构成了丰富的学习技术环境。信息技术可以创造和展示各种学习情境，从而激发我们的创造性思维，培养学生的创造能力，提高学生自身的素质。

我们也看到，网络贴吧上一个"贾君鹏，你妈喊你回家吃饭"的一句话帖子，能有几十万条回复；魔兽游戏停服，能让几百万人陷入痴迷；戒除网瘾中心，每年有多少家长领着孩子趋之若鹜？每周上网 40 小时，就可能被看作"网瘾患者"，每个城市乃至边缘小镇上的网吧里都聚集着大批青少年，用 10 块钱消磨一夜。在大学的宿舍里，沉迷于网络游戏、社区交友的更不在少数，我们甚至被认为是"最愚蠢的一代"。忧心忡忡的长辈们担心，互联网技术的发展，让年轻一代的我们沉迷于娱乐和自娱自乐，而不是思考和创造，我们没有求知欲，没有感受复杂状态的能力，没有更好的想象力和表达能力①。

如何很好地利用信息技术，为自己的成长成才增加竞争力，成为我们当前非常关心的问题，对此做到以下几点，也许我们就能逐渐合理地运用日新月异的信息技术为自己吸取养分。

(1) 培养对于信息的敏感度，学会辨别有用信息、无用信息和有害信息，提高对负面信息的鉴别能力和自我防护意识②。

①谁是最愚蠢的一代．三联生活周刊．2009.10.
②施先亮，李冬．基于信息价值和信息敏感度的供应链信息分级研究[C]中国物流学会，2008.

(2) 积极主动地学习和使用现代信息技术，提高信息处理能力。培养获取信息、处理信息、应用信息以及信息免疫等方面的能力。

(3) 养成健康使用信息技术的习惯。长期使用信息技术，特别是使用计算机的时候，要保持正确的操作姿势，注意用眼卫生和劳逸结合，坚持锻炼身体，以免损害健康。不沉迷于网络游戏而影响学习。

(4) 遵守信息法规，培养良好的信息情感和信息道德，不制造、不散布无用、有害、虚假的信息，不剽窃他人作品，不使用盗版软件，自觉抵制损害信息安全的行为。

除了以上几点，随着专业学习的不断深入，还要不断提高自己利用原信息加工和创新信息的技能。可以说，信息加工和创造能力是信息素质的核心。随着校园网的开通，电脑在高校的普及，通过网络获取的信息越来越多，许多大学生在获取信息方面表现出强烈的欲望。但也存在以下一些问题，如不能较好地在搜集信息的基础上，对信息进行准确的概述、分析、利用，把信息从了解变成理解；不能在信息的交互作用的基础上，利用自己所学，创造性地使用信息；在信息加工和使用过程中，不能根据所掌握的各种信息对其进行创造，产生新信息；在提倡创造性学习、主动性学习的今天，没有较强的信息加工和创新能力，将直接影响到学习效果。

### （三）强化信息对学习、实践的指导作用

信息时代，知识和信息的产出量呈指数增长，知识更新越来越快，知识和信息的时效性越来越强，衰败期日趋缩短，课堂教学的有限性与知识拓展的无限之间的矛盾日益加深。因此，学生自学能力的培养尤为关键。而自学能力的培养，实质上就是培养学生独立地进行知识信息的收集、整理、鉴别、转化并加以掌握、创造的能力。信息社会又是创新的社会，是一个社会和经济发展以及社会生活质量越来越多地依赖于信息及其开发和利用的社会。在知识经济时代，一个国家的知识创新和技术创新能力，是决定这个国家综合国力的重要因素。社会竞争的焦点不仅是资金的多少、学历的高低，而且是创新能力和情商的有无。所以抓住信息，并在众多信息中抓住有用信息，即抓住了机遇。因此搜集和把握信息是大学生创新实践的基础，特别是处在当今这个“知识爆炸”的时代，科技信息浩如烟海，一个人如果没有较强的信息收集和处理能力，要想创新是不可企及的。当前的大学生应该努力把自己锻造为“知道如何学习，知道知识是如何组织的，知道如何找到所需要的信息，知道如何利用这些信息并从中受益”的人。

## 二、信息能力——资源丰富，充分利用

信息能力主要指获取和评价信息的能力、组织和保持信息的能力、传递和交流信息的能力、利用计算机处理信息的能力、创造性利用信息的能力，也就是终身学习的能力。它是一个人信息素质的核心所在。大学生的信息能力主要表现在对信息的获取、传递、处理、运用以及在此基础上不断发展创新的能力。

·心得体会

## 成功案例解析

### (一) 掌握搜索技能,助益学习成长

小澜是某大学大四的学生,即将毕业的她正在为自己的毕业论文辛劳着。回忆自己的大学生活,小澜说,大学四年她最头疼的事就是写论文了,因为找资料太麻烦了,每次她都要为找资料花去很大一部分时间,而收获又往往是与自己的时间“消费”不呈正比的。

虽然说,四年的时间里自己在信息检索能力方面有了很大的提升,但是,与自己所需的信息量相比,小澜总是觉得还不是那么充足,她是这样回忆她的大学信息能力培养生涯的:“大一刚来的时候根本就没有什么信息概念,那个时候我所理解的信息无非就是一些关于社会的啊、关于实事的啊、关于娱乐的那些报道什么的,而且像我们,更多的是对娱乐信息感兴趣。”

后来,上了一段时间的课才发现,大学的课程是需要课外信息填充的,课本上的知识是远远不够用的,所以图书馆就被我们注意了,没事的时候常常约上几个同学一起去图书馆看书,有的时候也会带到寝室去看。

等到了大一下学期我们就开始写论文了,刚开始还比较好弄,无非就是看几本书然后写写读书感悟一类的,感觉还蛮轻松的。但是渐渐地就发现书上的东西不够用了,而且图书馆的藏书虽然很多,但是总还是跟不上知识更新的步伐;慢慢地我们就觉得那些书有点‘古董’了。

于是我们就开始依赖网络通道,可似乎并没有那么容易,因为网上的信息太多太复杂了,常常找不到合适的,有的时候搜索到的词条和自己的主题是对应的,但是点开之后出来的就是些乱七八糟的东西,这个总是让人很郁闷。而且,我觉得我们的自控能力也不太好,每次一上网就忍不住挂QQ,浏览一些八卦新闻,这样一天下来正事没干多少,闲事倒是干了一堆,很浪费时间,有的时候自己也会反思一下,但是,到了上网的时候总还是控制不住自己。

大概是快到大二的时候,去听了一个关于图书馆资源利用的讲座,我才知道原来图书馆还有个网上资源库,那种感觉简直就是如获珍宝啊!那上面有很多的文献期刊,比外面搜索引擎中的信息要权威得多。这资料多了是件好事,但也不见得全是好事,有的时候相关的文章会有很多,但是切合自己主题的很分散,就得一页一页地翻,有点烦,不过摸索的时间长了就能找到捷径了。当然找到了资料怎么运用也是一门很深的学问,运用不好,常常就会有照抄的嫌疑,也没有什么新意。学习这些东西真的费了我不少事呢!我觉得啊,新生入学的时候就应该给他们做一个这方面的培训,不然的话这个适应过程还真是蛮艰辛的,而且现在信息更新得这么快,早点掌握就会了解得更多,这样将来掌控社会的能力也就更强了!”

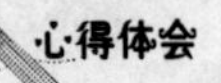
心得体会

目前大学生的信息获取方式上以因特网为主，图书馆藏书次之，而图书馆电子资源利用最少。利用因特网比较多，是因为青年人的上网活动频繁，同时自主学习能力不强，很多同学获取信息的手段仅仅是用搜索引擎。图书馆的电子资源没有得到充分利用，面对庞大的资源系统，学生获取知识的能力还很有限。有些人甚至不知道如何检索，或者根本不知道图书馆有什么数据库。由此可以看出，大学生的信息意识和信息能力还比较浅薄，不知道或者不懂得合理地利用学校所提供的各种有利资源，他们对于老师所说的参考书和课外读物等也并不是特别关心，没有意识到广泛阅读的重要性。

### （二）巧借虚拟平台，争做网店老板

“大二时，我想在学校附近开一家化妆品店，但要找门面、要装修，还要守店，很烦人。所以当我偶然听说网店成本低时，就决定将网店进行到底。”当华中科技大学大四学生小米在网上成功开店1年后回忆当初的情形时如是说。

她表示，当初虽然有了前期充足的准备和详细的计划，但实际操作起来，仍觉得像纸上谈兵。比如看似简单的发货，实则是一个艰巨的任务。开店之初正是夏天，她经常顶着炎炎烈日往返于汉口和武昌之间。不熟悉邮局业务的她，刚开始开店时还时常倒贴邮费。

网上开店，吸引顾客的眼球很重要。为了让自己发布的产品在同类产品中排列靠前，小米可谓颇费心思。最终，她在学习中总结出以下几条基本技巧。

首先，产品分批发布，把握上位时机。网上的产品排列是离结束时间越近，排列的位置越靠前。因此不要同时发布商品，最好分几次发布，这样你的商品位置上前的机会也就多了。

其次，掌握黄金时间，争取事半功倍。早上9～12点、下午2～5点、晚上8～10点是网上成交量最大的时间段，所以建议商品发布的时间在中午12点、下午5点或晚上10点。

再次，巧用橱窗推荐位，为产品攒足人气。网站都会送每个卖家几个橱窗推荐位，但由于商品多且橱窗推荐只对离商品结束时间2天以下才有用，所以位置一般只有给快要结束的那一批了。但多数买家还是喜欢买价格比较低的商品，所以应该把既便宜又有特点的商品排在店铺推荐位上，增加人气。

不知不觉中，在淘宝网开这家化妆品店已经1年有余了，小米说，从开店初期的无人问津到现在的五颗小红心，虽说经营业绩不敢与其他高手相提并论，但她自己也为她的成功感到非常欣慰了。

品尝了种种酸甜苦辣，开网店的经历为小米带来了由衷的快乐。这不仅让小米在卖自己喜爱的东西时对物品本身有了更清楚的了解，也使她认识了许多志趣相投的顾客，彼此间建立了良好的友谊。同时，网上做生意，将知识学以致用：进货是商务谈判；商品推介与描述是市场营销；进出账是基本财务管理；发货与售后服务是人际交往与

心得体会

客户管理。现在,她通过网络经营积累了一定的商务经验。“其实,我们一个月收入不比上班的同学挣得少。”小米说。

大学生网上开店,眼下正成为有志于自主创业的学生之中时髦的选择。进货、发布信息、收钱发货,许多在校生风风火火地做起了网上“小老板”。国内最大的个人电子商务网站统计数据表明,在上万个网上店铺中,在校大学生所开的居然占据40%。一些应届毕业生表示,已将网上的创业、就业,作为职场上的新选择。实际上,大学生开网店还只是大学生创业的冰山一角。随着就业形式的日益严峻,国家和学校对大学生创业进行了一定的鼓励,使越来越多的大学生投入到了创业大军中。

## 成功理论修炼

当前,高等教育提倡素质教育的目的就是培养21世纪需要的基础扎实、素质全面、能力强、具有较强的适应性和创造性的人才,而大学生获取、传递、处理及运用信息并不断创新的能力是综合素质的主要表现。而且,随着科技的发展,大学生信息的获取渠道也越来越多,能够灵活、合理的利用各种信息将会是推进大学生走向成功的另一法宝。

### (一)操作能力,利用丰富的信息世界

河北廊坊师范学院的一份调查表明,不同年级的学生上网和利用图书馆等信息资源的频次不同,呈现出层进态势:一年级学生信息活动的频次低于二、三年级学生,二、三年级学生又低于四年级毕业班学生。这表明,大学生对于信息的获取具有极强的目的性和短浅性,即为了完成学业而进行信息检索。从分布梯度我们可以看出,这样的布局与大学不同阶段的信息需求量是基本吻合的,大一的时候对于论文以及其他的作业只是初步涉及,一些简单粗略的信息即可搞定,大二、大三的时候随着学科知识的加深才开始涉及大范围深入信息的搜索,大四的时候才有了广泛的信息洞察能力并且意识到了信息资源的重要性。但是从长期发展的角度来看,这样的信息能力增长模式在一定程度上束缚了大学生的发展。

我们可以设想一下,假如大学四年的时间都和大四时有相同的信息掌控能力,那会是什么样的结果,我们所拥有的信息将会增加多少倍!现今是信息时代,谁掌握的信息越多,阅历越丰富,就多一份竞争的资本,多一份成功的筹码。所以,我们一定要注意从大一开始就培养自己的信息能力,充分利用大学环境给我们提供的丰富资源,不断地提升自己的能力。

当然,学校也应该加大对学校信息资源的宣传力度,使同学们了解自己周围有哪些信息获取方式,不至于盲目的探索,浪费了宝贵的时间。在这一点上我们学校做的还是很充分的。目前,很多学校在新生入学之后都会开展关于图书馆资源介绍的讲

座,学校也会组织相关的讲座并分发关于图书馆简介的小册子。不要忽视这些机遇,一定要积极关注这类活动,它将带领我们走进科学的殿堂,寻求更高的突破,站上更高的平台。当然,有些搜索技巧还是要自己摸索,不过,一切都要尽早才好!

### (二)使用能力,构建有效沟通的渠道

现如今,越来越多的数码设备成为日常所需,借助这些数码设备,可以使集体活动开展得更加有声有色。用数码相机我们可以记录下趣味活动、社会实践的精彩瞬间;利用MP3、录音笔可以进行人物专访的录音;利用数码摄像机我们可以摄录下所捕捉到的方方面面的有用片断,从而使我们的活动也多了几许时尚的味道。此外,网络也是一个很好的工具,利用它的兼容性、开放性、瞬时性,我们可以获取很多有用的信息,借助研究性学习的模式自定主题、自主探究、交流合作、展示总结,从而开展有创造性的活动,探索班级活动的新模式。

比如,某班级组织一次有关"环保"的特色团日活动,负责策划的同学一方面利用网络搜集了很多的图片信息、文字信息、数据信息,另一方面用摄像机拍摄了实际生活中环境污染的现状,并将相关内容制作成了精美的演示文稿,利用大屏幕播放出来,内容非常丰富,同学们都非常喜欢这种形式,而且教育效果也比较好。这样一方面锻炼了大家的能力,另一方面搭建了一个沟通交流的平台,促进了成员间的互动,增强了班集体的凝聚力。

社会信息化过程,就是一个计算机和网络被广泛使用的过程,人们通过计算机和网络工作、学习、生活、交流、娱乐和休闲,人们把这种社会称为信息社会或网络社会。社会信息化已经成为当今世界经济发展的趋势,农业社会,谁掌握了土地与农具,谁就稳固了存在的基础;工业社会,资本成为重要的生产要素;到了信息社会,谁掌握了信息,谁就掌握了主动。因此,国家教育部作出部署,要在今后的5年内基本普及信息技术教育。可以预料,在未来的若干年内,我国的计算机普及率将进一步提高,社会信息化过程将进一步加快。作为受到高等教育的群体,大学生在社会信息化过程中担负着重大的责任,特别是在社会信息化过程中如何合理、有效地利用好网络与信息技术这个工具,如何以此为契机提升自身素质,如何引导自身正确对待和使用计算机与网络,从而有效地开展素质教育,培养能力,构建高效畅通的沟通渠道,是摆在我们面前的一项重大任务。

对于大学生来说,信息沟通中很重要的一项内容就是与辅导员、班主任老师以及专业课教师的沟通交流,包括汇报思想动态、疏导心理问题以及学业指导。因为学生与老师之间这种微妙的情感关系,再加上大学生特定年龄阶段的心理特点,使得多数大学生在与老师面对面的直接沟通中很难深入,很少有学生能开诚布公地面对班主任、辅导员坦言自己心中所想的一切。在这种情况下,网络的优势就显现出来了。因为在虚拟世界中可以避免直面的尴尬,所以利用此种方式反而可以让学生无所顾忌地谈自己所想,而班主任、辅导员则可以做到"秀才不出门,告知天下事,遥谈天下事,完

心得体会

成天下事”。借助于QQ、博客、班级论坛、班级留言板、E-mail等，学生可以匿名，也可以署名，直接与班主任、辅导员对话，可以谈自己的感受、谈自己困惑的问题，也可以给教师提意见、给班里提建议等。这种沟通方式，无论是老师，还是学生都可以以平等的身份畅所欲言，这样既有利于班级建设，也有利于及时有效地解决学生思想上、心理上和学习上存在的问题。

网络社会信息传播的交互性和瞬时性，一方面拉近了人与人之间的距离，但另一方面，网络也疏远了人们之间的距离，使人们变得“孤独”，同一寝室的室友在自己的寝室里也要通过QQ和手机短信才能交流的例子已不再是新鲜事。大学生长期“泡”在网络上，也容易形成不良的性格特征。因此，要适时参加一些课外实践活动，在活动中锻炼动手能力，“走出”网络，在社会实践活动中去感受现实社会①。

总之，在信息社会的大环境中，要注重网上冲浪与网外锻炼相结合，信息识别与信息应用相结合，信息接受与自我创新相结合，虚拟设计与现实操作相结合，智力活动与体力活动相结合，人机间接交流与人和人直接交流相结合，老师引导与独立探索相结合，加强信息化与非信息化的结合，为自己搭建起一座座顺畅的沟通桥梁。

### （三）培养信息获取意识，开创人生事业的起点

如今的创业就像是宽进严出的大学门槛，入门容易但毕业艰难。而对于思维新潮、善于接受新事物、新概念能力强的大学生来说，创业更像是个一触即发的弹簧，初速度猛烈，但减速又相当明显，可是初速度越快，落地的毁坏程度也将越大。因此，可以肯定的是，大学生创业光有激情是远远不够的，我们需要的是更多实实在在的资源。

与其他的创业相比，大学生创业面临诸如资金、经验、技术等严重不足，而这些资源都不可能在短时间内获取，要在商场中存活下来，谈何容易。信息同能源、材料并列为当今世界三大资源。它是各种事物形态、内在规律、和其他事物联系等各种条件、关系的反映，是经济发展的重要战略资源。与其他资源相比，它的获取相对弹性更大。只要肯下功夫，就可以得到需要的信息资源，特别是现在网络技术的发展，更加缩短了在校大学生与社会人的信息获取差距。作为大学生创业必不可少的资源，善于开发信息资源是大学生成功创业的保障。

也许你会觉得信息资源离我们太遥远，很难获取，事实上，它就在我们身边，只要你细心倾听它的声音，感悟生活，探索创业之初的灵感。我们日常生活中一切的一切，都可以叫作信息，其中任何一个小细节，都可能成为你创业的起点或者是转折点。比如，前文说的小米偶听开网店节约成本，便决定放弃原先的在学校附近开化妆品店的计划而将网店进行到底。听说蚂蚁可以作药材，一个大学生回到家乡养殖蚂蚁而获成功，他成了大学生创业的榜样。其实，机会就等在你的身边，等待着你的发现。

21世纪是一个信息的世纪，而大部分的信息，都是从网络中获取。在浩瀚的网络

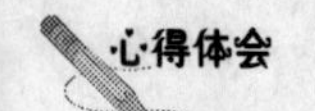


①田恒国．社会信息化过程中的素质教育[J]．班主任之友，2004，2：25.

之中，藏匿着一个万能的智者，它可以为你陈述现状、解决问题、指明方向。在网络中学习，是最高效最高能的途径。比如前文中，小米利用的黄金时间段就是在网上搜索出来的，这个方法使她事半功倍地获得很多成功，如果单单指望自己的经验积累，会浪费很多时间。

一个创业策划中，主要包括市场调查、组织管理、营销策略、产品制造、融资说明、风险评估。其中每一个过程都需要充足的信息作保证，而每一个过程的实施，又是对信息的整合、重组，从而使信息发挥其最大的力量。总之，信息资源是创业的必要条件之一，获得高质量的信息资源是创业成功的重要一步。所以，只要学会了如何获取信息资源，那么，大学生成功创业才有可能在你的身上发生。

## 三、信息道德——虚拟世界，真情解读

网络信息资源的丰富为大学生进行自主学习提供了很多方便，但轻松快捷地获取信息的途径致使一部分心存侥幸者随意盗取他人成果，侵犯知识产权，造成学术抄袭事件并引起严重后果。

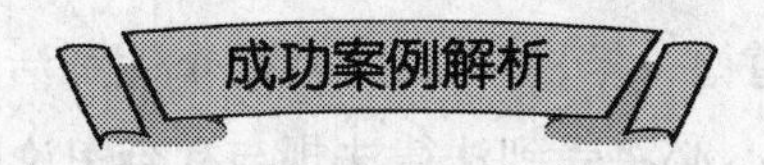


（一）四则案例

中国网2月9日讯 记者从国务院新闻办网络局了解到，互联网违法和不良信息举报中心经公众举报并核查，有4家网站存在违背社会公德、损害青少年身心健康的低俗内容。该举报中心对这4家网站予以曝光，要求这些网站切实采取有力措施认真清理、整改。这4家网站分别是："中国汽车网"（所在地：北京市）"相册"栏目存在部分低俗图片；"百灵网"（所在地：山东省）"体育"频道存在部分低俗图片；"汉网"（所在地：湖北省）论坛的"娱乐八卦"版块存在部分低俗图片；"南京热线"（所在地：江苏省）"图库"频道的"性感女人"版块存在部分低俗图片。

2009年5～8月，永济市永鑫房地产开发有限公司在印刷厂为其开发的"银杏商厦"印制了1万余份宣传单，在永济市区发放。该宣传单称其房产"升值绝对有保障，即买即租，10年取回成本，每3个月返还一次租金，年收益高达10%"等，存在使用绝对化语言和含有升值、投资回报承诺等问题，误导消费者。依据《房地产广告发布暂行规定》第二十一条之规定，永济市工商局依法对其作出责令停止发布广告、罚款5000元的行政处罚。

2009年7月，河津天慈大药房在河津市电视台发布"美国V8胶囊"保健品广告，该广告称其产品是"前列腺康复专家"，有"清黄垢排黄毒，有效解决前列腺疾病，消除性功能障碍"之功效，其内容明显含有与药品相混淆的用语，直接宣传治疗作用，构成

心得体会

了虚假宣传行为。依据《广告法》第三十七条之规定，河津市工商局依法对其作出停止发布广告、罚款5000元的行政处罚。

本报讯昨日下午，市中级人民法院对"中国网事第一告"作出二审裁定，将此案发回马尾区人民法院重审。马尾区两网虫陈锥、陈彦兄弟状告马尾区公安局一案，由于关系到因特网在中国的发展，被评为"1998年中国十大网事"之一。1997年9月20日，陈氏兄弟开始向社会提供因特网电话服务，按与中国香港、日本通话每分钟7元，与美国通话每分钟9元的标准收费。同年12月21日，福州电信局发现这一情况后，向马尾区公安局举报。马尾区公安局经请示，以涉嫌"非法经营罪"进行立案侦查，暂扣了陈氏兄弟的电脑、配件及人民币5万元，搜查了其住宅并一度限制了其人身自由。由于此案涉及因特网电话这一高新技术，市中院采取了请专家证人当庭答辩的审判方式（该案详情请见本报去年12月11日《周末天地》）。市中院审理后认为，因特网电话与普通电话不同，它是基于网络技术而产生的在因特网上提供的新型通信业务，属于向社会放开经营的"计算机信息服务业务"，而不属于按规定应由邮电部门统一经营的长途通信和国际通信业务，马尾区公安局的行为不在正当的刑事侦查之列，马尾区法院驳回陈氏兄弟的起诉，属于适用法律不当，应予纠正。

信息道德同其他社会道德一样，以自身独特的个性鲜活地存在于我们的生产生活中。肆意违背信息道德的人，必将受到法律法规与社会舆论的共同制裁。

### （二）坚守个人诚信道德底线，捍卫科学研究神圣尊严

上海某知名大学两名博士生及其导师涉及学术抄袭事件，其中一方当事人指控涉嫌抄袭者侵犯个人知识产权，未经允许抢先发表自己的科研成果，其中一些内容基本与原文雷同，并无任何引用标记和参考文献。这种做法不仅导致原告承受重大的经济损失，而且还严重影响了原告今后的学术发展。在多次与被告协商处理未果后，原告向该校学术规范委员会进行举报，同时将涉嫌抄袭者告上法庭，由当地人民法院受理。

另一起学术造假事件来自"新语丝"网站的举报，该网站出现举报某所大学信息学院叶某、顾某教授两篇论文涉嫌抄袭的帖文。不久，该校又收到信息学院退休教师发来的实名举报信件，称叶某的一篇英文论文A和中文论文B的内容基本相同。作者先将英文形式的论文A在国际会议上发表，然后将其译成中文形式的论文B，发表在中文期刊上，实质是同一篇论文的内容，并且其部分内容涉嫌抄袭自论文C。

经该校学术规范委员会调查，发现论文A有28处和两张图的内容与论文C的内容基本一致，使用的公式一致，仅对其中的一些字母进行了替换，认为论文A、B有明显的抄袭论文C之嫌。委员会认为举报情况属实，叶某、顾某教授的两篇论文具有严重抄袭行为。叶某作为主要责任人，建议学校做出开除其研究生学籍的处理；导师顾教授在叶某抄袭问题上负有不可推卸的责任，建议研究生院暂停顾教授两年内招收研究生资格；并建议学校同意顾教授辞去信息学院副院长职务的请求。

此外，央视12套“大家看法”栏目也曾报道过一起学术抄袭事件，向全社会公开披露了浙江某大学药学院博士后贺某学术论文造假事件，又一次把学术界的“诚信、道德与良知”推到了社会舆论的风口浪尖。“造假门”丑闻让人对学术的严肃性、严谨性大吸一口凉气，是彻心彻骨的凉，甚至有些瘆人。

据介绍，贺某于2006年6月博士毕业后进入该大学药学博士后流动站从事科研工作，在整个“论文事件”处理过程中，该大学共核查了贺某及其所在研究室相关人员涉嫌学术道德问题的论文20篇，其中贺某作为第一作者的8篇论文均不同程度地存在剽窃、抄袭原博士生导师实验数据，以及一稿两投、部分图表数据张冠李戴、重复发表、擅自标注基金资助、捏造知名专家帮助修改英语等严重学术不端行为。

看到这样的报道，不禁让人对大学生信息道德问题产生忧虑。十几年来自家庭、学校和社会的教育竟不能避免学术造假事件的发生，一离开现实世界中伦理道德的束缚，很多人就容易在虚拟世界中迷失自己，看来问题的关键还在于提高大学生网络自律意识，让大家学会在虚拟的网络世界中进行自我约束。大学是一个纯粹的场所，做人要纯粹，做学问也一样，都要秉持严谨踏实的作风，将人做好，将事做实，将学问做扎实。

## 成功理论修炼

21世纪是信息的时代，而大学生群体在占有信息资源方面占有很大的比重，互联网上丰富的信息资源给予大学生学习和生活上很大的帮助，然而，随着网络的广泛应用，带来的信息道德问题也不容忽视。网络世界中开放、虚拟和多元的特征给众多网民提供了一个宽广自由的交流平台，然而一部分不法分子却利用这些条件制造和传播计算机病毒、发布不良信息、侵犯个人隐私和进行网络盗窃等犯罪行为，其中不乏很多高校大学生。调查结果显示，大学生网络道德素质不容乐观，急需加强网络道德教育。

### （一）虚拟世界中的道德缺失

网络世界的虚拟、开放和多元特性让大学生在价值观念、行为倾向等方面发生了很大改变，然而，信息道德的问题却并不是脱离现实社会的，它的解决还依赖于我们日常生活中的伦理道德规范。在人与人之间的直接交流过程中，我们懂得尊重和信赖，即使走进虚拟隐匿的网络世界，这些基本的交际原则也不容忽视，只有我们以真诚开放的心态去面对网络另一端的人和世界，才有可能建立真正的友谊和互助关系，才能享受到信息时代带给我们零国界、零距离的亲近感。倘若我们凭借网络这层屏障随意发泄个人情绪，发表不负责任的言论，侵犯他人隐私以及盗用学术成果等，我们也一定会得到更加严重的后果，网络也懂得“以其人之道还治其人之身”，今天你任意侵犯他人隐私，明天你就可能被“人肉搜索”出来，成为所有网民的公敌。

心得体会

此外，面对纷繁复杂的网络世界和浩如烟海的信息资源，我们还必须学会鉴别信息的真假优劣。互联网的应用目前正处于不断发展上升的阶段，随之不断暴露出的网络问题并没有得到很好的解决，特别是中国社会在规范网民言行方面还有待进一步加强和改善，很多同学在不良信息的诱惑下误入歧途，断送了大好前程，因而学会如何筛选对自己有用的信息对我们十分重要。学习过程中我们可以向老师和高年级同学请教，学校也会有一些关于信息检索的培训，学校还开设有一些有助于培养信息技术和道德的任选课程，通过这些途径我们可以学会充分利用网络资源提升自己，避免陷入虚拟世界的漩涡之中。

正如大家常说，网络是把双刃剑。当你利用得当的时候，它可以帮助我们迅速地获取知识，快速地提升自己。然而，倘若我们缺乏必要的信息道德，通过网络侵犯他人权益，我们最终也会自食其果。正像现实世界需要社会道德来规范大家的行为举止一样，为了确保众多网民的利益不受侵害，网络世界也必须形成一种公共的行为准则。维护网络世界的和谐有赖于相关法律法规的推行，但我们自身也有不可推卸的义务。如果每个人都能够坚守信息道德，用高标准的网络道德自律，那么通过大家的共同努力，一定可以营造出一种更加积极向上、和谐美好的网上氛围！

### （二）网络道德底线在哪里

**1. 触及网络道德底线——网络暴力** 网络既然是一个包罗万象的虚拟世界，必然有着不同于现实世界的各种特点。它似乎更加自由，人们的各种言行很难再受到道德的约束和控制。于是，它也成为一些心怀叵测者大放厥词的平台。人们喜欢评论，最喜欢匿名的评论。我们随便打开一个网页，无论是新闻还是视频网，一定会发现内容过后总少不了评论这一栏，更不要说那些贴吧、BBS了。有趣的是，对于同一个事件，人们总能褒贬不一。公有公理，婆有婆理，有时候甚至可以为此展开一场无休止的争论，其中不乏言辞卑劣、恶言相击者，他们有时会将抨击的对象上升到与之对立的评论者。这些言论对于当事人来讲，无疑是一种难以承受的心理打击，若是之后还展开可怕的“人肉搜索”，更会令人胆战心惊。这些行为，无疑是有着强烈的暴力倾向，给当事人带来沉重的心理上的打击。

一篇评价作家余杰的文章在网络上引起轩然大波，客观地说，双方的观点都有些道理，可是，都难以心平气和，于是，龇牙咧嘴，展开大战，开口骂爹，闭口骂娘，语言让人不忍卒读。上面的例子实际上还都很“小家子气”啦，要是到了“娱乐大使”宋祖德先生的网页上去，那才是大手笔。宋先生以娱乐圈道德审判者的身份，对娱乐圈的某些明星大腕进行了体无完肤的炮轰，尽管他阐述的有些观点也许站得住脚，可语言的失态十分之明显。义愤难平的神态和尖刻锋利的语言，吸引了不少网民的眼球。不管宋先生说的是真是假，可很少有直接回应的。倒是这些俊男靓女的粉丝们心气难平，与宋祖德和宋祖德的支持者对骂，双方都丝毫不积口德，在宋先生的屋檐下，骂得一塌糊涂。开玩笑也好，恶作剧也罢，很明显，网络上不道德的恶劣语言，已经到了非常严重

心得体会

的程度了。有的语言已经远远超出了道德底线，透露出颓废、消极和沦丧的表征，甚至严重的道德失范。

与此相仿，最近这几年不断爆发的"门事件"更能给人以深深的思考。自从明星的艳照打响了"门事件"的第一炮，之后的"很黄很暴力"和"重庆护士艳照门"也引发了轩然大波。北京中学生张殊凡因在一次采访中说出一句"很黄很暴力"而被网民竞相恶搞，以此引为笑谈。张殊凡的个人资料几天内在网络上被公开。可以想象，对于一个十余岁的初中生，这将对她带来多么大的困扰。在网络这样一个几乎不用负任何责任的世界里，人们的道德观发生了扭曲，不约而同地施加暴力，给当事人造成莫大的心理伤害。

**2. 产生网络道德缺失的原因**　首先，网络扯掉了国人想要的"面子"。虚拟的网络世界不会有面对面的交流，人们的眼睛和嘴巴处在安全的隐蔽地带，只攻不守，让人防不胜防。无处不在的网络平台，加剧了恶性语言衍生的趋势。于是，心态不正的网民，只要心中对谁略有不满，就可以肆无忌惮地展开攻击，言辞基本上不受限制。其次，我们被太多的"西方文化"所同化，忽略了最基本的道德问题。在精神文明与经济不协调发展的大背景下，我们似乎正在进行着文化的"大跃进"。"进"是必须的，而"跃"会产生浮躁，网络将人们的话语权无限扩张，这是毋庸置疑的。

除此之外，"网络暴力"的很多因素都可以用狂欢心理来解释。早期事件大部分出于对当事者的道德审判，发的帖子多是就事论事的评论；而现在的"网络暴力"则呈现出恶搞当事者的倾向，有了娱乐化的倾向，公然放弃维护道德正义的责任①。然而，我们必须清楚一点，无论出于怎样的原因，任何人都没有理由无视道德，为所欲为。子曰："己所不欲，勿施于人"说的就是这个道理。网络，并不意味着绝对的自由，它需要道德底线的维护，我们需要一个纯净友好的交流平台。我们在放松心情，驰骋于网络的浪潮中，才不至于吞淤泥和呛浑水，才有清爽的空气可以呼吸，才能平心静气、心旷神怡地自由翱翔。

不难看出，社会道德如今在不少"90后"的思维中好像并没有很清晰的界限。他们对于这条线的存在置之若罔，他们的人生观、价值观已经被现实弯曲，被名利俘虏，被权力驱使。

**3. 道德底线，需要我们来挽救**　著名哲学家康德说，有两样东西，即人的内心道德原则与天上的星辰，一样为人所赞叹和敬畏的。清白的良心是一个温柔的枕头，良心就是对得起自己，对得起别人。它是道德情感的基本形式，也是个人自律的突出体现。道德良心，是人类进入文明社会的一个重要成果，也是人类社会不断向前发展的一根重要支柱。无论哪个时代，无论哪种社会制度，无论哪个民族，道德良心都是不能缺少的。它是构建和谐社会的人文灵魂，在一个社会中，有了道德良心的存在，我们在困难时，就能得到别人关心、支持和帮助，才会感到社会温暖、世界美好，从而会更激发对生

心得体会

①陈秀丽．网络暴力现象内涵及原因分析[J]成都大学学报，2007，5：27．

命的热爱。因此，在我们行事之前，一定要三思而后行——我的做法是否对得起自己，也对得起其他人。

其次，我们必须要从观念上去认识网络本身。社会是需要提倡自由与人权，尊重个性的发展，却也不能太过于急切地跟着西方跑。万事万物，都需循序渐进，在这个"过渡"时期，我们不能与传统文化背道而驰，而是在一定服从中推进，在温和的坚持中转变。

再次，我们应当遵循这样的"网络道德原则"，即全民原则：一切网络行为必须服从于网络社会的整体利益；兼容原则：网络主体间的行为方式应符合某种一致的、相互认同的规范和标准，个人的网络行为应该被他人及整个网络社会所接受；互惠原则：在何一个网络用户必须认识到，他（她）既是网络信息和网络服务的使用者和享受者，也是网络信息的生产者和提供者，网民们享有网络社会交往的一切权利时，也应承担网络社会对其成员所要求的责任。

现实和网络，我们都需要一片明净、晴朗的天空，网络道德底线就是保护这片天空的卫士，它是一名实干者，而非一个空想家。我们应当将心中的道德底线付诸实践，时刻监督我们的行为。我们要善待自己的良心，也要遵守共同的原则。道德底线，需要我们来挽救。面对纷繁复杂的网络世界，你准备好了吗？

## 成功法则探索

在信息时代的今天，谁疏远了信息，谁就疏远了世界。想要成功的人，唯有紧紧把握讯息脉搏，随信息而动，顺信息而为，方能有所成就。当代大学生，无论是进行科研创作，开拓创业亦或是寻求职位，无一不依托于信息资讯。潜在的成功者们务必要牢牢记住：得信息者得天下！

网络让地球村进一步成为现实，大大缩短了人们的交往距离，大大拓展了人们的可读视野。一方面，网络为人们的生活带来无尽益处，让人们更深入、更广阔了解世界；另一方面，网络也把人们更加真实地摆在了世人面前，这把双刃剑一旦失控就会扰乱人们的正常生活。网络是一个虚拟的世界，可网络道德却真实地存在着。当代大学生要善用网络，切不可被网络而用，在获得信息的同时，也要善待信息世界，让信息资源为我所用。

心得体会

你若要喜爱你自己的价值，你就得给世界创造价值。

——歌德

# 第九章　核心竞争力是大学生成功的法宝

现代社会的竞争日益激烈，竞争既存在于企业与企业之间，也存在于个人与个人之间。对个人而言，核心竞争力是使个人在竞争中脱颖而出的关键，是帮助当代大学生在激烈的竞争中把握主动权，取得胜利的决定性因素。

## 一、走近核心竞争力——找准定位，增加内存

竞争力是一个十分宽泛的概念，我们每个人身上可能同时存在若干竞争力，以至于在我们面临选择时发现自己似乎什么工作都能胜任，而当我们真正面临纷繁复杂的事情时，我们又发现自己那么力不从心。究其缘由，关键在于我们不曾真正了解核心竞争力。

(一) 被抛弃的好员工

小陈是某医药企业的人力资源部经理。5年前，他由一家外资企业，跳槽到这家当时名不见经传的新兴医药企业。伴随企业的发展壮大，小陈所负责的人事部更名为人力资源部；部门人员配置从原先的仅他1人扩充为4人，他也成为名副其实的人力资源部经理。

一切似乎都是那么顺合人意。然而，就在小陈即将与公司续签合同时，公司老总突然找小陈面谈。老总无奈地告诉他：因为考虑到公司的迅猛发展，公司急需一位在HR业界有资深背景并能将更先进的管理思想技能带入公司的人力资源部经理。因此，公司无法与小陈继续新的合约，当然，为了感谢小陈多年的辛勤工作，公司将给予其一笔感谢费，同时也希望小陈做好交接工作。

对于小陈来说，这无异于是晴天霹雳，作为求稳定的职业人士，自从进入这家企业工作，他就把所有的精力放在公司的人事管理和内部协调沟通上，在他的心目中认为，只要认准公司、忠实于它、与各部门相处保持低调，就行了。至于什么同行交流、业务

心得体会

学习，都是些华而不实的东西。因而当有 HR 同行让他去参加一些行业聚会，或者告诉他一些业务培训的机会时，他经常会以公司工作忙而推脱。

又要面临找寻工作了，此时的小陈突然感到竟是如此的茫然无助。造成小陈无助今天的始作俑者正是小陈自身，正是由于他缺乏自身核心竞争力，方才使得他被企业“抛弃”。

没有核心竞争力的人，面临的人生难题不是是否会被抛弃，而是何时会被抛弃。

（二）做独一无二的自己

魏小姐曾经是一名英语教师，她觉得自己还年轻，准备再学一门外语。经过分析之后，她觉得阿拉伯语虽是个冷门，但因为西亚那些国家拥有石油，已成为全球最富有的地区，国际间的贸易往来也比较频繁，所以认定学习阿拉伯语必有所用。

后来她去上海浦东一家跨国大公司应聘，因为公司对英语要求很高，所以能进入复试的人基本上都是英语专业八级，魏小姐丝毫不占优势。复试的时候主考官问魏小姐有什么特长，她说除了英语之外还懂阿拉伯语。主考官一听便喜上眉梢，因为当时正巧有个西亚国家经济代表团来该公司洽谈贸易，急缺几名阿拉伯语翻译。主考官赶紧请来了阿拉伯语方面的专业人士，面试证明魏小姐不仅精通语言，而且还对阿拉伯国家的历史和风俗文化非常熟悉。

最后她脱颖而出，直接担当洽谈会的翻译并出色完成了任务。

核心竞争力是什么，它就是使你与他人产生区别的关键因子。在激烈的职场竞争中，拥有一些独特的优势必定会给自己带来更多的机会。

## 成功理论修炼

个人核心竞争力不同于一般的竞争力，通俗地讲，它就是别人不具备而你具备，别人不擅长而你擅长，别人不会而你会，那就是你无可取代的竞争核心。

（一）专长性——一专多能，凸显特点

发展独特的专长是打造个人核心竞争力的关键，专长是指个人特别擅长的知识、技能或专有的工作经验。个人专长是个人在学习、实践中所获得和拥有的独到的学识、学问、专门的技艺、技能、特长以及特殊才能的统称。

古语说：“纵有良田万顷，不如一技在身”，道出了专有技能的重要性。专业性可以说是大学生个人核心竞争力最主要的特征。“尺有所短，寸有所长”，个人专长不一定是惊世骇俗的绝技，只要它能体现你的特色和优势，在人生的很多时候它往往能起到“四两拨千斤”的作用。“以能为本，用人所长”是现代社会普遍的用人理念，是现代企业人力资源配置方式的重要准则。个人专长是让别人记住你的标志和特色，在工作单

位中具有不可替代的作用和地位，是构成个人核心竞争力的核心要素，是核心竞争力的利剑锋刃，是个人成就事业的切入点和试金石。大学生在大学学习期间都有自己的专业，但这只能说明他有了竞争力，而不是核心竞争力。

在人才济济的今天，如果不能把专业变成业务和技术上的特长，就很难在竞争激烈的社会中立稳脚跟，极有可能被飞速发展的时代所淘汰。受就业这个指挥棒的指挥，追逐证书成为大学生在大学的主要任务。很多同学不发掘自己的天赋，也不研究社会情形及其发展，只是盲目地“跟风跑”，于是在社会上，出现了“考证热”、“计算机热”、“外语热”，有些大学生片面重视外语、计算机等实用技能性知识，热衷于考证过级，常常多方涉猎，忽视了其他专业知识的学习和打好基础。结果广而不专，没有形成自己特有的专长，也就难以在社会激烈的竞争中获胜。在没有充分的职业规划和目标的前提下考证书，这样不仅浪费了大量的时间、金钱和精力，而且还荒废了自己的学业，多科专业课挂起了红灯。大学生希望在就业市场上增加竞争力本身没有错，但是对于大学生来说，专业将成为自己未来走入职场的安身立命之本，但如果以“逃课”和荒废学业为代价去搏一张甚至多张所谓的“就业通行证”，实际上是本末倒置。

要把所学的专业转变为个人核心竞争力的一部分，只有通过不断的学习和实践才能达到。另外，社会的发展更欢迎那些一专多能的复合型人才，在突出发挥专业特长的同时，具备其他必要的技能将更加凸显一个人的核心竞争力。现代社会的飞速发展，知识更新、科技创新以前所未有的加速度呈现在我们生活中，作为一名大学生，在短短数年的学习中，要将自己培养为“全才”已无可能。现代社会在选择使用大学生时包容性更强，更多时候是关注其一技专长，而不会提出面面俱到的过高要求。有关专家学者建议大学生不要盲目多元化，不如潜心专业化，做强不一定做泛。

著名人才学家王通讯先生的打油诗形容的好：“我是冬瓜苗，何必结辣椒，冬瓜虽不红，却比辣椒大”，可以给大学生更多的启示。

（二）异质性——独特优势，不可替代

核心能力越突出，异质性优势就越明显、越持久，竞争力越强，效益就越大。

告别大学生毕业包分配的时代之后，大学毕业生其实就成为了市场经济中的一种商品，而且越来越成为一种供过于求的商品。就业，其实就是将自己作为一件商品推销出去。商品要想占有市场就必须具有核心竞争力，可是在僧多粥少的就业市场，光有核心竞争力恐怕还不够。如果你是文学院的笔杆子，写作当然是你的专长，可是，几乎每个学校都设置了文学院或者中文系，并且招生规模不断扩大，所以在你面试任何一个编辑之类的职位时，会有一大群中文专业的毕业生来跟你竞争。或许你们任何一个人都能胜任那份工作，但是最终被聘用的可能只有一个人，如何才能让自己从众多实力相当的应聘者中脱颖而出呢？

心得体会

NBA 球员科比有一句话说:我比跑得快的(艾弗森)跳得高,比跳得高的(卡特)跑得快,这些就是差异化竞争。要进行差异化竞争,就要找到自己的 differentiation。由于我们的工作、行业、成长经历、家庭背景等都各不相同,要找到自己的 differentiation 其实并不难。个人所拥有的核心竞争力应当是其他人所不具备的,或者是其他人暂不具备的,即他拥有的在某一项工作中的思维能力和实践能力至少应当领先于其他人,才能成为其成功发展的关键因素。这种核心竞争力的异质性决定了每个人之间的能力和为企业创造效益的差异性。

在培养自己异质性的道路上,有些商业理论也是可以借鉴的。假设你正在超市买牙刷,琳琅满目的牙刷摆在货柜上任你挑选,最后你看中了其中几款牙刷,而这几款的外形、性能和价格都差不多,于是你一时不知道该挑哪一款好。如果这个时候你突然发现其中有一款附带赠送一小盒牙膏,你肯定会在 0.01 秒之内做出选择。而这个时候你是否意识到:如果聘人单位是一个买牙刷的人,你就只是货柜上的一把牙刷,而你将凭什么让对方毫不犹豫地买走?

"买一送一"这种促销方式在商业领域早已屡见不鲜,那为什么不将这种思维运用到自己培养异质性的过程中来呢?不要除了专长之外就一无所有。换句话说,你应该拥有专业以外至少一项特长。专业是你要卖的东西,而此外的特长则作为非卖品免费赠送。在别人只卖牛排的时候你却在卖牛排套餐,除了牛排之外还有色拉和咖啡奶茶,在价格大同小异的情况下,你想不热卖也不行了。

(三)稳定性——坚强意志,专心致志

坚强的意志在培养核心竞争力的道路上同样是不可缺少的,没有坚强的意志,遇到困难时就会退缩,遇到其他的诱惑时就会动摇。

意志力是行为指向的维持力,推动学生持之以恒、锲而不舍、迎难而上、不断进取。洞穿坎坷人生之旅、锁定价值取向的意志力,是人的可持续发展所必备的强劲的精神利器。凡成大业者,必坚其志,以百折不挠、凝精聚神的钢铁意志去克服创业中的磨难和挫折。有志有为者所应当付出的牺牲和代价是以不断挑战心力极限的意志为其内在精神支柱的。这种超常的意志甚至比超常的智力更能教育成人的漫长追求。只有具有坚强意志力的人,才能抵御尘世的种种诱惑,让凝聚的心神贯穿所追求的生命年华,不断达到新的高度,创造新的目标。

坚强的意志品格、专心致志的科学精神、诚信明礼的生活态度,是个人核心竞争力最关键的条件。这些因素的形成不是一朝一夕的事情,而是个人在长期的学习和工作经历中积淀而形成的,它在很大程度上与个人的心理状态、性格特征和行为习惯有很大的关联度。如果说专长性比较容易被其他人学习及效仿的话,那么,健康的人格特性及良好的品格特征是其他人在短时期内很难模仿的,这就保证了拥有核心竞争力的大学生在一个时期内的竞争优势。

### （四）发展性——你无我有，你有我优

辩证唯物主义的哲学原理告诉我们：一切事物都是变化发展的。大学生的核心竞争力也不例外，它并不是固定不变的。

我国加入WTO后，全面步入经济全球化轨道，瞻望经济一体化，尤其是以未来性和创造性为特征的网络经济使全球资源能广泛的流通，信息化促使社会的发展加速，社会竞争更加激烈，对大学生的核心竞争力不断提出挑战。因此，大学生应高瞻远瞩，不断提高自身核心竞争力，以适应社会发展的需要。

个人的核心竞争力不是凝固不变的，它必须不断在实践中检验发展。海尔集团张瑞敏说："创新是海尔真正的核心竞争力，因为其不易或无法被竞争对手模仿。"可见，大学生要想长远地获得竞争的主动权、抢占竞争的制高点就必须不断扩展自己核心竞争力的使用范围，创新核心竞争力的内涵与外延。现在是核心竞争力，并不能保证三五年后还是核心竞争力。

因此，核心竞争力需要长期去打造，需要经常地检查自己的核心竞争力是否减弱，从而去寻找和创造新的核心竞争力。它要不断适应社会变化而变化，具有领先性且不易被竞争对手模仿，但并不意味着永远不能够被模仿。个人若想保持竞争力的领先优势，就必须对竞争力持续不断地进行创新、发展和培育，以维持或扩大自己个人核心竞争力与竞争对手之间的领先距离。否则，随着时间的推移，核心竞争力的领先优势就会失去。

## 二、发掘核心竞争力——开发潜能，挖掘亮点

在激烈的市场竞争中，没有鲜明特征的个人，可以说是没有核心竞争力的。大学生的核心竞争力是指具有竞争优势的独特的知识和技能，是其综合素质的集中体现，是大学生各种能力的最核心部分，是相对于其他竞争对手的比较优势，是竞争对手无法模仿与复制的。因而，发掘个人的核心竞争力就显得尤其重要。

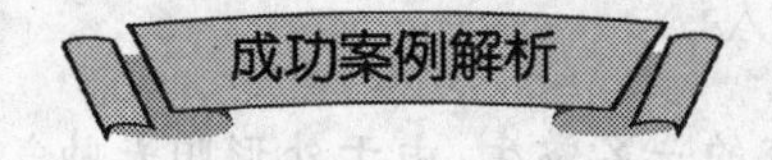


### （一）谋人所未谋，计人所未计

12年前的他，少年多梦，在南宁的商海中，尝试着从事农业、房地产、制药、百货、文化传播，甚至筹划航空货运业务。但是，在残酷的市场面前，数年的惨淡经营，万通公司也只是一个名不见经传的普通公司。10年商海的摸索和摔打，让易小迪顿悟了：经营一家公司，最大的问题不是能干什么，想干什么，而是适合干什么。

经过静思长考，1998年，他决定，做自己最合适的行当！凭着自己对地产业的理解

心得体会

和领悟，经过反复权衡，他选择房地产业作为自己和万通公司的发展方向和主营业务。从此，万通公司掀开了自己新的发展篇章。

从合适、熟悉到创新的历程。

在战略目标确定之后，他仔细分析了自己的优势与劣势——缺少雄厚的资金和“心狠手辣”，富有的是自幼博览群书形成的思想智慧，于是他调动起自己就读经济学硕士的知识与才能，着力在资源整合上谋求突破。他的思想不断地思考、判断、扬弃，经济学的资源配置理论、工业制造业的国际采购手法、公共关系学的文化传播方式、佛学上的“舍得”佛理，都在他的领悟下化为实际操作的策略和手段，就连“傻瓜相机”也为他的新思路提供了启发。

谋人所未谋，计人所未计，他的新思维、新策略不断涌现，并且付诸实践：一反房地产开发中“什么好卖做什么”的习惯的思维和模式，把房地产产品定位聚焦在“城市新兴白领公寓”上；以“为年轻的中国，为中国的青年”为理念打造“阳光100”品牌；采用多样而灵活的投资组合和广泛而多赢的合作方式；聘请世界顶级建筑大师主持规划、设计提高了楼盘的国际化、现代化、精品化水平；推行标准化、扁平化、化烦为简的“傻瓜相机”管理模式，保证项目运行的质量与标准一致性；建立全国连锁经营的开发模式，保证项目运作及竞争优势；推行“超前一步”的设计理念，加大产品设计、规划、营销的大胆创新和新材料的应用，在适应市场的同时也创造市场、引领时尚……

一个个新思想、新招式，为“阳光100”创造了一个个颇具新意的产品；一个个“第一”像一道道新潮波浪，拍打着青年人的心岸，吸引着消费者的眼光，也为“阳光100”冲刷出一片崭新的天地。

“苍天不负有心人”。就这样，在易小迪的思考、智慧、努力下，新万通公司、阳光100集团通过与中外优秀企业、专家的联合与合作，实现了由广西到北京，再由北京到全国的飞跃，树立起具有全国知名度的房地产品牌形象的大跨越。当年那个孱弱的、浑身书生气的易小迪，也成了业内人士景仰的“天王”。究其关键，在于其成功发掘到自身核心竞争力所在。

### （二）从歌星到主持人

小李是某大学音乐学院的一名学生，由于外形阳光帅气，自身也有一定的音乐才华，每次学校的晚会上都可以看到他的身影。他在学校也小有名气，出于对音乐的热爱，他也梦想着自己哪天能成为一个歌星。

他在努力学好专业知识的同时，也开始大量参加国内的歌曲选秀节目，如“加油，好男儿”、“快乐男声”、“绝对唱响”等，期待哪天自己可以被哪双慧眼识中，从此踏上歌坛。可是在这些比赛中，他屡遭淘汰，有时连地区50强都没有进入。

心得体会

他不断地总结自己失败的教训，后来发现虽然他外形条件很突出，可是他在歌唱方面的能力受到嗓音的限制，在模仿别的歌手的时候可能还能惟妙惟肖。可是他的嗓音不具有特点，如果当歌手的话声音辨识度不高。

在搞清楚这一点之后，小李开始调整策略。他对自身优势做了一个分析，他外形条件较好，语音面貌也不错，以往除了有演唱经历外，也有不少主持节目的经历。他将自身的核心竞争力定位于一名优秀主持人，他开始竞争每次学校晚会的主持人，也经常出去主持一些商业活动和婚庆活动，积累主持经验。渐渐的，他在当地小有名气，大家都知道这个叫小李的主持人不错。

后来，在本省电视台的主持人招聘中，他凭借自己多年的主持经验和歌唱方面的才艺，成功的竞聘成为省电视台的主持人。

问题不是你会些什么，而是你会些什么别人不会的；关键不是你能做什么，而是是不是只有你能做好。找不到自己核心竞争力的人，始终盲目着，纵是奋斗，或许也难见改观。

### （三）寻找适合自己的坐标

小王被国内一家畅销杂志录用为编辑的消息传来，让同学们都大吃一惊。

小王是非重点大学师范类中文系的一名女生，在大学期间，不少同学都积极参加学校的各种话剧表演，歌唱比赛，她由于性格较安静，文艺方面也没有什么特长，故参加活动较少。大一结束后，班级的奖学金名单上也没有她。

当大家渐渐没有注意到这个文静女生的时候，而小王自己也经常在思索，自己到底适合干什么：是毕业回家当一名普通的乡镇教师还是做点别的呢？她对自己进行了全面分析，自己较文静，不是很擅长社交，情感较细腻，喜欢安静的思考，平时喜欢写些感性的文章；在专业方面，对高深难懂的学术不是很有兴趣，不适合搞学术研究。经过一番分析，她觉得自己比较适合去一个文艺和市场结合的杂志当一名编辑。

作了这个决定后，她开始勤读书、勤写作。并将自己的稿件投给国内的《花溪》、《知音女孩》、《校园女友》等杂志。她的小豆腐块在杂志上出现的次数越来越多。

同学们看到她发的文章，很多人都很不屑，觉得她写的都是悲春伤秋、自己杜撰的一些情感故事，没有什么学术价值。可小王没有被打击，一直坚持着，大四找工作时，看到她平日经常投稿的那家杂志社招编辑，她将自己的简历寄了去，最终凭借她发表的50多篇文章得到了offer。

道理其实很简单：如果用人单位是一家杂志社，偶尔需要从国外的网站上摘抄一些文章并翻译成中文予以刊载，而正好有一名求职者的英文水平非常突出，那就算这个求职者的中文编辑能力丝毫不占优势，他也肯定会被优先录用。又或者这是一家体育方面的新闻资讯网站，如果某位应聘者恰好对体育非常在行，国内外各大球星无不如数家珍，那只要他的文笔还可以，应聘这份工作应该就如囊中探物了。

人生最难为的，莫过于认识自己。找到适合自己的目标，并为之奋斗，收获的不光是成功，更是快乐！

心得体会

## 成功理论修炼

### (一)鉴别出所有优势中最突出的优势,确定“核心”

要发掘自身的核心竞争力,首要的一点就要树立整合意识,有意识、有目的地协调各方优势。核心竞争力的形成过程中,正确的认识可以指导我们的实践。当代大学生在整合自己优势形成核心竞争力的实践过程中,要充分发挥意识的能动作用,综合运用自己的知识和技能,以期收到事半功倍的效果。

我们每个人都是独立存在的个体,有自己特有的技能、天赋和擅长的能力。比如有的人生性安静,勤于思考,是理想的研究人员;有的人长于交际、善于识人用人,决策果断,组织能力强,是做管理工作的料;有的人情感丰富、表达能力强,喜欢观察社会、分析社会,从事文学艺术工作比较合适;有的人喜欢和物打交道,热衷于操作工具和设备,数学、物理比较好,是做工程师的理想人选,等等。

大学时期是一个人综合素质形成和人生事业定向的关键时期,因为人的时间、精力和能力是有限的,不可能把所有的事都做好。因此必须学会选择,学会放弃。

大学生要对自身的素质和能力进行精心地审视,选择自己最感兴趣、最突出、最擅长和最有把握的方面作为自己努力的方向;放弃内心深处那些微不足道、平凡无奇和毫无把握的愿望,否则它就会成为你发展道路上的绊脚石,使你“博而不专,专而不长”,导致你不能把长处发展整合成核心竞争力,最后落于平庸。

虽然一个大学生具有众多优势,但这些优势在其核心竞争力中的地位是不同的。所谓“核心”是指在所有优势中居于主导地位,对竞争力的形成起决定作用的优势。核心竞争力不是所有竞争优势的加总,它必须对所有优势运用分析与综合的思维方式,找到“核心”并围绕这个核心以合理的顺序进行整合协调,才可以使整体的功能大于局部功能之和,即是核心竞争力的功能大于所有优势功能的加总。

在确定自己的核心竞争力时,我们可以列出一个表格,结合你的职业倾向,将你喜欢做的事情和长处逐一列出。同样,通过列表,也可以找出自己不是很喜欢做的事情和弱势。这时,你可以做出两种选择:一是努力去改正常犯的错误,提高技能;二是放弃那些对你不擅长的技能的要求很高的职业。同时,列出认为自己所具备的很重要强项和对职业选择产生影响的弱势,然后再标出那些对你很重要的强、弱势。也可以广泛征求亲人、好友、老师的意见,周围人的评价会让你对自己的言行及能力有客观的了解。

一般情况下,同学会着重点评你的言行举止,通过长期接触,他们会对你的性格有所了解;老师则会侧重从专业层面,如你的专业学习能力、领会能力、团队合作能力等方面进行剖析;而你对自己的评价往往处于一种半客观的状态,一方面,你希望了解自己的不足,而另一方面,内心也希望给自己找一些产生以上问题的借口,不期待自己的

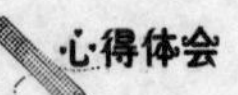
心得体会

问题全部暴露。看看他们眼中你的核心竞争力和你自己认定的核心竞争力是否相同，有无出入，进一步加以调整。

发掘自身优势，还必须树立长期的积累观念，不能妄想“突击”式的飞跃，要在实践中不断摸索与探究。

从散乱的各种优势到核心竞争力的过程，是一个由量变到质变的长期积累过程，只有长期的摸索、探究才能实现质的飞跃，才能最终形成大学生自己较为稳固的、很难被别人模仿的、可以运用到广泛领域的、整合了自己的创新型思维、深厚知识储备、较高专业技能的核心竞争力。

### （二）围绕“核心”整合自身优势，使核心竞争力初步形成

大学生拥有了自己的特殊专长，就基本形成了自己的核心竞争力。但是，这还远远不够，还必须整合自身的其他优势来辅助它，并不断完善和提升它。

这就像一个企业研发出了一个好的产品，还必须通过好的包装、好的广告宣传、好的营销策略和好的售后服务等一系列辅助手段，才能打造成知名品牌，才能成为企业的核心产品、拳头产品，才能最大限度地实现它的价值一样。

对自身优势的整合，更主要的还是需要在大学期间有意识地进行培养和锻炼。这种培养不能漫天撒网过于随便，必须要有针对性。如果今天去学萨克斯，明天去跳天鹅湖，后天又去临摹王羲之，到头来只会将自己变成一个“四不像”。有这样一句俗语：如果你想抓住满山的麻雀，你就一只也抓不到。

著名管理学大师汤姆·彼得斯曾经说过：“我们每一个人都是我们自己的公司——Me公司的执行总裁。为了在今天的竞争中生存，我们最重要的任务就是推销自我这个品牌。”

今天的社会已经发生变化，个性的年代需要你展现自己的个性；今天的大学环境也发生了改变，有效包装不仅仅适用于产品推广，同样适用于个人核心竞争力的长久发展。

而个人品牌就是这样一种包装手段。每个人都应当把自己的人生当作企业一样经营，应当有梦想，有计划，有营销方案，有形象策划，有智囊机构，有外援支持，有现实精神，更有战略远见。要清楚地知道自己目前有哪些资源，所要打造的这个“Me公司”是一个什么样的公司？公司的“主营业务”、“企业文化”、“目标定位”……

打造“Me公司”的核心竞争力是树立个人品牌的第一步，也是至关重要的一步。

### （三）在竞争中不断检验完善，最终形成自己的核心竞争力

发现自己的核心竞争力并在实践中不断培育的过程中，我们还需要积极参与竞争。在竞争中我们可以从竞争对手身上看到自己的不足，竞争可以更加激发人的内在动力，不断学习，不断调整加强自己的核心竞争力。

心得体会

任何人都要找到自己的独特专长。《读大学，究竟读什么》一书的作者在讲述自身

经历的时候时曾提到自己培养自己核心竞争力的过程:他的专业是思想政治教育,而且是一个非师范院校的思想政治教育。当时如果凭借这个专业去找工作,恐怕除了去部队做指导员,就只有劳教局之类的政府部门愿意接收了。

曾经有一个面试官看到他的简历以后开玩笑似的说:“我看到你的专业名字就冷汗直流,感觉是自己做了什么对不起党对不起人民的事情,被组织找来谈话了。”他刚大学毕业的时候在招聘会最大的资本便是文字功底,而这本来应该是文学院毕业生的专长。因为最初应聘的大多是文案、编辑之类的工作,所以曾经在多个应聘场合跟中文专业的毕业生“狭路相逢”。

如果仅从专业的角度来考虑,他一个思想政治教育专业的毕业生明显处于劣势,但是在每一次角逐中都胜出了,因为他有足够的理由让面试官相信他比中文系的更能写出他们所需要的策划案。他比其他应聘者发表过更多更有分量的文章,而且现场写作时他写出来的稿子也肯定要更为优秀。如果他跟中文专业的实力相当,那些公司就绝对不会通知他去上班。

在大学的四年里,每个人都有一个同样的园子,种同样的菜,但是四年后,每个人收获什么就和自身的经营活动密切相关。在端正自己的学习态度的前提下,要理智分析自身所处的位置,包括优势、劣势、机遇、挑战等。同时也要冷静地做出各种抉择,使自己获得最大的比较收益,付出最小的机会成本。

## 三、打造核心竞争力——人无我有,人有我特

核心竞争力不是个人各种能力的简单叠加,而是将自身各个方面的能力进行优化配置并加以整合后所体现出的综合优势,是综合素质的集中体现,是人文精神、科学素养与创新能力的统一,是以个人专长为核心的知识、能力、素质等各方面的综合体。

### (一)审视自我,打造核心竞争力

小薛,32岁,名牌大学广告策划专业毕业,广告公司职员,卧槽8年。

在同事们的眼中,她的学历、资历、能力样样出众。不仅策划案做得好,又精通财务知识,平时一些重要的公关活动,老板也常找她去助阵。

本以为空下已久的部门经理职位非她莫属,结果老板却派来了空降兵。给出的理由是,缺乏明确的职业定位。在老板看来,他认为其既可做策划,也可当财务,还能做大项目公关。因而对于策划部经理一职,在他看来其并不是最佳人选。

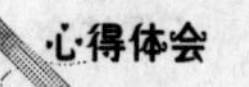


对此结果小薛备感不解,难道八面玲珑、样样精通在老板眼中竟是缺乏核心竞

争力?

道理其实并不难理解:一个人的职业发展就像一棵大树,过多的旁枝很可能阻碍大树主干的生长。如果各种各样的兴趣、知识、证书过多,反而削弱了本来的核心竞争力,容易导致个人职业目标的模糊。在别人眼中,容易产生"啥都想干,但没有特点,或没有一样能做到最好"的感觉。

其实,小薛最大的失误就在于缺乏一个明确的职业定位和目标,她认为的能者多劳,在领导眼中却成了没有定位,缺乏核心竞争力。

通过与职业规划专家一对一的沟通,小薛进一步发现了自己擅长与人沟通的巨大潜力。职业规划专家也在面谈中发现,小薛的沟通和表达能力相当强,亲和力好,思维反应敏捷,她自己也表示非常喜欢做与人交流和沟通的工作。通过价值澄清发现,小薛虽然是广告策划专业科班出身,但她始终对其不太喜欢,因而才又转而学了财务和营销。

究其内心的职业向往,她最终确定为大客户营销方向。半年时间过去了,确立了方向的小薛从策划部调到了营销部,专门维护公司的大客户渠道,目前她已提升为营销经理,她接下来的目标是营销总监。

打造核心竞争力的第一步就是要审视自我。想做什么很重要,能做什么也很重要,在做什么更为重要;而比这些都更为重要的是,你凭什么来做。

## (二)发掘特长,打造核心竞争力

小杨,26岁,某大学营销专业,服装企业销售主管,工作1年。

大学毕业时通过家里的人脉进入了现在的企业。因为是新人,缺乏工作经验和阅历,工作状况并不理想。

但小杨有个特点,那就是主管交代她的任何一项工作,不管难度有多大,她都全力以赴去执行。

记得刚入公司没多久,部门让她协同采购部同事到义乌为模特们购买参展时的配饰、装饰品。得到工作指示后,小杨来不及多想就随采购部同事驱车前往义乌。

到达义乌后小杨频繁奔走穿梭于各大商业广场之中,直至晚上9点,仍有3项采购任务未完成。同事当晚准备就此驱车返回,临行前他们让小杨一同返沪,但小杨临时决定多留一天,并就自己的决定向部门领导通了电话。

次日,小杨顺利完成了采购任务。现在一年过去了,她已从当初的销售员变成了销售主管,不仅如此,其薪水也比原来涨了几倍。

就业专家分析,从小杨淡定的表述中我们不难看出其有别于常人之处——强有力的执行力。

什么是执行力?小杨的故事就是最好的佐证。如果企业里能多有几个像小杨这样的优秀员工,在接到工作任务后能先用心去做,在执行中同上级沟通当前面临的困

心得体会

难和所需要的资源匹配及支持，相信企业定会是另一番景象。在职业生涯中，我们应首先明白自己的优势，并以这些优势来形成自己的核心竞争力。我们要清楚地了解，自己到底有什么是能让朋友、同事、上级领导及周边的人值得称道的东西，而这些“东西”就是你的财富，就是你的核心竞争力。核心竞争力如同一把锋利的刀，利用好它便可以轻易地切开一次次机遇的口子。

### （三）利用优势，打造核心竞争力

这是一串龟兔赛跑的故事。故事不长，却值得我们细细品味。

第一个龟兔赛跑的故事，讲的是一只乌龟和一只兔子，他们两个打赌，在陆地上比赛看谁能先跑到终点，兔子跑前还在想，乌龟真是自不量力，自己可是赛跑高手，赛跑王子，很少有人能跑过自己，况且乌龟只能慢慢地爬，因而在心理上轻视乌龟，看不起乌龟。比赛开始后，兔子一马当先，将乌龟抛下很远，兔子差不多都跑到中途，回头看时乌龟才在起点不远慢慢地爬，绝对的优势让兔子洋洋得意，他想，如果我在这里睡一觉醒来后，我相信都能赢得胜利，于是，躺在大树下面开始睡觉了，乌龟见到兔子睡觉后，不但没有松懈，而且更加奋力往前爬，在经过兔子身边时，兔子还在呼呼大睡，一点也没有感觉，乌龟就更加努力了，时间一分一秒地过去，乌龟已差不多接近终点，这时候兔子醒来了，见到乌龟快要到终点时，急了，拼命地追赶，哪知因为距离太远，兔子还没有追到乌龟时，乌龟已抵达终点，乌龟胜利了。乌龟不畏强者，经过自己不懈的努力让实力雄厚的兔子输了。此则故事教育我们，任何事情，不能骄傲自满，要兢兢业业，虽然力量悬殊，只要努力就能成功。

第二个关于龟兔赛跑的故事，故事的结局较于第一次有了不同的结果。同样的兔子和乌龟约定在陆地上比赛跑，兔子因为有了前车之鉴，在这第二次的比赛当中，兔子不再骄傲，不再在中途睡觉，而是一口气跑完了全程，取得了胜利，乌龟因为爬得慢，在兔子抵达终点时连中途都没到。此则故事又让我们明白了，只要有能力，把握机会，胜利终究属于强者。

第三个关于龟兔赛跑的故事，故事的结局又有了戏剧性的变化。聪明的乌龟知道了兔子不会再犯相同的错误，于是找到兔子，要求进行第三次比赛，只是这次乌龟要求地点由自己选，实力雄厚的兔子觉得只要自己不再偷懒睡觉，不管怎样，乌龟都跑不过自己，就答应乌龟的要求第二天进行比赛。第二天清早，乌龟就约兔子比赛，到达比赛场地后，乌龟便宣布比赛开始，兔子就拼命地跑呀，跑，可是没跑多久，前面的路被一条河挡了，要想到达对面的终点，兔子必须绕过旁边的几座山后才能抵达终点，没办法，兔子只好绕路向终点前进，可是在水里爬却是乌龟的强项，因此乌龟轻而易举的首先抵达终点，胜利又再一次属于乌龟。兔子傻眼了，它终于明白在陆路上自己是强者，可是遇到水后，乌龟才是强者，强者和弱者之间是很难区分的；在目标已定，外部条件不同的情况下，结果就会有不同。此则故事重新向我们说明了没有永远的强者，也没有永远的弱者，要学会给自己创造条件。

乌龟和兔子明白了在目标既定的情况下，既然条件不同会有不同的结果后，他们不再争论谁会跑第一，谁跑第二，取而代之的是他们和平共处，相互合作。但是他们约定还要进行第四次比赛，新比赛规定：乌龟选地点，兔子选时间。于是他们第二天相约一起来到比赛场地，比赛开始后，在陆路上，只见兔子背着乌龟飞快的往前跑，等跑到河边时，兔子放下乌龟，而乌龟在水里又背着兔子拼命地往前划，一路上，他们遇山过山，遇水过水，相互协助，很快他们便以最短的时间一起抵达了终点，在抵达后，他们彼此相视而笑。那一刻，他们很欣慰也很满足。

缓慢而持续是乌龟获得第一次比赛成功的法宝，快速而牢靠并坚守起初原则是兔子赢得第二场比赛的缘由，寻找自己能游大河的优势是乌龟获得第三场比赛的关键，不与对手较量而与情境较量是龟兔获得第四次比赛最佳结果的根本。什么是核心竞争力，在这个和谐的年代，新龟兔赛跑的故事是我们学习的标榜。

## 成功理论修炼

明确了个人核心竞争力的构成及特点，对于大学生来说无论是在学习还是工作中都要善于挖掘自己的潜力，着力培育和提升自己的核心竞争力。

### （一）确立阶段目标，培养前进动力

确立目标是指在不同的阶段确立不同职业生涯的目标。

确立目标首先是要考虑自己的兴趣与能力，自己不喜欢的不要想，自己通过努力无法达到的不要想。一旦目标确定，就要排除各种干扰，坚持自己的信念。不要常立志，要立长志，始终清晰自己既定的目标，坚定不移地朝着目标奋进。

目标的实现离不开动力。动力是一种积极的主动的力，是一种想去做、并且正确地去做事情的愿望，是怀着一个特定的目标、从一点向另一点移动、向着新阵地前进的愿望，是去成就既定目标的愿望。要时刻提醒自己，实现目标的目的不是为了获得领导的好评，也不是为了提高工资待遇，而是为了提升自己的核心竞争力。

当核心竞争力达到顶尖时，必然会获得成功，成为事业上的佼佼者。如果没有动力，而只是在不得不去做的时候才去努力，这不过是爬一条艰难的爬坡路。发挥动力的最佳方法也许是这样的：把目标分割成较小的若干部分，把每一部分都当作是独立的有价值的目标。一旦把目标拆成许多组件，就能投身于其中之一，把它完成，然后再继续做下一项，这样会不断享受实现目标的清新之感，核心竞争力也在实现目标的同时得到了提升。

### （二）依靠持续学习，获得动力源泉

当前，信息时代、知识爆炸、知识经济等名词充斥着我们的眼帘，这也就是说，仅仅

依靠在学校所学的专业知识只能形成一时的竞争力,还不一定是核心竞争力。

因此,为了确保自己在就业市场的求业竞争力,都应努力学习,并尝试开发一种"比别人更会学习"的核心素质。这是一种方法论素质,不是简单地学会一种知识。

当然,掌握一定的基础知识是开发核心素质的基础。核心素质是知识、技能的一种提炼、升华,是在各种环境下都能迅速捕捉新的信息,并综合运用各种知识,主动进行思索、反省,并敢于抛弃现有的一切,果断采取行动的一种素养。

因此,为了比别人更会学习,从而拥有个人的持久竞争优势,至少应做到以下几点:一是根据不同的阶段目标有针对性地持续不断地学习,体现个人核心竞争力的持续发展性;二是学会根据自己的阶段目标,提炼及利用外在的一切有价值的信息,发挥个人核心竞争力的适应力;三是将已掌握的知识形成严密、深厚的知识体系,形成个人核心竞争力的专长性。

### (三) 强化综合素质,做到知行合一

坚定的信念,必胜的信心,充沛的精力,准确的判断,果敢的胆识和魄力,坚忍不拔的毅力,诚信明礼的道德规范及良好的人际关系,无论如何都是成就事业的必要保证。

个人综合素质的培养不是一朝一夕的事情,而是人生成长过程中不断完善的过程。广泛的社会实践和生活磨炼,对任何人的成长都是一笔财富。成功不骄傲,失败不气馁,对待生活、工作、学习等方面都要有一个健康的心态。可以认为,心态决定一切。积极健康的心态,会引导你迈向成功;消极颓丧的心态,会令人一蹶不振。

成就大业必须具备良好的心理品质,意志薄弱、心理脆弱的人是难以成就大业的。坚忍不拔的毅力、百折不挠的意志以及宠辱不惊的品格等良好的心理品质对于成就事业是至关重要的。

综合素质的差异,决定了竞争力的差异,而这种差异正是个人核心竞争力最难以模仿的。

### (四) 培养鲜明个性,树立品牌效应

每个人都有个性,但并不是每个人都具有鲜明突出的个性。

所谓个性,是指个人比较稳定的心理特征的总和,包括气质、性格、智力、意志、情感、兴趣等方面。

一般来说,个性特点鲜明突出的人更富有创造性,而个性特点平淡一般的人其创造的活力与欲望就比较匮乏。

个性的培养可以结合专长的培育。个性和专长的结合就可以创建个人品牌,个人品牌能使我们每个人与众不同、脱颖而出。个人品牌能够使他人觉得我们对事情见解独到、有创造性。而这恰恰是个人品牌创建的最重要因素。其次个人品牌能使我们出类拔萃。个人品牌要使别人相信,我们能在自己的领域内的某个方面做得更好、速度更快、服务更好、技术更先进。

心得体会

## 成功法则探索

核心竞争力是抽象与具体的统一，是整体与细节的一致。当代大学生如何培育自身的核心竞争力：一是主动关注自身核心竞争力，不断发掘个人潜力；二是注重专业能力培养，不仅要注重第一课堂教育学习，同时要注重结合社会需求、自身实际主动思考“学什么、怎样学”；三是要加强职业生涯规划，明确学习目标和发展方向；四是大学生核心竞争力应结合不同学科、专业特点、社会需求等分类设定。

认识自我，发掘优势，早日规划，打造核心竞争力，是走向成功的必经之路。我们终须记住：核心竞争力，从竞争中来，到竞争中去。

心得体会

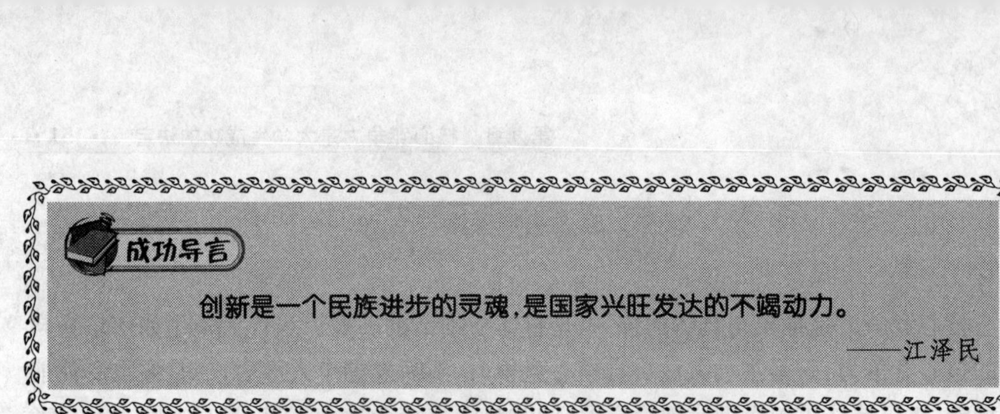


# 第十章　创新是大学生成功的源泉

素有中国IT业“打工皇帝”之称的前微软中国公司总裁唐骏曾说:“别人想不到的,你想到了;别人想到的,你做到了;别人做到的,你换种方式做,这都是创新。”唐骏将创新的理念灵活运用到商业模式和管理模式等各个领域,创造了一个又一个商场神话。

创新,是一个贯穿古今的概念。无论是我国古代的四大发明还是神舟飞船的成功上天,都是一种创新。而创新,在当今时代更是具有非同寻常的地位和意义。当今时代是一个知识经济时代,就是以知识的生产、处理、传播和应用为基础的经济时代。知识经济的发展主要依靠新的发现、发明研究和创新,其核心在于创新。创新,是当今时代发展的主旋律,这无论是对于国家还是对于个人,都具有战略性的意义。

## 一、培养创新性——凸显社会需求,点亮大学生软实力

创新是大学生成功的源泉。未来人才素质差别,不仅在于专业知识和技能,更在于人才的基本素质,其中创新能力居于重要地位。知识创新将成为未来社会文化的基础和核心,创新人才将成为决定国家竞争力的关键。

### (一) 百担有余

相传中国古代著名军事家孙膑的老师鬼谷子在教学中极善于培养学生的创新思维。其方法别具一格。有一天,鬼谷子给孙膑和庞涓每人一把斧头,让他俩上山砍柴,要求“木柴无烟,百担有余”,并限期10天内完成。庞涓未加思索,每天砍柴不止。孙膑则经过认真考虑后,选择一些榆木放到一个大肚子小门的窑洞里,烧成木炭,然后用一根柏树枝做成的扁担,将榆木烧成的木炭担回鬼谷洞。意为百(柏)担有余(榆)。10天后,鬼谷子先在洞中点燃庞涓的木柴,火势虽旺,但浓烟滚滚。接着鬼谷子又点燃孙膑的木炭,火旺且无烟。这正是鬼谷子所期望的。

心得体会

普通心理学对想象的定义是:想象是人在脑子中凭借记忆所提供的材料进行加工,从而产生新的形象的心理过程。也就是人们将过去经验中已形成的一些暂时联系进行新的结合。在上面的小故事里,庞涓接到命令后"脚踏实地"的做事态度固然值得我们推崇,但其思维却过于僵化,花费了大量的时间和精力,反倒事倍功半,而且没有完成任务。与此形成鲜明对比的是,孙膑在这里就运用合理想象,将"百担有余"巧妙地想象并理解为"柏担有榆",并充分发挥自己的主观能动性,圆满完成了鬼谷子出的难题。

### (二) 大学生创新之甲壳素研发

吴某,男,武汉某高校经济与管理学院硕士研究生。

本科期间,吴某就读本校医学院。在临床实习中,他常常目睹到患者因伤口所带来的巨大的痛苦。吴某发现,传统的伤口治疗大都采用干燥疗法,医用敷料使用棉纱布,每次换药都很不方便,甚至会损害伤口组织,造成伤疤。于是,他暗下决心,一定要研究出一种理想的新型敷料,既要减轻创伤给人带来的痛感,又要解决瘢痕难消的难题。

2005年6月,吴某牵头组建了"纽绿特"创业团队,几经研究,决定把"伤口修复疗法的创新"作为主要攻关课题进行深度探讨,最终研制出以甲壳素为主要成分的"纽绿特活性敷料"。这种新型敷料完全革新了"干燥疗法",采用了崭新的"吸水保湿疗法"。实验证明,新疗法比老疗法使伤口愈合时间缩短了2～3天,具有无瘢痕修复、快速愈合、无须换药等特效。2005年10月,他的团队参加了第五届全国"挑战杯"大学生创业计划竞赛,一举获得了大赛金奖。他们研发的产品还申请了4项国家发明专利。

吴某和他的团队的聪慧才智和锐意进取精神深受武汉一位知名企业家的称赞。2008年,这位企业家分期为公司风险投资1000万元。2008年10月,第一批产品下线,产能每天2万～3万片,现在已达到每天6万片。目前,团队的"瑞蒙迪"已进入中南医院、人民医院等湖北省多家医院,在广州、深圳和济南等城市也达到十几万元的销售额。

将临床医学的务实严谨与经济管理的求变灵活相结合,扎实地学习医学知识、深入地探索科研创新,将知识转化为生产力是吴某成功的关键。

### (三) 在现实中解决问题

李某,男,中共党员,安徽某工业大学建筑工程学院硕士研究生。

"从现实中存在的问题出发,探索解决问题的途径"。这是他贯穿整个学习生活的脉络。一次打篮球归来,口渴似炙,而倒了杯开水到自己保温杯里,却久久未能冷却。李某由此想到1个问题,并不是任何情况下都希望保温杯保温,能不能设计一种需要它保温时它就可以保温,需要散热时又有良好散热效果的保温杯呢?带着这个问题他

心得体会

扎在图书馆1个月，查阅资料，刻苦钻研。功夫不负有心人，通过借鉴变热阻原理，李某成功设计出了一种新型茶杯，完美地解决了问题。这一成果还获得了国家专利。

从此，李某在创新路上一发而不可收。从2006年至今，他一共申报国家专利15项，其中发明专利4项、实用新型专利11项，目前已经获批专利11项。2007年5月，他研发的“新型轿车制冷系统”在安徽省挑战杯大学生课外作品科技学术竞赛中获特等奖。同年11月，他在第十届“挑战杯”大学生科技学术竞赛中获二等奖。由于科技创新方面成绩突出，2008年12月，他荣获第五届“中国青少年科技创新奖”。2009年11月，他在第十一届“挑战杯”大学生科技学术竞赛中获一等奖。2009年12月，作为第一负责人，李某承担了安徽省高层次人才创新创业基金项目。

李某参与研发的“利用低品位余热的压缩-吸收-扩散复合制冷技术”解决了国内传统低品位余热利用效率低的问题。经中国科学院文献情报中心查新，技术在国内属于首创。以此为核心研发的“秸秆冰箱热水一体机”，以秸秆为能源驱动冰箱工作，并将冰箱工作产生的余热回收用于产生热水，使秸秆利用达到了最大化。该项目不仅解决了秸秆利用的问题，又为国家节省了电能，多家媒体给予报道，受到社会广泛关注。

“技术只有转化为生产力才能为社会创造价值，而创业则是技术转化的最好方式，尤其针对大学生而言，可以通过创业找到一种实现自我价值的方式，不仅解决了自身的就业问题，还能为其他同学创造就业岗位，进而帮助国家缓解大学生就业难问题”，李某如是认为。2008年5月，在安徽省大学生创业计划大赛中，李某撰写的“格斯制冷有限责任公司创业计划”荣获金奖，并在中国大学生创业计划竞赛中荣获铜奖。2009年5月，李某带着梦想和对社会的责任，依托自己的专利创办“马鞍山天泽能源科技有限公司”并担任总经理。公司生产的核心产品“太阳能光伏与光热联产式混合动力热泵机组”是一款以太阳能为主要能源，用于家庭冬季供暖、夏季制冷和提供热水的新型机组，不仅能为社会创造价值，而且可以为国家节省大量能源。李某解释说“天泽”之意就是“天赐恩泽”，以感恩之心回报社会是他的最高追求。

从生活的细小之处发现不完美，不满足于现状，并努力用自己的知识去改变、去创新，是李某创意不断迸发的关键。创新其实离我们的生活并不远，凡事可不可以再完美一点？在追求完美的过程中，自然会有创新。

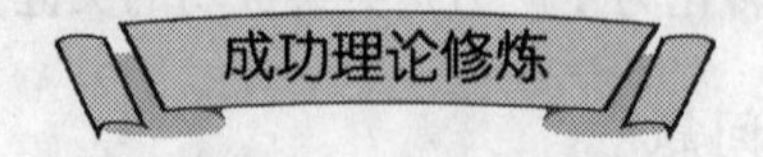


（一）富于想象——思维方式的灵活

爱因斯坦曾经说过：“想象力比知识更重要，因为知识是有限的，而想象力概括着世界上的一切，推动着进步，并且是知识进化的源泉。”亚里士多德精辟地指出：“想象力是发现、发明等一切创造活动的源泉。”创新要立足实践，想象是创新的催化剂。所

谓"想象力",就是头脑中创造一个念头或画面的能力,即形象思维的能力。创新理念不是来自逻辑思维,而是源于形象思维,形象思维的能力大小取决于一个人的文化素质高低。

想象力是一种宝贵的品质,它是发明、创造的源泉。一个没有想象力的人,是不可能具有不断探索的创新精神的。想象力能增强一个人学习的主动性、预见性和创造性,能使人在学习中找到意想不到的灵感和捷径。爱因斯坦在 16 岁时曾经有过这样"怪诞的想象":假如我骑在一条光束上,去追赶另一条光束,将会产生什么现象呢?这是他后来发明相对论的初因。

不久以前,1992 年诺贝尔医学奖得主、美国华盛顿大学教授埃德蒙·费希尔重返他的出生地上海。在同济大学演讲台上,他充满激情地表达了自己的科学理念和对中国学生的期望,其中之一是——留点时间去想象。费希尔给中国学生提出的最大忠告是"少学习,多思考"。他认为科学的本质和艺术是一样的,需要直觉和想象力。而把太多信息塞入大脑,会让学生没有时间放松,没有时间发展想象力。"牛顿本来是一个没有什么特别之处的学生。但在剑桥大学休学的两年里,他静下心来充分发展想象力,于是产生了伟大的发现。"

综观全球,凡是有所成就的科学家,大多拥有丰富的想像力:想象力对创新至关重要,基于事实基础上的合理想象贯彻着创新的理念,能让思维方式更加灵活。

培养想象能力的方式有很多,但有两点必不可少。一方面,想象力的培养要根植于对生活的观察。如果平时不注意观察生活,又怎么会做出具有创造性的想象呢?另一方面,想象力需要以丰富的知识为基础。一切可以想象的东西本质上都是记忆里的东西。想象无非是扩大和组合了的记忆,如果作为原材料的表象贫乏单一,想象就不可能创造出丰富多彩、品种齐全的产品。所以,通过观察、阅读、调查、采访等方式采集大量的现象和事实,并将其牢固地表征于头脑当中是提高想象能力的首要条件。因为没有丰富的知识,在想象的时候,就会感到才思枯竭。

### (二) 逆向思维——突破常规的思考

逆向思维包括雅努斯思维、反向思维和黑格尔思维。

雅努斯思维,既看到问题的本身又看到问题的对立面。榔头既可以把钉子敲进去,也可以在需要的时候把钉子拔出来。一进一出,这两个看似冲突的问题,在榔头身上可以共处,这就是雅努斯思维。有的时候看起来是危机,投资无热点、消费无热点的时候,可能就是投资的好机会。

以世界船王包玉刚为例,1949 年初,包玉刚与父亲一起携着数十万元的积蓄,包玉刚出于幼时对海的向往,提出搞海运的生意。当时香港的航运业已经十分发达,竞争相当激烈,再加上远洋运输风险非常大,利润非常薄,大家都不看好,纷纷卖船。而包玉刚在大家都卖船的时候去买船,因为人家不看好所以买船的成本非常低。在经营上,包玉刚也独树一帜,当时世界各国经营航运业的人,都是采用传统的短期出租方

心得体会

式，也就是每跑一个航程，就同租用船只的人结算一次。这样不但收费标准高，而且随时可以提高运价。闻名世界的希腊船王奥纳西斯、美国船王路德威克以及老一代香港船王董浩云，都是这样做的。可是包玉刚与他们都不一样，他出人意料地采取了长期出租的经营方式，把自己的船为期3年、5年甚至10年地租给别人，租用者按月交纳租金，但租金标准却要低得多。许多人都在嗤笑这个不自量力，不懂规矩的小孩子，但包玉刚自有他的打算，他谋求的是长期且稳定的收入，这是放眼未来的一种经营方法。而短期出租就要承担一定的风险。这种经营方式让他区别于其他船主，最后坐上了世界船王的宝座。

反向思维，顾名思义就是站在问题的对立面思考问题，这是非常重要的思维模式，也是非常讨巧的思维方法。中国很多成语都充满了大智慧，比如大音希声、大象无形、大智若愚、大巧若拙、大俗大雅、有之以为里、无之无为用。都充满了辩证法，充满了反向思维的精髓。

黑格尔思维，不但要看问题本身和对立面，还要把两者结合起来，产生一个新的东西。黑白两色是冲突的，但是两者结合起来是一种新的颜色。那就是灰，这就是黑格尔思维。什么叫创造？日本人给创造下的定义是综合即创造。早就有收音机，早就有录音机，是日本人把这两个东西组合起来，变成世界上第一台收录机。我们知道宇宙飞船的时候很多零部件早就有了，就是通过综合、组合、结合，产生了世界上第一艘宇宙飞船。今天我们处的时代是大科学的时代，非常重要的一种本事不是单元级的，而是系统级的，系统集成的本事。能把别人的想法综合起来，再加上自己的想法，一个新的事物就应运而生。

### （三）勤于探索——探索精神的开拓

人类飞向太空的梦想，有文字记载的至少有数千年。古代中国就有“嫦娥奔月”、敦煌莫高窟“飞天”图案等美丽的传说。西方航天学界认为，中国明朝人万户是人类第一个尝试用火箭飞天的人，后人将月球上一座环形山命名为“万户山”，以表纪念。

无数的科学发明，都是在科学家们不断探索，永不放弃的坚持下产生的。爱迪生用了6000多种材料，实验了7000多次，终于发现可以用棉丝做灯线。诺贝尔冒着生命的危险，一次次不断实验，终于有了“雷管”的问世。但他仍不满足于已有的成就，继续迈出了探索的新步伐，面对各种挫折毫不退缩，最终制成两种固体炸药和枪炮用颗粒状无烟火药，为军事领域的武器变革作出了杰出的贡献。19世纪中叶，法国人凡尔纳的小说《从地球到月球》几乎启发了所有的现代航天先驱们，但人类对太空无限的遐想一直都停留在小说层面。进入20世纪，人们观念中关于宇宙空间的科学概念已逐渐形成，世界各国活跃着一大批航天先驱。1921年12月，“现代火箭之父”美国的罗伯特·戈达德研制了人类历史上第一台液体火箭发动机。但是，戈达德的研究遇到了许多困难：缺少科研经费，挑剔的舆论界讥笑他连高中物理常识都不懂，还嘲笑他整天幻想作“月亮人”。但戈达德没有为这些困难所动摇，经过20年默默无闻的努力，终于换

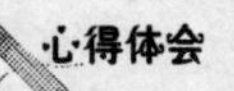

来了回报。1941年1月，新发动机火箭可达到2000多米的高度，载重447千克，呈现现代火箭的雏形。

科学研究与发明离开探索精神是不可想象的。毛泽东同志在《实践论》中曾把科学实验作为人类三大实践之一，是人们进行科学探索的伟大实践。培养探索精神，首先就要不怕失败与挫折。探索未知世界、创造发明专利，不可能一帆风顺，必定会伴随着坎坷、失败与挫折。诺贝尔等科学家那种锁定目标锲而不舍的探索精神，是他们获得成功的最重要因素之一。不管进行哪方面的改革与创新，都需要继续和发扬这种不懈探索与拼搏奋斗的精神。有的同学在学习和工作中，一遇困难与挫折，马上就打“退堂鼓”，这样又怎么能有所发明、有所创造呢？

培养探索精神，还需要善于总结和改进。我们常说“失败是成功之母”，这句话成为现实是有条件的，即在科学探索、开拓创新中，不仅要有不怕失败的精神和抗挫折的能力，更要有善于从失败中总结经验和教训的智慧。“吃一堑，长一智”，认真从失败中获取教益，在探索中改进方法，不断走出失败、超越失败，最终才能获得成功。

记得20世纪80年代有一首小诗写道：“亲爱的朋友啊，应该用青春去攻克征途上的道道难关，用青春去报告科学上的新发现，用青春去探索宇宙的奥秘，用青春来为四个现代化多做贡献！”青年学生正值黄金年华，更应该大力培育勇于探索的科学精神，善于从探索中崛起，从失败中获益。

## 二、明晰创新层次——准确定位、循序渐进

创新，有时来自偶然。然而，创新从来不是盲目的。如何在生活和工作中把握住创新的机会，关键取决于你是否有着准确的定位。

### (一) 变了颜色的电风扇

1952年，由于受经济风波的影响，日本的东芝电器公司积压了大量的电风扇销售不出去，为此，公司的有关人员虽然绞尽脑汁想了很多办法，但销量还是不见起色。看到这种情况，公司的一个基层小职员也努力地想办法，几乎到了废寝忘食的程度。

一天，小职员看到街道上有很多小孩子拿着五颜六色的小风车在玩，头脑里突然想到：为什么不把风扇的颜色改变一下呢？这样既受年轻人和小孩子的喜欢，也让成年人觉得彩色的电扇能为屋里增光添彩啊！想到这里，小职员急忙跑回公司向总经理提出了建议，他听了这个建议后非常重视，特地召开了大会仔细研究并采纳了小职员的建议。第二年夏天，东芝公司隆重推出了一系列彩色电风扇，一改当时市场上一律黑色的面孔，很受人们的喜爱，掀起了抢购狂潮，短时间内就卖出了几十万台，公司很

心得体会

快摆脱了困境。而这位小职员不但因此获得了公司2%的股份,同时也成了公司里最受大家欢迎的职员。

千万不要小瞧一次细微的改动,正是这样一个不起眼的色彩上的变化,抓住了消费者猎奇的心理,消费者在看到这批色彩缤纷的电扇之后,就产生了很强的消费欲望,彩色风扇得到疯狂抢购也就不足为奇了。

（二）海尔用机制保障形成内生动力

海尔公司在国内是以创新而闻名的,它的创新不仅体现在技术上,还体现在公司机制上。“每个人都是自己的CEO”。这是海尔集团首席执行官张瑞敏所追求的理想境界:不论组织中有几万人,每个人都能把自己的价值发挥到极致。

在海尔,对于员工自主管理的追求,可以追溯到20世纪80年代。当时,海尔进行了“班组自主管理”的试验,收到一定效果;在启动流程再造之初,海尔提出让每个人都成为“SBU”(战略事业单位)的目标,经过一段时间的探索、实践之后,海尔将“SBU”定位为“自主经营体”。

“自主经营体”的运行必须由机制来保障,而不是靠上级指派。为此,海尔确立了“以用户为中心”的价值主张,通过把“正三角”改造成“倒三角”型的组织架构,通过围绕“端到端”、“同一目标”、“倒逼体系”三要素建立的流程,通过以“人单酬”为原理设立的薪酬体系,使“自主经营体”逐渐拥有了内生动力。

深入探究海尔的“自主经营体”,可以充分感受到机制的力量。譬如,海尔有个考核指标叫“用户黏度”,简单说就是你能不能让用户“从买一台到买一套,从买一次到买多次,从一家买到多家买”,这个指标是与员工的收入直接挂钩的。怎样才能增强“用户黏度”?这就要靠员工发挥自己的主观能动性了,负责山东安丘市场的产品代表于春莲对此就深有体会。她深知,只有了解当地用户的需求,才能真正增强“用户黏度”。于是,她详细了解了安丘市不同乡镇的经济结构、收入情况以及农民的生活习惯、需求细节。比如,安丘每隔五天赶集,农民习惯集中购买大量肉食,所以需要冷冻室大的冰箱;为了省电,当冰箱里东西少的时候甚至会把插座拔掉,这就需要节能效果更好的冰箱,还要普及电器的使用知识……这些针对个性需求开发的产品,受到了农民的欢迎。于是,一传十、十传百,于春莲的销售记录中,从买一次到买多次、从一家买到多家买的用户越来越多。

海尔的成功源于它的机制创新,好的机制是能激发每个员工的激情,将员工的积极性最大限度的调动起来的。一个机制运行时间长了,内部会出现各种弊端,适时进行机制创新,有利于保证组织的高效运转。

（三）促胰液素的发现

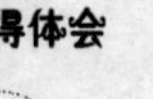
心得体会

1902年,法国科学家韦尔特海默尔发表了一篇论文,声称在小肠和胰腺之间存在着一个顽固的局部反射。他发现，将相当于胃酸的盐酸溶液注入狗的上段小肠时，会引起胰液分泌。他进一步实验，发现把狗的一段游离小肠襻的神经全部切除，只保留动脉和静脉与身体其他部分相连，当把盐酸溶液输入这段小肠襻后，仍能引起胰液分泌。尽管如此，他仍根据当时传统的神经论主导思想，错误地认为盐酸引起的胰腺分泌是一个"局部分泌反射"——一个顽固的神经反射，因为他认为小肠襻的神经难以彻底切除。英国两位生理学家贝利斯和斯他林看了韦尔特海默尔的论文后，立即用狗重复了他的实验，证实了其结果，即放置盐酸溶液于这段切除了神经的小肠襻后，确能引起胰腺分泌。但他们不受神经论的约束，深信神经完全被切除，大胆地跳出"神经反射"这个传统概念的框框，设想这可能是个新现象——"化学反射"。即在盐酸作用下，小肠黏膜可能产生了一种化学物质，当其被血液吸收后，随着血流被运送至胰腺，引起胰液分泌。为了证实上述设想，两人立即把同一条狗的另一段空肠剪下来，刮下黏膜，加砂子和稀盐酸研碎，再把浸液中和、过滤，做成粗提取液，注射到同一条狗的静脉中，结果，引起了比前面切除神经的实验更明显的胰液分泌，完全证实了他们的设想。一个刺激胰液分泌的化学物质被发现了，这个物质被命名为促胰液素。这也是生理学史上的一个伟大的发现。发现促胰液素的故事表明，用老观点看新事物固然产生不了创意；但有了创意而无新的、更加有效的实验验证，创意也永远不能化为现实，成就举世公认的创新。

实现创新，需要人的大胆假设，勇于突破陈规，并小心求证。有时创新就在于敢于想你所认为不能想的事。

### （四）书圣王羲之——形式创新

王羲之是东晋伟大书法家，他一改汉魏朴质书风，开晋后妍美劲健之体，创楷、行、草之典范，后世莫不宗法。他行书字帖《兰亭序》是他的代表作，被书法界誉为"天下第一行书"，千百年来倾倒了无数习书者。王羲之亦因此被后人尊称为"书圣"。唐太宗李世民倡导王羲之的书风。他亲自为《晋书》撰《王羲之传》，搜集、临摹、欣赏王羲之的真迹，《兰亭序》摹制多本，赐给群臣。在中国书法史上，帝王以九五万乘之尊而力倡一人之书者，仅此而已。宋代姜夔酷爱《兰亭序》，日日研习，常将所悟所得跋其上。有一跋云："廿余年习《兰亭序》皆无入处，今夕灯下观之，颇有所悟。"历时 20 多年才稍知入门，可见释读之难。1600 多年来无数书法家都孜孜不倦地释读过，何尝不想深入羲之的堂奥，但最终只能得其一体而已。因此，《兰亭序》可以说是由杰出的书法智慧所营造成的迷宫。

王羲之书法主要特点是平和自然，笔势委婉含蓄，遒美健秀，后人评曰："飘若游浮云，矫如惊龙"。王羲之的书法精致、美轮美奂，是极富有观赏美的。总之，他把汉字书写从实用引入一种注重技法、讲究情趣的境界，标志着书法家不仅发现书法美，而且能表现书法美。

心得体会

王羲之最大的成就在于变汉魏质朴书风为笔法精致、美轮美奂的书体,开创了妍美流畅的行、草书法先河。特别是行书《兰亭序》有如行云流水,潇洒飘逸,骨格清秀,点画遒美,疏密相间,布白巧妙,在尺幅之内蕴含着极丰裕的艺术美。无论横、竖、点、撇、钩、折、捺,真可说极尽用笔使锋之妙。《兰亭序》凡 324 字,每一字都姿态殊异,圆转自如。

可以毫不夸张地说,如果没有王羲之自成一派、独树一帜的书法,中国的书法宝库将会失去一颗璀璨的明星。

王羲之的故事告诉我们,有时候旗帜鲜明的树立起个人风格,并不断对这种个人风格进行完善,同样是一种创新。

(一) 理念创新

江泽民同志曾说过:“创新是一个民族进步的灵魂,是国家兴旺发达的不竭动力。”当今社会竞争越来越激烈,大到一个民族,小到一个企业或个人要想获得生存就需要不断创新。大学生作为新世纪的知识型人才,更需要具备创新意识。没有意识的飞跃就没有行动的指南,创新是一个人成功的关键。

现今的企业竞争已越来越体现为企业创新能力的竞争。一个企业如果没有创新,就会如死水一潭,不可能有所发展。而企业的竞争归根到底是人才的竞争,大学生是同龄人中的佼佼者,要想在风起云涌的竞争中始终保持优势地位,必须时刻牢固树立理念创新的思想。

(二) 机制创新

机制是一个企业各构成要素之间相互联系和作用的关系及其功能的表现形式。一个企业在整体运行中包含各要素的局部运行,各要素都自成系统,各自都有特定的运行机制。如果某个机制出现了问题,就会造成该系统、该构成要素的“病变”,尽管这时的“病变”还不足以致命,但已经开始影响经济肌体的正常运行。如缺乏竞争机制和激励机制,必然造成企业缺乏活力;缺乏制约机制,必然造成企业的责任缺失、效率低下。因此,企业“亚健康”是表象和结果,机制失效才是内因与根源,企业“亚健康”的任何一种表现,都能够找到与之相对应的机制根源。

最近几年,“富士康员工自杀事件”、“三鹿奶粉案”、“飞行员罢飞事件”、“中信泰富巨亏事件”层出不穷,无不暴露了我国企业内部管理粗放、管控失调的“亚健康”现象。企业亚健康日益成为当前我国企业的普遍生存状态。清华大学公共管理学院危机管理课题组、零点调查和中国惠普有限公司共同合作对“企业危机管理现状”进行的调查

结果显示：内地45.2%的企业处于一般危机状态，40.4%的企业处于中度危机状态，14.4%的企业处于高度危机状态。工业和信息化部2009年12月发布的报告显示，中国中小企业的平均健康指数为6.57分（满分为10分，8分以上为健康，5分以下为不健康），处于亚健康状态，企业内部管理处在中下游水平。

2007年下半年以来的国际金融危机，恶化了中国企业的发展环境，中国企业依靠机遇的时代已经过去。只有坚持以科学发展观为指导，更新思想观念，创新工作方法，通过精化、细化、优化，将复杂的事情简单化、简单的事情流程化、流程化的事情定量化、定量的事情信息化，最大限度地减少管理所占用的资源和降低管理成本，提高产品质量，才能摆脱“亚健康”状态，提高企业市场竞争力，实现企业又好又快发展。

世界著名的咨询公司TMI认为，企业也可分为“健康”、“亚健康”和“病态”三种状态。TMI公司总结了25项指标，从企业是否具有认同文化、员工对企业的关切程度、精神状态、企业内部人际关系是否和谐等方面评估企业健康与否。企业亚健康的表现多种多样，涵盖了企业运营管理的各个方面，在不同企业的表现也不尽相同，但是通过现象看本质，每个处于“亚健康”状态的企业不管外在表现如何，其内部运行机制上必然出现了问题。

### （三）内容创新

内容创新是创新中比较常见的一种。在美国一双耐克鞋可以卖差不多200美金，这200美金是怎么瓜分的呢？90美金给耐克专利的拥有者，100美金给耐克公司，而中国生产耐克鞋的工人，包括原材料在内，只有可怜的10美金。在200里面只占1/20。那么中国和其他发达国家的差距在哪里呢？一言以蔽之，那就是“内容创新”，也就是核心技术。机器只是产品的躯体，内容才是它的灵魂。抓不到灵魂，就只能游离在边缘，最终被淘汰。中国目前的大多数产业和行业还处于价值链的低端，应该通过内容创新尽可能地往价值链的高端走。无论是科技产品还是文化产业都需要内容的创新。以文化产业中的电影行业为例，美国的文化产业之所以发达的原因中很重要的一点就是美国的电影人和编剧不断地对其电影内容和题材进行创新。反观中国的电影制作人，常常痴迷于“翻拍”，在题材和内容上的创新较少。

### （四）形式创新

形式创新绝不是新瓶装旧酒。近现代形式创新的例子也是比比皆是，詹天佑的“人”字形铁路、袁隆平的杂交水稻，都是其中比较典型的代表。

凡是在京张铁路北上经过青龙桥附近时，无不为那段“人”字形铁路线路的修建而赞叹不已。

说起来已经是100多年的事情了。1905年，满清政府任命詹天佑为总工程师，负责修筑从北京到张家口段铁路，消息一传出，当时全国都轰动了。由于这段铁路从南口往北要经过崇山峻岭，工程比较艰巨，所以当时一些帝国主义国家极力阻挠，并轻蔑

心得体会

地说:“能在南口以北修筑铁路的中国工程师还没有出世呢。”

被人们称为“中国铁路之父”的詹天佑,不信邪,勇敢接受了西方人的挑战。在他的领导下,自力更生,奋发拼搏,战胜千难万险,成功地建成了我国自己建造的第一条铁路——京张铁路,其中尤以国人骄傲和自豪的还有那段“人”字形铁路线路。京张铁路从南口北上要穿过崇山峻岭,坡度很大,按照国际的一般设计施工方法,铁路每升高1米,就要经过100米的斜坡,这样的坡道长达10多千米。为了缩短线路、降低费用,詹天佑大胆创新,设计了“人”字铁路线路。为了安全、平稳,北上的列车到了南口以后,就用两个火车头,一个前面拉,一个在后边推,过了青龙桥,列车向东北方向前进,进入了“人”字形铁路线路的岔道口后,就倒过来,原先推的火车头改成拉,而原先拉的火车头又改成推,使列车向西南前进,这样一来火车上山爬坡就容易多了。在100多年以前的如此大胆的设计,在铁路建筑史上,不能不算是一个伟大创举。京张铁路从1905年9月4日开始动工到1909年9月24日全线通车,历时四年,这是我国铁路建设的一座最伟大的里程碑。它的修建成功,挫伤了帝国主义的锐气、霸气,大长了中国人民的志气。

## 三、提升自我创新力——细心规划,努力实施

### (一) 两个创新的小故事

第一个故事是关于“叩诊法”的诞生。叩诊法的发明人是奥地利医生奥恩布鲁格(Auenbrugger L,1722～1809)。幼年时,他在父亲的酒店里做学徒。看到父亲经常用手指敲击盛酒的木桶,根据声音推测桶内的酒还剩多少。这样做既方便,又可以防止打开桶盖酒挥发掉,这个方法他一直记忆犹新。他毕业后,在维也纳医院工作,一次,一个患者在尚未确诊之前,突然死去,奥恩布鲁格为此深受打击。经过解剖发现,患者的胸腔已经化脓了,还积满了脓水。他开始思考,这个患者就这样死去了,实在可惜。如果能早一点诊断出胸腔有脓水的话,也许就不会这么快送命。那么,到底如何诊断患者已经出现积水状态,积了多少呢?奥恩布鲁格一直在苦苦思考。一天,他又看到伙计们搬运酒桶。奥恩布鲁格突然恍然大悟,伙计们是根据叩击酒桶发出的声音来判断桶内还有多少酒的,那么人体胸腔的脓水的多少是否也可利用叩击的方法来判断呢?随后,他大胆的做了试验,几经周折,终于获得了成功。这样,一种新的诊断法——“叩诊法”从此诞生了。这种方法一直流传至今,成为每个医生的基本功。

第二个故事叫《一孔值万金》。话说美国一家制糖公司,每次向南美洲运方糖时,都因方糖在途中受潮,而遭受巨大的损失。以往,防潮的做法都是用蜡进行密封。有

一个头脑灵光的人想到，既然方糖密封的如此谨慎还会受潮，有没有什么别的方法来解决这个问题呢？他大胆地逆向思维，从“密封”到敞开，用小针将方糖的包装盒戳一个小孔，使之通风。几经实验，果然取得意想不到的效果，并申请了专利。据媒体报道，该专利的转让费高达100万美元。日本一位先生也是聪明人，受到“小孔发明”的启示，于是也用针东戳西戳埋头研究，希望也能戳出个发明来。结果，他发现，在打火机的火芯盖上钻个小孔，可以使打火机灌一次油的使用时间由原来的10天变成50天。这项新的小发明终于也被他给“戳”出来了。

在我们上面提到的第一个故事中，这位奥地利医生勤于思考的精神非常值得我们学习。在他发现当时诊断的“盲区”后，并没有由此而放弃，而是不断地思考，主动找寻解决问题的方法。可以这样说，如果他对叩木桶的场景熟视无睹，他可能就是一个平庸的医生，一辈子也不可能有什么突破性的发明创造。

第二个故事则带给我们这样的启示：不仅要勤想、敢想，还要会想。这又给我们提出了更高的要求：要勤于思考，更要善于创新思考。如果一条路走到死，一心探求更严密的封蜡方法，可能还要耗费更多的精力和金钱，从反面想想，钻个小孔，问题可能就解决了。日本的“追风”先生也很聪明，他善于从他人已有的成功经验中汲取营养，通过自己不懈的努力，终于有所成就。

### （二）自主创新，做最好的机器人

王某，男，北京某大学工学院2004级直博生，第五届中国青少年科技创新奖获得者，参与包括北京大学985项目、国家自然科学基金和国家863计划项目等在内的多项科研课题，在多机器人协作、仿生机器人等领域取得了突出的成绩，在国内外期刊和会议上发表论文20余篇，申请国家发明专利6项，参与编写专著2本，多次应邀参加国际会议并宣读论文。作为北京大学sharPKUngfu机器人队队长，带队参加国内外多项机器人比赛，获得国际级奖励3项，国家级奖励5项，并被推选为2008年机器人世界杯赛标准平台组地区主席，2008年中国机器人大赛技术委员会委员、标准平台组总负责人。在进行机器人相关科学研究的同时，于2005年创建了北京大学机器人协会并担任会长，积极开展机器人科普活动，该协会填补了北大学术类社团的空白，并为机器人技术在校内外的普及作出了贡献。2008年5月3日，在北大建校110周年前夕，王某作为学生代表向胡锦涛总书记汇报了科研进展和在创新人才成长方面的心得体会，受到胡锦涛总书记的充分肯定。

初入燕园，师从“长江学者”王龙教授，王某就与机器人结下了不解之缘。面临实验室初建、国内机器人技术发展较落后等诸多问题，王某把自己的目标定在与世界一流技术比拼、积极开展自主创新上，一点一滴地积累、踏踏实实地前进，一头扎进了未名湖这个知识的海洋。

心得体会

从2005年起，王某在智能仿生机器人领域展开自主创新。他利用自己在电子、通信方面的基础，创新性地开发了适合机器人使用的基于CAN总线的内部通信系统和基于ARM9-Linux的核心控制系统。2006年起，在北京大学985项目支持下，王某负责开展半被动双足机器人研究。研究初期面临很多困难，作为国内首先开展此项研究的单位，国内没有任何经验可以借鉴，国际上也只有少数大学成功研制出了机器人实体。在大量阅读国外文献的基础上，王某首先针对半被动双足机器人的腿结构开展攻关，成功研制了基于主、被动运动方式的三关节弹性机械腿。随后，整个研究团队针对被动双足行走机制开展研究，并和生物学交叉，探求人类行走的内在机制，他们所研制的新型双足类人机器人实体初步实现了三维平稳行走，并具有一定的地面干扰克服能力。功夫不负有心人，王某研制的具有很强创新性的机器人成果得到了媒体的广泛关注，新华社、中央电视台、北京电视台、北京青年报、北京晚报等媒体多次报道了他和他所在团队的研究成果。

从踏实的理论学习到艰苦的科研攻关，王某承载着北大学生勤奋、严谨的优良传统，传递着北大学生求实、创新的时代精神，践行着“做最好的机器人”的承诺，追逐着机器人领域的梦想。

## （一）激发自觉的创新意识

大学生为什么需要激发自觉的创新意识？如何去激发自觉的创新意识呢？在讨论这个问题之前，我们先讲几个关于创新的故事吧。

历史上很多名人，他们都是不断探索勇于创新的人。白石老人即使到了老年，依然不断努力创新。他60岁以后的画，明显地不同于60岁以前。到了70岁以后，他的画风又变了一次。80岁以后，他的画的风格再度变化。据说，齐白石的一生，曾“五易画风”。也正因为白石老人在成功后仍然马不停蹄，所以，他晚年的作品比早期的作品更为成熟，形成了独特的流派与风格，成为画坛巨擘。

美国一位心理学家对1500名智力超常儿童进行了30年的追踪调查，发现其中只有少数人成为成功人士，而他们则多为独立自信、意志坚强、善于待人接物、社会适应能力特强者。而此类品质均属非智力因素，足见其所起作用之大，而创新在这些品质中起的作用尤为重要。青年学生正是早上八九点钟的太阳，未来有无限的可能性。要想有所成就，就应时时追问自己：我有哪一点优于他人，我可以想到哪些常人所未想的，我如何不断自觉创新、提升能力？

创新，永不止步。白石老人的故事激励我们，创新无止境。白石老人不仅勤奋，而且从未停止思考如何创新，才能在高龄时，一次又一次超越自己，名垂画坛。

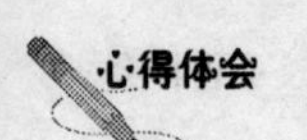


人类因创新而发展，世界因创新而进步。青年学生是国家未来的希望，撑起整个

民族的脊梁。当代大学生作为未来中国创造原创性成果的中坚力量和希望所在,必将承担着民族发展与强盛的历史重任。

内因是根本,外因是条件。大学生应不断激发自觉创新的意识,才能不断进步,在追求卓越、创造辉煌的道路上越走越宽,有所成就。

### (二) 掌握多元的思维方式

一位心理学家曾经出过这样一道测验题:在一块土地上种植四棵树,使得每两棵树之间的距离都相等。受试的学生在纸上画了一个又一个的几何图形:正方形、菱形、梯形、平行四边形,然而,无论什么四边形都不行。这时,心理学家公布了答案,其中一棵树可以种在山顶上!这样,只要其余三棵树与之构成正四面体的话,就能符合题意要求了。这些受试的学生考虑了那样长的时间却找不到答案,原因在于他们没有学会使用一种创造性的方法——多元的思维方式。

多元的思维是指跳出点、线、面的限制,能从上下左右、四面八方去思考问题的思维方式。其实,有不少东西都是跃出平面,伸向空间的结果。小到弹簧、发条,大到奔驰长啸的列车、耸入云天的摩天大厦。最典型的要数电子王国中的"格里佛小人"——集成电路了。在电子线路板上也制造出立体形的,它不仅在上下两面有导电层,而且在线路板的中间设有许多导电层,从而大大节约了原材料,提高了效率。

人们进行思维活动时总会受过去的生活经验和已有思维方法的影响。对于这些受试者来说,平面几何是他们比较熟悉的知识。于是,当他们碰到几何问题的时候,也往往先从平面几何而不是立体几何的角度进行思考。这时,他们所牢固掌握的平面几何也就成了他们思考问题的框框,于是也就想不出正确的结果。

在实际中,很多发明创造都是人们采用多元思维方式的结果。以集成电路的发明为例,科学家在研制飞机、导弹和卫星时需要运用非常复杂的电子设备,装配这些设备往往需要几十万甚至几百万个晶体管、电阻、电容等电子元件,这样的设备体积十分庞大,携带和使用也不方便。后来,他们将各种电子元件由平面式的接线方式改为立体式的连接,充分利用真空扩散、表面处理等方法,制成了平面型的晶体管、电阻、电容。这些很薄很薄的元件通过层层重叠的方式组装起来,就构成了微型组合电路,再在一个单晶硅片上做成集成电路。这样,一个5平方毫米的硅片上可集成27 000个元件。正是由于有了这种集成电路才有了电子手表、电子计算器等袖珍电子产品。

多元思维是作为与点式思维、线式思维、平面思维同一系列的思维形式而存在的,但它处于这一系列思维发展的最高点。点式思维是立体思维的开端或起点。一般来说,人们捕捉思维对象时,在确定研究方向、选择进攻点时,作为表现思维出发点或中心的思维过程,就是点的思维。它既无长度,又无宽度。线式思维是点的思维的延伸或扩展;它有长度但无宽度,具有单一性和定向性的特征。平面思维是线性思维向着纵、横两个方向扩张的结果。当思维定向以后,中心确定以后,它就要从几个方面去分析说明这个问题。当这些点并不构成空间,而是处于同一平面不同方位的时候,思维

心得体会

就进入了平面思维。平面思维,可以从不同的方面去说明思维的中心,可以相对地达到认识某一方面的全面性,但它仍然是囿于某个平面中的全面,并不是反映对象整体性的全面,因而这种全面相对于立体思维来说,仍然是不全面的。只有当思维上升为立体思维,从而研究认识对象的各个方面及各个方面上的各个点即各种规定性,以及这些平面、这些点及其周围事物的相互联系时,才能够获得最无片面性的整体认识。

下面有个小故事可以加强大家对多元性思维的了解,并从中体会到多元思维的优胜之处。

有一家效益相当好的大公司,为扩大经营规模,决定高薪招聘营销主管。广告一打出来,报名者云集。面对众多应聘者,招聘工作的负责人说:“相马不如赛马,为了能选拔出高素质的人才,我们出一道实践性的试题:就是想办法把木梳尽量多地卖给和尚。”绝大多数应聘者感到困惑不解,甚至愤怒:出家人要木梳何用?这不明摆着拿人开涮吗?于是纷纷拂袖而去,最后只剩下三个应聘者:甲、乙和丙。负责人交代:“以10日为限,届时向我汇报销售成果。”10日期到。负责人问甲:“卖出多少把?”答:“1把。”“怎么卖的?”甲讲述了历尽的辛苦,游说和尚应当买把梳子,无甚效果,还惨遭和尚的责骂,好在下山途中遇到一个小和尚一边晒太阳,一边使劲挠着头皮。甲灵机一动,递上木梳,小和尚用后满心欢喜,于是买下一把。负责人问乙:“卖出多少把?”答:“10把。”“怎么卖的?”乙说他去了一座名山古寺,由于山高风大,进香者的头发都被吹乱了,他找到寺院的住持说:“蓬头垢面是对佛的不敬。应在每座庙的香案前放把木梳,供善男信女梳理鬓发。”住持采纳了他的建议。那山有10座庙,于是买下了10把木梳。负责人问丙:“卖出多少把?”答:“1000把。”负责人惊问:“怎么卖的?”丙说他到一个颇具盛名、香火极旺的深山宝刹,朝圣者、施主络绎不绝。丙对住持说:“凡来进香参观者,多有一颗虔诚之心,宝刹应有所回赠,以作纪念,保佑其平安吉祥,鼓励其多做善事。我有一批木梳,您的书法超群,可刻上‘积善梳’三个字,便可作赠品。”住持大喜,立即买下1000把木梳。得到“积善梳”的施主与香客也很高兴,一传十、十传百,朝圣者更多,香火更旺。把木梳卖给和尚,听起来真有些匪夷所思,但不同的思维,不同的推销术,却有不同的结果。在别人认为不可能的地方开发出新的市场来,那才是真正的营销高手。

培养多元思维,考虑用多种方法来解决某个问题,既可以给平淡的生活增加乐趣,又可以使问题迎刃而解,同时,我们的心情也会变得何其舒畅!

人生箴言:在我们遇到一个棘手的问题时,不妨打破定向思维,另辟蹊径,或许能够达到“柳暗花明又一村”的境界。

(三)在实践中不断创新

心得体会

创新不是一句空喊出来的口号,创新是要在实践中解决的问题。作为人们认识客观世界的一种重要形式——一般与特殊之间的分析与综合,它需要借助主动实践。学生就某一个问题进行的主动实践，不一定或者多数并未产生出创新思维的效果，但这并不能说主动实践就没用，那至少是对创新能力的一种培养方式。

实践可以极大丰富创新者的创新经验。经验对于任何一项工作来说都是必不可少的，即使对于从事理论研究的人来说也是这样。比如从书本上知道理论研究需要进行文献调研、确定选题以及怎样调研、怎样选题、选题的原则等，但如果没有亲自从事过文献调研和选题工作，就不会对文献调研和选题工作有深切的理解，也不会把这些工作做得很出色。只有在实际的科研工作中，人们才会理解什么叫文献调研、为什么要文献调研、怎样进行文献调研等。对这些问题的理解不是靠书本知识或间接经验可以解决的，必须要有直接经验。创新经验只能来自亲身经历的创新实践，创新经验越丰富，创新的能力也越强。

创新能力是创新人才最基本、最重要的能力，如果仅有强烈的创新意识而缺乏创新能力，心有余而力不足，创新实践是无法进行下去的。创新能力主要指与智力因素相对应的创造力，包括信息的获取和加工能力、接受新知识的能力、运用知识和创新技法的能力、发现问题的能力、创造性思维能力以及实际动手能力等。在创新实践中，创新者需要调动其积极性和主动性，勤于思考、勤于动手、勇于创造，从而使创新者的学习能力、思维能力、动手能力得到训练，创新能力得到迅速提高。

大学生社会实践活动作为学校教育的延伸和补充，为大学生创新和服务社会提供了很好的机会，让大学生通过社会实践的锻炼，增加社会阅历和工作经验。大学生社会实践活动拥有特殊的教育功能，是对大学生进行素质教育的重要途径，能提高学生的创新能力与就业竞争力。

作为当代大学生，积极投身丰富多彩的实践活动，能为大学生主动接触社会提供一个有效的平台。由于具有主动性，使得学生能和社会保持良好的密切接触，以一种开放的态度，主动关心社会、了解社会、服务社会，发现自身的价值。通过社会实践，还有利于学生反思自己的素质、能力、个性特征，在实践中发现创新点，激发创新动力。

## 成功法则探索

这是一个知识经济的时代，是一个崇尚知识产权专利的时代。温家宝总理曾经讲过：21世纪的竞争归根到底是知识产权竞争，是创新的竞争。当代大学生更应多思考怎么才能把思路打开，怎么才能学会学习，而不仅仅是简单传承记忆，掌握一些知识，应该是创造知识，学会思考。现在流行的“四创”说法：创新、创业、创投、创意。不管是创业也好，创意也好，创投也好，非常根本的一条是创新。最简单的说法，创新就是无中生有，虽然有点极端，但大体上不离谱。如果换一个中庸、更形而上学的说法，创新就是扬弃，合理的东西发扬光大，不好的东西抛弃掉。创新可以分为3个层次：第一，原始创新；第二，集成创新；第三，在引进消化吸收的基础上再创新。

心得体会

为了做到创新，我们应该敢于面对困难，敢于去颠覆一些社会规则、真理乃至假设，能够进行权变，把自己原有的创造力激活。

那么到底如何进行创新呢？

**1. 要思维创新，思维创新乃创新之本** 大学生应该多锻炼自己的创新性思维。我们说的创新思维就是不受现成的常规思路的约束，寻求对问题全新的、独特性的解答方法的思维过程。

**2. 要结合实践进行创新，实践乃创新之源** 大学生应在实践中发现问题，解决问题。创新作为人类特有的一种社会活动，根植于人类鲜活的实践。我们必须在思想上重视实践，行动上深入实践。

**3. 要激活创新动力** 大学生要把对国家、对社会的责任感化作创新的动力，要把对未来生活的美好向往化作创新的激情，要把对自己人生的追求化作创新的实际行动。要肩负起神圣使命，就要以创新为习惯。

现在我们国家正在建设“创新型社会”，大学生们也应积极参与，创新任重而道远，需要每个人的积极参与。

心得体会

# 后　记

大学是一座诱人的象牙塔，大学生可以在这座象牙塔里面收获到很多东西，其中就包括成功，但并不是每一个大学生都能够获得成功。他们在求学的道路上需要正确的指向标，在航行的海洋里需要希望的灯塔。一个大学生要想取得学业上的进步，要想获得能力上的提高和综合素质的全面发展，就必须在身体素质、心理素质、思想素质、政治素质、道德品质、文化素质、业务素质等方面有所锻炼和提高。

为了让更多的大学生更好地学习他人的成功之道，让自己的大学生活丰富多彩的同时也硕果累累，让大学教育更加蒸蒸日上，集众人之力，我们编写了《大学生发展导读》，目的就是希望每一位大学生读者，能够吸收书中总结出的成功法门，并将其运用到自己的大学生涯中，扬起生命的风帆，活出大学的精彩。

本书由主编提出编写计划和编写大纲，经编委会讨论后分工写作。具体承担本书编写任务的有：王中、王雨露、冯圣兵、史梅、刘永生、刘宝卿、许亨洪、闫丽莉、吕建平、李正帮、李志雄、张竹、吴成霞、邵莉莉、罗高峰、柳荔、晋向东、徐芬、龚启学、黄楚安、潘珞琳（以姓氏笔画为序）。初稿写出后，经反复研讨修改，全书最后由王中、刘永生、邵莉莉负责统稿，谢守成、吴俊文审阅并定稿。

为了保证研究结果的准确性和科学性，本书除了每章安排专人负责起草、撰写和修改外，在面世前还广泛地征询各方面的意见，邀请著名的教育学者和专家把好质量关，在统稿和校稿阶段更是经过了多次精心的完善，最后才顺利与读者见面。尽管我们在写作中精益求精，但由于水平有限，书中难免有疏漏和不当之处，敬请广大读者多多赐教，以帮助我们不断完善，从而更好地服务于青年学子。

编委会

2010年7月15日